河出文庫

# 盗まれた脳髄
## 帆村荘六のトンデモ大推理

海野十三
新保博久 編



河出書房新社

# 盗まれた脳髄

帆村荘六のトンデモ大推理

目次

# 盗まれた脳髄

## 帆村荘六のトンデモ大推理

# 赤耀館事件の真相

「赤耀館事件《せきようかん》」と言えば、昨年起った泰山鳴動して鼠一匹といった風の、一見詰らない事件であった。赤耀館に関係ある人々の急死が何か犯罪の糸にあやつられているのではないかと言うので、其筋では二重にも三重にも事件の調査を行ったのであったが、いわゆる証拠不充分の理由をもって、事件は拋棄《ほうき》せられたのであった。東京の諸新聞は、赤耀館事件の第一報道に大きな活字を費《つい》やしたことを後悔しているようだったし、中でも某紙の如きは、近来警視庁が強い神経衰弱症にかかっている点を指摘し、この調子では今に警視庁は都下に起る毎日百人宛《ずつ》の死者の枕頭《ちんとう》に立って殺人審問をしなければ居られなくなるだろうなどと毒舌《どくぜつ》を奮《ふる》い、一杯担《かつ》がれた腹癒《はらい》せをした。

しかし探偵小説に趣味を持っている私としては、諸新聞の記事を聚《あつ》め、又警視庁の調書も読ませて貰い、なるほど証拠不充分、乃至《ないし》は証拠絶無の事実を合点することが出来たのであったが、どうしたものか、事件の底に猶《なお》消化しきれない或るものが沈澱《ちんでん》しているような気がしてならなかった。このことは、その後、機会があるごとに、自分の左右に席を占める人達に話をしてみたが、誰も私ほどの興味を覚えている人はなかったようである。

ところが昨日になって、私は突然、赤耀館主人と名乗る人からの招待状を受取った。その文面はすこぶる鄭重《ていちょう》を極めたもので、「遠路乍《えんろなが》ら御足労を願い、赤耀館事件の真相につき御聴取を煩《わずら》わしたく云々」とあった。赤耀館事件の真相と呼び、圏点《けんてん》まで打ってあるところを見ると、矢張り私の想像したとおりに、今日まで発表された事件の内容以外に、隠されている奇怪な事実があるのに違いない。私は勿論、喜んで拝聴に出かける旨《むね》を返事した。

赤耀館は東京の近郊N村の、鯨ヶ丘と呼ばれる丘の上に立っている古風な赤煉瓦《れんが》の洋館である。私もはじめて赤耀館を車窓から仰いだのであるが、正直なはなし、余りいい感じがしなかった。あの事件の当時の新聞記事によると「赤耀館は、鯨の背にとびついた赤鬼の生首《なまくび》そのものだ」とか「秋の赤い夕陽が沈むころ、赤耀館の壁体は血を吸いこんだ壁蝨《だに》のように真中から膨《ふく》れて来る」とか言われている。秋十月の落日は、殊に赤《レッド》のスペクトルに富んでいるせいもあろうが、西に向いた赤耀館の半面を、赤煉瓦の色とは見うけ兼ねる赤さに染めあげていた。その毒々しい赤さは、唯、不思議な気味のわるい赤さというより外に説明のみちがないのである。

赤耀館の主人、松木《まつき》亮二郎《りようじろう》は、思いの外《ほか》、上品な、そして柔和な三十過ぎの青年紳士に見えた。しきりに、漆黒の髪が額に垂れ下るのを、細い手でかき上げるのが、なんとはなしに美しかった。私が夢から醒《さ》めきらぬような顔付をしているとて、にやにや笑ったが、愛想《あいそ》よく食後の葉巻煙草などをすすめて呉れた。高い天井には古風なシャンデリアが点いていたが窓外にはまだ黄昏《たそがれ》の微光が漾《ただよ》っているせいか、なんとなく弱々しい暗さを持った大広間だった。段々と気持も落付き、この上強《し》いて気になることを神経質に数えあげるならば、主人公の顔貌《かおだち》が能面でもあるかのように上品すぎることと、その胆汁《じゅうたん》が滲《し》みだしたような黄色い皮膚と、そして三十女の婦人病を思わせるような眼隈《めのくま》の黝《くろ》ずみぐらいなものであった。しかし聴《やが》てそれさえすこしも気にならなくなった。というのは、主人公の語り出した所謂《いわゆる》「赤耀館事件の真相」なるものが私の想像以上に複雑とも奇々怪々ともいうべきものであって、飢え渇いていた私の猟奇《りょうき》趣味は、時の経つのも忘れてその物語を聞き貪《むさぼ》ったことである。

さて、赤耀館主人は語る――。

赤耀館の顚末《てんまつ》は、新聞記事で、既によくご存知のことと思います。いや、貴方《あなた》はあの事件について、最も興味と疑惑とを持っていらっしゃることも、実はちゃんと前から知っていたのです。貴方は警視庁の調書まで読まれたそうですが、薩張《さっぱ》り満足せられていないように見受けたと、尾形《おがた》警部が言っていましたよ。尾形警部と言えば、赤耀館事件の取調主任であった人です。

貴方の異常な熱心さと、私の傾きかけた健康状態とが、とうとう今夕の機会を作りあげて呉れました。もはや御察しのとおり、あの赤耀館事件には、発表されていない怪事実が二重にも三重にもひそんでいるのでして、それを本当に知っているのは、私一人に違いないのです。実を言えば、私自身すら、まだはっきりと知ることの出来ない事件の一部分があるのではないかと思うのですが、それは多分、此《こ》の種の魅惑《みわく》に満ちた事件が発散する香気のようなものに過ぎないのでしょう。兎《と》も角《かく》も、赤耀館事件につき最も多くの事実を知っている者は、私を除いて外に絶対にあり得ないのですから……。

この赤耀館という洋館は、誰が建てたものであるか、年代はいつ頃だったのか、それは不思議にも薩張り判っていません。しかし何でも大変古い赤煉瓦を使った洋館であることと、設計者が仏蘭西《フランス》人らしいということは噂になっています。出来たのは多分明治の初年か、またはもう二三年も前だろうと思われますが、そのころこの周辺は今よりも更に更に草深いところであって、其の当時、どうして人間が住むことが出来たろうかと、寧《むし》ろ不思議にたえません。その赤耀館を私の祖父に当る松木龍之進が大警視時代にどうしたものか手に入れてしまったのです。それは今から五十年も前のことなのです。勿論、自分のものにはしたものの、この中に住もうなどとは思っていませんでした。私の父の龍太の時代になって、東京が郊外に膨脹をはじめ、電車もひけるようになってから、初めて松木家の全家族がここに移り住むことになったのです。

しかしそれからというものは松木家には不思議な魔の手が伸びたらしく、母が死ぬ、父が続いて亡くなる、妹が死ぬといった風でした。父は一人児だったし、母の里にも誰も生きのこっては居なかったので、私達の一家は全く心細い限りでした。不思議なことに、先代の赤耀館主人であった私の亡兄丈太郎《じょうたろう》の妻、つまり私にとっては嫂《あによめ》にあたる綾《あや》子《こ》も、係累《けいるい》の少い一人娘だったのです。嫂には姪《めい》に当る梅田百合子《うめだゆりこ》というのが唯一の親族でした。この百合子は、実は私の妻になっているのです。

父母と妹とが亡くなってから此方《このかた》十年あまりと言うものは、私達一家は割合に呑気に、そして幸福に暮していました。兄が前に申した綾子と結婚すると、私は間もなく独逸《ドイツ》へ遊学にでかけました。兄はたった一人の同胞に別れるのが大変に辛いと申しました。しかし兄は、長い間のはげしい恋をしてやっと獲ることの出来たいわば恋女房と、これからは差向《さしむか》いで暮すわけなのですから私は唯もう兄の弱気を嗤《わら》って独逸へ出発いたしました。それは今から三年前の冬のことなのです。私はカールスルーエの高等工学院に旅装をとき機械工学の研究のため学校の中に起居していました。そこでは人に応接する面倒もなく、穴蔵の中で自由な研究時間を持つことが出来ました。故国からは、たまに兄や嫂からの手紙を受けとりましたが、文面の隅から隅まで、まるで薔薇《ばら》の花片を撒《ま》きちらしたように、桃色の幸福に充ちて居り、不吉な泪《なみだ》のあとなどはどんなに透《す》かしてみても発見することができなかったのでした。赤耀館の悪魔は、もう十年この方、姿を現わさない。悪魔は我が家の棟《むね》から永遠に北を指して去ったものとばかり思って、すっかり安心をしていました。

それだのに、一昨年の春になって、悪魔は突然、我が家のうちに再び姿を現わしました。悪いことには、悪魔は十年の間、血に飢えていたせいか、その呪いの被害もこれまでに見られないほど残虐を極めたものでした。いわゆる「赤耀館事件」なる有難くない醜名を世間に曝《さら》すことになったのです。そして一昨年の春、くわしく言えば六月十日に、折柄来訪して来た笛吹川画伯の頓死《とんし》事件を開幕劇として怪奇劇は今尚、この館に上演中なのです。

笛吹川画伯は、その日、午後三時をすこし廻ったと思う頃、赤耀館の玄関にひょっくりその姿を現わしました。執事《しつじ》の勝見伍策《かつみごさく》というのが出迎えましたが、直ちに私の兄で、赤耀館の当主であった丈太郎に取次ぎましたが、兄は舌打《したう》ちをして顔の色さえ変えました。勝見に会見の諾否を伝えようと思っている間に、入口の扉を乱暴に開くと、笛吹川画伯がぬからぬ顔を真正面に向けて入って来ました。

「無断で入って来ちゃ困るじゃないか」と兄は唇をワナワナふるわせて呶鳴《どな》りました。

「馬鹿を言え、貴様から礼儀だの修身だのというものを聞こうとは思わんよ」と大口を開いて高らかに笑い、無遠慮に側《かたわ》らの安楽椅子を引きよせました。勝見は顔を曇らせて此の室を去りました。

それから時々激しい声音が、厚い扉《ドア》をとおして廊下にまで、きこえたそうです。笛吹川画伯は兄と以前はほんとに仲のよい親友だったのです。識《し》り合ったのは、そんなに古くからではなかったようですが、どこか大変性分の合うところでも発見したものか、二人は兄弟以上の親しさを加えました。それが嫂――当時の綾子嬢が二人の間に挟《はさ》まると、今度は恐ろしいほどの敵《かたき》同志になってしまったのです。その激しい愛慾の闘争は、かれこれ半年もうちつづいたようでした。どうした風の吹きまわしか、綾子嬢は兄の腕にしっかり抱かれてしまいました。失恋した笛吹川画伯の様子は珍無類でした。彼は泪を滾《こぼ》したり、無口の人となる代りに、大層快活になり、能弁家になりました。一間に閉じこもって破れて落ちる文殻《ふみがら》を綴り合わせているどころの話ではなく、彼は毎日のように顎《あご》髯《ひげ》をしごき乍ら、赤耀館へ憎々しい姿を現わしました。彼は兄の前で、皮肉と呪いの言葉を無遠慮に吹きかけては喜んでいるらしい様子でした。兄には彼が、この上もなく恐ろしい人間に見えました。あれ以来というものは、快活を装う半面に於《おい》て、不思議な魅力を加えた彼の眼光と、切々と迫る物狂わしい彼の言葉とは、地獄を故郷に持っているらしい画伯の正体を見せつけられたような気がするのでした。そうかと言って、兄はほんの少しだって、彼の失恋に同情心なんか起し得なかったのです。それは兄の無情のためというよりも、笛吹川画伯の態度があまりに同情を受けない程度の憎々しさに満ちていたがためでしょう。

赤耀館の大時計がにぶい音響をたてて、四時を報ずると、兄の居間にあたって突然奇妙な声がきこえ、それに続いて瀬戸物《せともの》のこわれるような鋭い音がしました。そして五分も経ったと思われるころ、執事を呼ぶベルの音が階下に鳴りひびいたのでした。

執事の勝見は私室から飛び出すと、階上の兄の室を指して、駆け出しました。何故彼がもっと前に、二階へ駆け上っていなかったのか、一寸不思議でなりません。

勝見が兄の部屋の扉《ドア》を開くと、直ぐ足許《あしもと》に、笛吹川画伯が仆《たお》れているではありませんか。兄は椅子の中にうずくまった儘《まま》、顔には血の気もありません。

「い……医者を呼びましょうか」と勝見は兄の救いを求めるかのように、叫びました。

「待て……」と言って兄がふりあげた右手に、細身の短刀がキラリと光ったものですから、勝見は「呀《あ》ッ……」と驚いて壁ぎわに身をよせました。

「だ、だ、旦那様が……」勝見は生唾《なまつば》をごくりと呑みこみました。

「ちがう。ちがうよ。奴は死んだか、どうだか、一寸調べてくれないか」

「た、短刀を、おしまい下さい。た、短刀を……」

「なに、短刀を……」兄はやっと気がついたものと見えて、自分の手に堅く握られた短刀を発見すると声をあげてそれを床の上になげ落しました。

勝見は、恐る恐る笛吹川画伯の身体にふれて見ました。生温い体温を掌《てのひら》に感じて、いやな気持になりました。息は止っています。手首をとりあげて見ましたが、脈はありません。身体をひっくりかえしてみましたが、別に短刀で突いた傷のある様子もありません。くいしばった唇から、糸を引いたように赤い血が流れていました。両眼はつるし上って、気味のわるい白眼を剝《む》いていました。多分瞳孔《どうこう》も開いていたことだったでしょう。体温はすこし下って来たような気がします。

「駄目らしいようでございます。息も脈もないようでございます」

「脈も無い――大変なことになっちまった」

「医者を呼びましょうか」

「ウン、呼びにやって呉れ」兄は眼を閉じたまま、そう言いました。

「警察の方は、届けたもんでございましょうか」

「なに警察！　届けないといけないだろうか」

「兎《と》も角《かく》も、医者が参った上での相談にいたしましょうか」

「そうしてくれ給え、その方がいい」

「短刀を、ひき出しの中へでも、おしまいになっては如何ですか」

「そうだ。そうだった。僕が奴をころしたんでないことは、お前も知っているだろう」

「私は信じます。短刀は、唯、手に遊ばしていただけと存じます」

「そんならお前は、僕に殺意があったと……。ウ、ウ……おれにも判らない」

医者の来たのは五十分の後のことでした。早速《さっそく》カンフルを打ってみましたが、反応はありません。もうチアノーゼが薄く現われていましたし、身体もずんずん冷えて行くようでした。心臓麻痺《まひ》で死んだことは医者の口を借りるまでもありません。

医者の厚意で、警察の検視もこれに引続き至極簡単にすみました。唯、笛吹川画伯の臨終を見ていたものは、兄だけだったというので、一寸した訊問《じんもん》が尾形警部の手で行われました。

「貴方の外《ほか》に画伯の臨終を見た人はありませんか」

「私と対談中に倒れたのでして、外にはないようです」

「どんな風に倒れましたか」

「すこし興奮した様子で、安楽椅子から立ち上りましたが、ウンと言うなり床の上に倒れたのです。その時、卓《テーブル》を倒したものですから、その上に載っている茶碗などが壊れてしまいました」

「対談中、だれかこの部屋に入って来たものはありませんか」

「執事の勝見が案内して来たのと、姪の百合子がお茶などを運んで来たきりでした」

「貴方が中座されたようなことはありませんか。又は画伯のことでもいいのですが」

「私は中座しなかったように思います。画伯も中座しなかったろうと思いますが、よく気をつけていませんでした」

「よく気をつけていなかったとは、どういう意味ですか」

「一寸しらべものをやっていたので、注意力が及ばなかったかも知れないというのです」

「対談中、お仕事をなさっていたのですナ」

「まア、そうです」

「お話はどんな種類のことですか」

「そ、それは、まア早く言えば僕等の新婚生活をひやかしていたのです」

「ハア、なるほどそうですか。奥様はどちらにいらっしゃいますか」

「一寸おひるから友達のところへ出掛けましたがネ、もう帰って来る頃でしょう」

「いや、どうもお手数をかけました」

尾形警部は、執事と百合子とを呼び出して兄と笛吹川画伯対談の様子を一寸訊問すると帰って行きました。彼等はつまらぬ係《かかわ》り合《あい》になってはと思ったものか申し合わせたように兄と笛吹川画伯との争論を耳にしたことは言いませんでした。警部が帰ると入れちがいに嫂が入って来ましたが、思いがけなくこの事件のことを聞いたものと見えて、真《ま》蒼《さお》な顔をしていました。

「あなた、笛吹川さんが此処へいらしって、頓死なすったんですって？　本当ですか」

「嘘にも本当にも、先生あすこに眠っているよ」と隣室の寝台を指しました。

「眠っている！　死んだのではないのですか」

「いや死んだのです。心臓麻痺だとサ」

「心臓麻痺だと言いましたか。笛吹川さんは何時此処へいらしって」

「三時過ぎだったよ、どうして」

「ハア――なんでもないのよ」

笛吹川画伯頓死事件は、こうして片付きました。夜に入ると匆々《そうそう》、画伯の屍体は、寝台車に移し、赤耀館からは四里も先にある、隅田村の画伯の辺居へ送りとどけることにしました。ついて行ったのは、執事の勝見と、手伝いの伴造との二人だけでした。執事は笛吹川画伯の世話で、赤耀館に勤めるようになった関係上、それからまた、画伯に縁者のないため死後の後始末をして来るため、このところ数日の暇を貰って行ったのです。

赤耀館では其夜も更けて一時とも覚しき頃、今夜は帰って来ないと思われた手伝いの伴造がひょっくり裏門から入って来ました。翌朝になって其の報告をするとて、兄夫妻の前に出て来た伴造は、昨夜の様子をこんな風に語りました。

「笛吹川さんのお家は、迚《とて》も淋しいところでがす。あたりは三方、大きな蒲《がま》の生えている沼でしてナ、その一方には、崩れかかったような家が三軒ばかり並んでいるのでさア。笛吹川さんのお家は一番奥にありまして、これは門もついて居り、古いけれど一寸垢《あか》ぬけのした家です。

あの方は画《え》かきだとばかり思っていましたが、中々勉強もなさると見えて、どの壁も本棚でギュウギュウ言っているんです。お通夜《つや》に来た、ご近所の三人の人たちも、こんなに本のある家は、見たこともない。上野の図書館とかにでも、真逆《まさか》、この倍と本があるわけじゃなかろう、と言っていましたよ。こんな勉強をなさる方が亡くなったのは、全く惜しいものだ、これはきっと勉強がすぎたんだろう、ずいぶん夜も遅くまで御勉強のようでしたからな、と其の人達は言ってましたよ、へえ。

今夜は是非、お通夜をしましょう、という話でしたが、勝見さんが、わしにもう九時だから、けえれ、けえれと言うのです。わしも通夜するだと言いましたけンどな、勝見さんはそいじゃお邸《やしき》が不用心だからどうしても帰って呉れと言うのでがす。じゃ帰ることにしようと、尻を持上げましたがナ、今度は勝見さんが近所の人に、引取って呉れ引取って呉れと言ってましたよ。勝見さんは、あんな淋しい処で、死人と一緒に居て怖がらないいんですぜ、わしなら、真平御免でがす」

伴造から勇気を推奨せられた執事の勝見は五日経って、十五日に邸へかえって来ました。すこしやつれた様子だったが、元気はよかったのです。いつもよりハキハキと用事を勤めているように見えましたが、兄の眼には、勝見の態度が、反《かえ》って変に白々しく映ったのでした。自分が短刀を持っていたのを殺意ありと解した勝見は、それ以来、自分を敬遠しているのに違いあるまいと思われたのです。勿論勝見は其の夜のことを再び口にしなかったし、兄も言い出しはしなかった。兄は勝見に暇を出したくはあったが、例のことを喋られるのを恐れて、絶対に馘首《かくしゅ》が出来ない。それでますます、勝見が悩しき存在となって来たのでありました。

　ところが、兄は更に勝見に対するこだわりを深くしなければならないことになったのです。いや、そればかりではなく、彼の恋女房である綾子をさえ、真面《まとも》に見ることができなくなったのです。それは、勝見が笛吹川画伯の埋葬を済ませて帰って来てから、一週間ほどのちの出来事でした。兄が綾子の室へ用事があって扉《ドア》の把手《ハンドル》に手をかけたとき、何事にも気が付かないような熱心さで、綾子と勝見が言い合っているのを聞いてしまったのです。

「笛吹川さんは、ほんとうに死んだの」

「本当でございます。お疑いならば日暮里《にっぽり》の火葬場へお尋ね下さい。それから画伯の骨を埋めた今戸《いまど》の瑞光寺《ずいこうじ》へお聞き合わせ下さい。しかし何故、奥様はそんなことをおっしゃるのです」

「わたしには、あの人が死んだように思われないの。あの通りエネルギッシュな笛吹川さんが、そう簡単に死ぬもんですか。ことに心臓麻痺で頓死なんて、可笑《おか》しいわね」

「可笑しくても仕方がありません。画伯はもう骨になっています。それでも死んでいないとおっしゃるのですか」

「あんたの言うようなら、死んだのに違いないでしょう。しかしわたしの直感を正直に言ってしまえば、笛吹川さんは、死んでいないか、さもなければ、誰かに殺されたのに違いない。——あんたは何か知っているのでしょう」

「はい、私は二三のことを存じて居ります」

「言ってごらんなさい、なにもかも」

「では申しあげます。先ず第一に、笛吹川画伯の亡くなった時刻に、奥様は何処にいらっしゃいましたか?」

「まア、お前は……。何を失礼なことを考えているんです。わたしは、どこにいようと、余計なお世話です」

「失礼だとあれば、私は追窮《ついきゅう》はいたしますまい。しかし万一、捜査課の警部たちがひきかえして来て、奥様にこの質問をいたしたものと仮定しますと、唯失礼だと許り《ばか》で追払うことは出来ますまい。不幸にもあの時刻に於ける奥様の現場不在証明《アリバイ》は不可能でいらっしゃいましょう」

「……」

「第二には、旦那様のご存じないところの、笛吹川画伯と奥様との御交渉でございます。

これも失礼と存じますので、内容は申しあげません。第三に……」

そのとき兄は、大きな咳払《せきばらい》と共に、重い扉を押して室内に入って来ました。勝見は白々しく敬礼を捧げましたが、再び嫂の方に向い、

「では麻雀《マージャン》競技会にいらっしゃるお客様は、八十名と考えましてお仕度《したく》をいたしましょう。会場は階下の大広間を当てることにいたしましょう。卓《テーブル》の方は、早速、聯盟の事務所と打合せまして、ハイ、もう外に伺い落したことはございませんか。では……」

勝見はすこしも臆《わる》びれる様子もなく、扉をあけて去りました。兄夫婦の間には、しばらく白々しい沈黙が過ぎて行きました。

「あなた、このごろ勝見の様子が、どこか変じゃありませんこと?」

「笛吹川が亡くなったので、気を落しているのだろう」

「そうでしょうか。勝見が独りでいるところを横から見ていますと、何かに憑《つ》かれているようなんですよ。話をして見ても、言語のはっきりしている割合に、どことなく陰険《いんけん》なんです。それに勝見はこんな顔をしていたかしらと思うこともあるのです。あの眼。このごろの勝見の眼は、死人の腐肉を喰べた人間の眼ですよ」

「そりゃ、よくないね。君は神経衰弱にかかっているようだよ。養生しなくちゃ……」

「神経衰弱なんでしょうか?……でも気味が悪いんですもの。わたしもあの男に喰べられてしまうかも知れないわ」

「馬鹿なことを言っちゃいけない。だからこれからは、麻雀競技会を時々開いて大勢の

人に来て貰うのさ。今に、親類のように親しくなる人が三人や四人は出来るよ」

「勝見に暇をやることはいけなくって?」

「ウム。いけないこともないが、時期がある。つまらないことを喋られてもいやだからな」

「私はもうこの館《うち》が、いやになったわ」

兄は毎日を家の中に居て、別にすることなく暮していました。言わば、典型的な有閑階級に属する人間でした。そういう種類の人間は必ず何か趣味を持っているものなのですが、兄の場合には強いて挙げるならば三つの趣味とも娯楽ともつかないものを持っていました。

その一つは、麻雀でした。彼はこの勝負事に一時かなり熱中したことがありました。多分最初は、麻雀という時間のかかる競技が、彼のように多くの閑を持つ人間を、無聊《ぶりよう》から救ってくれたからでありましょう。しかし段々と競技をすすめて見ると、一か八かの勝敗から、その日、その月の彼の運命が勝負の中に織りこまれて来るのを、喜ぶようになったらしいのです。

あとの二つは、園芸と、物理学の実験とでありました。園芸の方は、半分は他人委せであったのにひきかえて、物理実験の方は一から十まで彼自身が手を下してやりました。それも人に煩わされることが多いというので、最近には、別に小さい物理実験室を、赤耀館から小一町も距《へだた》ったところに建てて、時には一日中も其の中に立籠《たてこも》っていることがありました。彼の実験は、勿論、博士論文を作ろうとするわけでもなく、普通の物理実験教材に散見する程度のもので、無線電信の時報信号を受けたり、毎日の温度や湿気や気圧の変化を調べたり、又好んで分析光学に関するものをやっていました。分光器の調整を壊されたり、X線発生装置の管球に罅《ひび》をこしらえられるのを嫌って、掃除人は勿論のこと、嫂さえなかなか入れず、いつもは、たった一つしかない表の入口に、複雑な錠前をかけて置くことにして居りました。

兄にとっては、実験に倦《あ》きると、花壇に出て、美しい花を摘み、夕餐《ゆうはん》がすむと、嫂と百合子と、執事の勝見を相手に麻雀を闘わすのが、もっとも彼の動的な生活様式で、あとは唯もう、赤耀館の中で瞑想に耽《ふけ》っているという風でした。

さて赤耀館を明るくするための麻雀競技会が六月の二十九日の夕刻から開かれました。八十名に近い若い麻雀闘士《マージャニスト》が、鯨ヶ丘の上に威勢よく昇って来ました。麻雀聯盟の委員長である賀茂《かも》子爵の鶴のような痩身の隣りには、最高の段位を持つ文士樋口謙氏の丸まっちい胡桃《くるみ》のような姿を見かけました。五月藻作氏と連れ立った断髪の五月あやめ女史や、女学校の三年生で三段の腕を持つ籌賀明子《ちゅうがあきこ》さんなどの婦人客が一座の中に牡丹《ぼたん》の花のように咲いていました。あちこちで起る笑声が、高い天井にまで響き上り、シャンデリアの光も、今宵はいつもより明るさを増していたようです。兄夫婦はこの上ない上々機嫌で、満悦の言葉を誰彼に浴びせかけていました。この陽気さに赤耀館の悪魔は今夜、どこかの隅へ追放されなければなりませんでした。

競技が始ると一座はしんとして来ました。折々「チー」や「ポン」の懸声があちこちに起り、またガチャガチャと牌《パイ》をかきまわす異国情調的な音が聴えて来ました。どうしても来ない客が二人ほどあったために兄夫婦はあとにのこっていなければなりませんでしたが、賀茂子爵のアドヴァイスにより、夫妻の 卓《テーブル》には姪の百合子と執事の勝見とが入って競技をはじめることになりました。

二荘目《リャンチャンめ》の東風戦《トンフォン》に、少女麻雀闘士の明子さんが、九連宝燈《チューレンポートン》という大役を作りあげたので、その卓の近所からはわッと喚声が湧き上りましたが、それを最高潮として、一座はだんだん気味のわるい静寂に襲われて来ました。兄夫妻の卓では、勝見がしきりに大当りをやっていましたが兄と嫂との方は一向にふるわず、二回戦の終りに兄は四千点以上も負けてしまいました。嫂は嫂で、何をぼんやりしていたものか満貫《マンガン》をふりこみました。百合子は、大して上手な方ではなかったが、兄夫妻の当らないためにか、すこし宛勝っていた様子でした。

第二回目の戦が終ったのが午後九時すこし前でした。皆はほっとした顔付で静かに煙草をくゆらしたり、貼《は》り出された得点表の前に雑談を交《まじ》えたりしていました。いよいよ最後の第三回戦は九時五分過ぎから、始められるのです。手伝いに来ていたボーイが、冷たいレモナーデのコップを配りました。それは興奮を癒《いや》すための、まことに爽《さわ》やかな飲料でもあり、蒸し暑くなって来た気温を和げるための清涼剤でもありました。

「やあ、とうとう降って来た。凄い大粒だ」

窓近くにいた誰かが喚《わめ》くのをきっかけに、窓外の闇をすかして、銀幕を張ったような大雨が沛然《はいぜん》と降り下りました。硝子戸をバタバタと締める音がやかましく聴えます。その騒ぎの中に時計は九時を五分過ぎ、十分過ぎ、もうかれこれ十五分を廻りましたが、一向試合開始のベルが鳴る様子がありません。

「どうしたんです。主人公は？」賀茂子爵が苛々《いらいら》した風で、奇声を張り上げました。

「どう遊ばしたのでしょうか。私も先程から不思議に思っていたのでございますが……。少々御待ち遊ばして。お室を探して参りましょう」

執事の勝見が不安の面持で、急いで探しに行きました。しかし兄の姿は階上の私室にもなく、廊下にも発見することが出来ませんでした。階段の下で、これも兄を探しているらしい百合子と出会いましたが、彼女は、

「勝見さん、兄さんは屹度《きっと》実験室よ、行ってみて下さい」

「承知しました。――奥様は？」

「姉さんはあちらよ。姉さんがそう言ったわ、銚子無線の時報《タイム・シグナル》を聞きに行ったんでしょうって……」

勝見は本館を離れて屋外の闇に走り出ました。雨は今の大降りをケロリと忘れたように小やみになっていましたが、赤耀館の真上には、墨を流したような黒雲が渦を捲《ま》きつつ垂れ下っていました。

勝見が気でも変になったような大声を挙げ、競技会のある大広間に飛びこんで来たの

は、それからものの五分と経たないうちでした。

「主人が実験室に卒倒して居ります。どなたか、手をお貸し下さい。早く、早く……」

こう叫ぶと彼は身体を翻《ひるがえ》して駆け出しました。一同は呀ッと声を合せて叫びましたが、勝見の後を追って戸外の闇の中に犇《ひしめ》きながら、実験室のある方向へ走って行きました。雨はもうすっかり上っていたようです。

実験室の建物は、四角な身体を、黒々と闇のなかに浮ばせていました。正面に長方形の扉が開きっぱなしとなり、黄色い室内の照明が、戸外にまで流れていました。それが黒猫の瞳《ひとみ》でもあるかのように気味のわるい明るさを持っていました。

一同は雪崩《なだれ》を打って実験室の中へ飛び込んだものですから、またたく間に室の中は泥足で蹂躙《じゅうりん》せられてしまいました。兄は、自記式《オートグラフイック》の気温計や、気圧計や、湿度計がかけてある壁の際に、うつぶせになって仆れていました。勝見と賀茂子爵とが兄の身体を卓子《テーブル》の上に移しました。そのとき卓子の上に、コップが一つ置かれていましたが、その底には僅かにレモナーデの液体が残っていたそうです。嫂は物も得言《えい》わず、ただうちふるえて兄の身体をゆすぶっていましたが、百合子が「姉さん、しっかりして頂戴」と後から囁《ささや》きますと、そのままとうとう百合子の腕の中に気を失ってしまいました。それで騒ぎは益々大きくなって行ったのです。一座の中には、医学博士やドクトルも居たので、両人には割合に手早く手当が加えられました。嫂は、まもなく蘇生《そせい》して、元の身体に回復しましたが、兄の方は遂に息を吹きかえしませんでした。その死因は、たしかなこととて判らないのですが、心臓麻痺らしいという見立てでありました。死因に疑いを挟んだ医学者も居たのでしょうが、その場のことですから口を緘《かん》して語らなかったのでしょう。こんな風にして、兄はとうとう赤耀館の悪魔の手に懸ってしまったのです。

麻雀競技会は勿論中止となり、参会者はこの不吉な会場からそれぞれ引上げようとした時、ドヤドヤと一隊の警官や刑事が大広間に入って来たので、一座は俄《にわ》かに緊張の空気に圧《お》されて息ぐるしくなりました。この前、笛吹川画伯のとき検屍にやって来た尾形警部の姿が、警官隊の先頭に見えましたが、警部は興奮をやっと怺《こら》えているらしく病人のような顔に見えました。

「皆さん、まことにお気の毒に存じますが、一通り本件の取調べがすみますまで、この室から一歩も外《そと》へお出にならぬように……。これは警視庁からの命令でございます」

警部が開口一番、いきなり厳然たる申渡しをいたしましたので、一座は不安とも不快ともつかぬ気分に蔽《おお》われてしまいました。中には、赤耀館にフラフラ迷い込んで来たことを一代の失敗のように愚痴《ぐち》るひともありましたし、又、医師は心臓麻痺で頓死したというからには普通の病死であるものを、なぜ犯罪事件らしい取扱いをし、我々の迷惑をも顧みず、この夜更けに留め置くのかと、不平を並べる人もありました。兄を診察した医学者たちは、警部の後に随《したが》って、大広間を出て行きました。実験室へ一行は入ってゆきましたが、泥田のように多勢の人々によって踏み荒された室内の有様を一目見た警部は、とうとう怺えかねたものと見えて「しようがないなア、チェッ」と舌打ちをしたことです。

実験室で早速訊問が開始せられました。嫂、百合子、勝見やボーイ、女中をはじめ、看護をした医学者たちを通して知ることの出来た事実は、極く僅かなものでした。それを綜合してみると、兄は九時の無線時報信号を聴取するために、その時刻にこの室を訪れたこと、しかし連《つ》れがあったか、又は無かったかは不明なること、レモナーデのコップは兄が持って来たのか又は他の人が持って来たのか不明であるが、兎も角も卓子の上にのっていたこと、但しボーイは兄にレモナーデを手渡した覚えのないこと。兄の死は急死であり、時刻は九時から九時十五分までの間であること、凡《およ》そこればかりの貧弱な材料でした。

医学者に対しては、病死と変死との孰《いず》れであるかという質問が発せられましたが、その答えはどれも不決定的なものであり、解剖を待つより外に死因を決定する手段はあるまいとのことでした。警部は早速屍体解剖の手続をとるよう部下の警官に命じました。

兄の死の前後の様子も調べあげられました。が、実験室に行ったことを嫂が知っていたのは、それが兄の毎日の習慣だったからであるということでした。嫂の外には、その習慣を知っている者はありません。その時間に何処にいたかという質問が、関係者一同に発せられました。嫂は、一寸自分の室へ休憩に行ったと言いました。百合子は大広間へのレモナーデの準備をお手伝いさんたちとしていたと言いました。勝見は廊下に立ってボーイを指揮したり、賀茂子爵のお相手をしていた。これは子爵やボーイに聞いて貫えば直ぐにわかることだ、と陳述いたしました。ボーイは、勝見の指揮を受けたことを覚えていましたが、勝見がいつも廊下に立っていたかどうかは知らないということでした。百合子と一緒に働いていたお手伝いさんは、百合子が別に勝手元を離れたことはなかったようだと証言しました。しかし嫂が私室へ入るのを見たという雇人は、不幸にして見当りませんでした。何しろ混雑の折柄のことですから、皆の行動の立証方法の甚《はなは》だ曖昧《あいまい》であったのも已《や》むを得なかったことでしょう。

次に警部の一行は、室内捜査を開始いたしましたが、尾形警部は、ここで再び、いまいましそうに舌打ちをいたしました。というのは兄の死後、多数の人達がワッと押しかけて来たため、参考になるようなことが全く判らないのです。警部は、犯罪捜査に当る者の直感から、またつい先頃の笛吹川画伯の頓死事件と本件とを照し合わせた結果、兄の死は充分、他殺であると疑っていいと思っている様子でありました。室の中を、あちこちと探しまわっていた警部の顔は、だんだんと曇って来ました。とうとう彼は室の真中に棒立ちとなって呻《うめ》くようにこんなことを呟《つぶや》いたのでありました。

「この室に残された記録から、犯人を探し出すことは絶望である。コップの上に印された指紋をとろうと思えば、まるで団扇《うちわ》を重ねたように沢山《たくさん》の人々の指紋だらけで識別もなにも出来たもんじゃない。この泥足の跡も結構だが、これでは銀座街頭で足跡を研究する方がまだ容易かも知れない。犯行時間に確実なる現場不在証明《アリバイ》をなし得る人間は九十名近い人達の中で二十名とあるまい」

「この証拠湮滅《しょうこいんめつ》は、あまりに立派すぎる。偶然にしてあまりに不幸な出来事だし、若《も》し故意《こい》だとするとその犯人は鬼神のような奴だと言わなければならない。他殺の証拠を見付けることは困難だ。結局病死とするのが一番平凡で簡単な解決だ。しかし自分は到底《とうてい》それで満足できないのだ。この上は屍体解剖の結果を待つより外はあるまい」

尾形警部は大広間に帰って来ました。無駄とは思いながらも、八十名の参会者を片っ端から訊問して行ったのです。その結果は予期の通りで別にこれぞと思う発見もなく、それかと言って事件に関係のないことを保証することも躊躇《ちゅうちょ》されたのです。警部は我が身を、フィラデルフィア迷路の中に彷徨《ほうこう》しながら精神錯乱した男に較《くら》べて、脳髄のしびれて来るのを感じたことでありました。

兄の屍体は法医学教室で解剖に附せられました。其の結果を受けとった尾形警部は、力もなにも抜けてしまって、机の上に顔を伏せました。報告書には次のような意味のことが書いてあったのです。

「自然死か毒死かの判別は不幸にして明瞭でない。毒死を立証する反応は明瞭に出て来ない。それかと言って自然死であるとも言うことが出来ない。たとえば微量の青酸中毒による死の如き、これである。今日の科学はこの程度の鑑別をするだけに進行していないことを遺憾とする」

最後の望みの綱も切れてしまったので、警部の無念を包んだまま、兄の急死事件も抛棄せられました。独逸に居た私は、嫂からの急電により、この変事を知りましたが、即刻帰朝の決心をし、その旨を嫂に向けて返電いたしました。しかし、如何に早く帰国したいと言って、西伯利亜《シベリア》鉄道を利用することも、米国まわりにすることも、私の健康が許されそうもなかったので、矢張り四十日を費して欧州航路を逆にとることにしました。このことは電報の中に書いて置いたのです。

一方、兄の急死によって陰鬱《いんうつ》さを増した赤耀館では、雇人が続々と暇を願い出ました。嫂も百合子も、盛んに慰留しましたが、彼等はどうしても止《とど》まろうとは申しません。勝見は嫂や百合子と雇人たちの間に立って苦しんでいましたが、遂に彼自身すら、暇を願い出るようなことになりました。

「勝見さんも止したいというの。皆の真似《まね》をしなくてもいいでしょう」と百合子が皮肉めいた口を利きました。

「決してそう言うわけではありません。唯私の健康状態が許しませんので……」

「あんたが居なくなっちゃうと、今度は、姉さんの健康状態がわるくなってよ」

「どういたしまして。お姉様のようにお美しい方のところへは、幾人でも忠実な男がやって参ります」

「まあ、勝見さん。お上手なのねえ——。そしてあんたは、何処がお悪いの？」

「一寸申上げ兼ねる健康状態でございます。いずれ其の内には判ってしまいましょうが、私の口から申し上げることはお許し下さい」

「百合子ちゃん。仕方がないのよ、帰しておやりなさい」嫂は沈黙を破って突然こんなことを言いました。

「そーお」百合子が不平らしく黙ってしまうと、勝見はしずかに頭を下げ、別れの挨拶をして出て行きました。

「赤耀館の悪魔は出て行った。ホホホホ」嫂がヒステリカルに高い声をあげて笑いました。

「でも魅力のある悪魔なんでしょう。姉さん、あたし、なにもかも知っててよ」

「出て行ったんだから、何も言うことはないでしょう。百合ちゃん。あの人は悪魔でも、あれからこっち外《ほか》に相談する男のひともないんですもの」

「姉さんは、水臭《みずくさ》いひと」なにか外のことを考えているらしく、百合子が言いました。

　勝見が此の家を去ってからのち、嫂は果してすこしずつ、不健康になって行ったようです。ときには、ひどい発作《ほっさ》を起して、流石《さすが》の百合子も介抱に困《こう》じ果ててしまうことさえ稀《まれ》ではありませんでした。そうしたときに、嫂の感情を和《やわら》げる唯一つのものは、寄港地や船から打って寄こす、簡単な私の電文であったそうです。

　其の年は不思議な気象状態で、七月の半を過ぎても、夏らしい暑さは来ず、途上の行人はいつまでもネルやセルの重い単衣《ひとえ》に肌をつつんで居りました。それは七月三十日のことです。嫂《あによめ》はいつになく機嫌がよく、朝からそわそわと衣裳を出して眺めたり帯上げをあれやこれやと選りわけたりしていましたが、気に入ったのが見付かったのか、着物を着換えると、行先も言わず、ただ東京まで行って来るからと百合子に言いのこした儘、外出いたしました。ところが嫂は、その夜遅くなっても帰って来る様子がなく、眠りやらぬ百合子は遂に次の日の暁が、東の窓から明るく差し込んで来るのを迎えました。今日こそおひる頃までには帰って来るであろうと、眠さも忘れ唯不安な気持一杯で待ち尽しましたが、これも亦《また》空しい期待に終りました。それから夕陽が赫々《かくかく》と赤耀館の西側の壁体に照り映えるころを迎えましたが、窓から街道を見下していても、鯨ヶ丘を指して帰って来る嫂の姿は発見されなかったのです。やがて恐怖に充ちた夜が来ました。百合子はお手伝いさん達を駆りあつめて自分の室に共に寝をとらせましたが、どうしても寝つかれません。ちょろちょろと眠ると何だか真黒な魔物に乗りかかられた夢を見て呻《うな》されたり、その毎にべとべとになった寝衣を着換えたりいたしました。深夜の沈黙は死のように静かでありましたが、時々赤耀館のどこかの室で、トーントーンという鈍い物音がきこえ、其の度に胸がわくわくするのを覚えました。

嫂の変死の報せが赤耀館に到着したのは、その次の日の早朝であったのです。百合子は呆然《ぼうぜん》としてしまって、どうしたものやら途方に暮れてしまいました。

使いの警官の話では、嫂らしい人が、築地《つきじ》の某ホテルの一室に死んでいるから、早く見に来て呉れということでした。百合子は事情をうちあけた上、これではとても自分では処理がつかないから、元此の家に勤めていた勝見伍策を警察の手で呼びよせて呉れるように、彼が残して置いた郷里の所書を示して頼みました。そして警官の案内で、その築地の某ホテルへ、すすまぬ足を運んで行ったのです。

築地の川べりに近く、真黄色な色にぬられた九階だての塔のような建物がありますが、それがそのホテルなのです。入って行きますと、見知り越しの尾形警部が、いまにも仆れそうな青い顔をして、百合子を迎えましたが、すぐ現場へ案内して呉れました。それはバスルーム付きの十六畳もあろうと思われる大きな贅《ぜい》を尽した部屋でした。室の一隅には、大型のベッドが二台並んでいます。その一方に死んでいるのが、紛《まご》う方《かた》なき嫂の綾子なのでした。

「一体どうしたのでございましょう?」百合子は縋《すが》りつかんばかりにして尾形警部に尋ねかけたのでした。

「さあ、どうしたものですか」と警部もすこし顔を和げてこれに答えました。「今度は一つ徹底的な捜査をしたいと思っています。幸《さいわい》に事件は私に委されましたし、現場もこの通りあまり荒されていませんので、きっと何か判ることと思います。その前に是非とも貴女《あなた》にお伺いしたいことがあるのですが……」

と百合子を別室に導き、嫂の近情や、家を出た前後の模様などを訊《たず》ねました。

赤耀館は厳重な家宅捜査をうけ、ことに嫂の室は壁紙まで引きはがすほどの徹底さを以《もつ》て探査をすすめられた結果、数束の嫂へあてた手紙が悉《ことごと》く其の筋へ押収せられました。中でも尾形警部が、特に注意して読んだものは、兄丈太郎から貰ったものの外に、笛吹川画伯、勝見伍策、それから私からの手紙でありました。

嫂の屍体は、入念に法医学教室で解剖に付せられましたが、消化器と循環器との系統のものは、どんな微細な点までも、剖検《ぼうけん》されたのです。

「お嬢さん、今度はすこし手応《てごた》えがあったようですよ」と尾形警部が、心持ち顔を明るくしながら言ったことです。「お姉様の死は、疑いもなく青酸中毒から来ているのです」

「青酸中毒でございますって？　では姉は殺されたので御座いますか、それとも自殺でございましょうか」百合子は身を震わせながら警部の言葉を待ちました。

「他殺か自殺か、それは未だ残された問題なのです。ですが解剖の結果、青酸中毒の反応が充分出て来たことと、青酸加里を包んであったらしいカプセルの一部が胃の中に発見せられました。それからお姉様の枕頭にはレモナーデのコップがあったのです。覚えていらっしゃいますか、お兄様の死体の側にもレモナーデのあったことを。それから、これは一寸お嬢様には申し上げ悪《にく》いことなのですが、お姉様のおやすみになった寝台には何者か男性がいたことが確認されました。しかしホテルの方では、お姉様はたしかに人をお待ちのようでしたが、その人は遂に来なかったらしいと申しています。恐らく、男はその旅館の中に、知らぬ顔をして泊っていたのでしょう。しかし自殺か他殺かは、前にも申した通りわかっては居りません。只今は、極力、お姉様と一夜を共にした男を捜査中でございます」

「では、兄も青酸で死んだのでございましょうか」

「恐らくそうであろうと思います。この方も改めて調べて見たいと思うのですが、その前に是非お訊ねしたいのは、勝見伍策とお姉様の関係について、御存知の事実をお話し下さいませんか。いや、もう大体の見当は、お姉様の室にあった手紙から判っているのですが……」それは警部の嘘であった。

百合子は、すっかりその手に乗せられて、嫂が兄の死後、勝見にたよっていたこと、又勝見が深夜に嫂の室を訪ねるのを見たことなどをうちあけてしまいました。警部は満悦そうに頷《うなず》き乍ら、

「お兄様の御生前には、そうしたことをお気付きでありませんでしたか」

「疑えば疑えないでもありませんが、よくは存知《ぞんじ》ません。唯、兄と姉とが、勝見のことで変に皮肉な言葉のやりとりをしているのを一二度、耳にしたことがございました」

「いや、よく判りました。おっつけ勝見を呼び出しますから、一層事実がわかることでしょう」

尾形警部は、その上で、笛吹川画伯や兄や私について、詳細をきわめた質問をしたそうです。百合子は、これから力になって貰いたいと思う勝見に、香《かんば》しくない疑惑のあるのを情けないことに思いました。この上は、もはや、印度《インド》洋あたりを航海している筈の私の帰朝の一日も早いことを祈らずにはいられなかったのです。しかし彼女は始めて私に会うわけなのですから、私という男がどんな人間であるかも判りかね、幾分の不安を伴うのでありました。

尾形警部は勝見の引致が大変手間どれるのに苛々していました。警部は、勝見を兄夫妻殺しの犯人と睨《にら》んでいたのでした。ホテルで嫂と一夜を明かしたものは、勝見である

に違いはないのです。勝見を訊問することにより笛吹川画伯の頓死に溯《さかのぼ》り、赤耀館事件の一切が明白になると考えて、夜の目も睡《ねむ》られぬほどに興奮していました。

ところが予定よりも数日おくれて、勝見を迎えにやった腕ききの刑事が、狐につままれたような顔をして尾形警部の前にぼんやり立ちました。

「どうしたんだ、勝見はどうしたんだ？」尾形警部は気の短かそうな声を張りあげたのでした。

「どうもおかしなことになりました。私は早速、彼奴《きやつ》の郷里である岡山県のS村に行きましたが、彼奴の居所がさっぱりわからないのです。村の人達にきいてやっと知れたことは、勝見は病気のため村を去ったそうです」

「病気？　そしてどこへ行ったのか？」

「村人の話では、肉腫《にくしゅ》が出来ていたそうで、実に気の毒なことだと言っています。行先は村役場できくことが出来ましたが、K県の管轄になっている孤島であります。療養所が設けられてあるところだそうです。私は思い切ってその島を尋ね、勝見に会って来ましたが、気の毒なものです。しかし勝見の写真で見覚えのある面影があった上に、赤耀館のことも何から何までよく知っていましたから、勿論勝見に違いありません。そんなわけで彼奴をひっぱって来ることは、絶対に不可能なんです。それにひっぱって来たって駄目なことが判りました。というのは、綾子夫人が死んだ七月三十日には、彼奴は療養所の中から一歩も外《そと》へは出なかったことが判明したのです。御覧なさい、ここに療養所長の証明書があります」

尾形警部は沈痛な面持で、療養所長の証明書を一瞥《いちべつ》しました。大きな四角い字で次のような字句が記されてあったのです。

証明書

右ハ本療養所患者ニシテ七月三十日ハ其ノ病室ニ在リテ正規ノ療養ニ尽シタルコトヲ証明ス

明治三十一年九月九日生

勝見伍策

「そんなことがあり得るだろうか。この勝見の現場不在証明《アリバイ》は、この証明書から最早絶対に疑うことが出来ない。しかも綾子夫人は七月三十日にあのような死に方をしている。夫人を殺したのはどんな男だ？　それは全く手懸りがなくなった。夫人の毒死が判り、一夜を明した男のあるのも判っているのにも係《かか》わらず、この事件は又、遂に結論を『自殺』へ持って行かねばならないのか。自分の直感は、この平凡な結論を嘲笑《ちようしよう》する。その男が流しの殺人犯人だとも考えられない。嗚呼《ああ》、自分の頭脳《あたま》は全く馬鹿になってしまった」

尾形警部は、刑事の居るのもうち忘れて、机の上に顔を伏せると声をあげて泣き始めました。翌日から警部は病気と称して引籠《ひきこも》ってしまったのです。それで嫂の死は、自殺であると見做《みな》して一先ず事件の幕は閉じられてしまったのです。

百合子は赤耀館にさびしい不安に充ちた生活をしていました。彼女は、ここを立ち去る力もなく、ただ八月の月半ばまでには帰って来るであろうところの私を待ち佗《わ》びていたのです。その待ちに待たれた私は、八月の月半ばは愚かなこと、九月の声をきくようになっても、赤耀館に姿を見せませんでした。ただ、門司《もじ》から「帰国はしたが、用事が出来たため赤耀館へ帰るのはすこし遅れる」という簡単な電文が百合子の許に届いたばかりでありました。

十月の声を聞くと、満天下の秋は音信《おとず》れて、膚寒い風が吹き初めました。赤耀館の庭のあちこちにある楓《かえで》の樹も、だんだん真赤に紅葉をして参りました。百合子は突然、二人の訪問客を受けて近頃にない驚きを覚えました。その内の一人は、永らく休職していた筈の尾形警部であったのです。

「お嬢様、今日は私の友人を連れて伺いましたよ。帆村唱六《ほむらしょうろく》という、実は私立探偵なのです。例の事件について深い興味を持っている人で、今日は改めて赤耀館や、実験室を拝見させて頂こうと思って参上しました。帆村君、こちらが百合子さんと仰有るお嬢様です」

百合子が紹介を受けた帆村探偵は、まだ年の頃は、三十になるかならぬかの若さでした。後に長く垂れ下った芸術家のような頭髪《かみ》と、鋭い眼光を隠すためだろうと思われる真黒な眼鏡とが、真先に印象されたのでありました。百合子は、尾形警部ともあろうものが、私立探偵などを引張って来たことを、可怪《おか》しく思いながら、家の一間一間を、案内して歩きました。帆村探偵は、ただフンフンと聴問しているばかりで、あまり機敏らしい様子もありません。しかし三人が兄の死んでいた実験室に入って行ったとき、百合子は初めて、帆村探偵の凡人でないのを了解することが出来ました。

「尾形さん。貴方は、大変な事実を見落していなさるよ」帆村探偵は椅子に腰を下したまま、すこし緊張に顔を赤らめてそう言ったことです。

「帆村君、君は何かを発見したかネ」

「発見したとも。犯行も、犯人も、まるで活動写真を見るように、はっきりと出ているじゃないか」

「冗談はよしてくれ、まさかそんな馬鹿なことが……」

「では兄は誰かに殺されたのでございますか？」百合子は、たまりかねて、こう質問しました。

「勿論、殺されたに違いありません」と帆村探偵は黒い眼鏡をキラリと光らせ乍ら、静かに言ったのです。「犯人を見出す見当はついたのです。そうですな、もう三十分もすれば、すっかり説明をしてあげます。尾形さん、もう十分もたてば、例の通り打合せて置いたから、この室へ電気が通ずるだろう。そうすると、あの配電盤の真白い大理石の上に、赤い電球が点くから、あなたはそれを注意していて下さい。その前に私は計算をしなければならないので、一寸失敬するよ」

こう言って帆村探偵は懐中から広い洋紙と、細長い計算尺と、それから掌に入りそうな算盤《そろばん》とを出して卓子《テーブル》の上に並べました。それから、つと立ち上ると、兄の死んでいた場所の近くに、壁にとりつけられてあった自記式《オートグラフイツク》の気温計、湿度計、気圧計の中を開いて、白い紙が部厚にまかれたものをとり出しました。その巻紙の上には、時々刻々の気温、湿度、気圧が、紫色の曲線で以て認《したた》められてあったのです。尾形警部は意外な面持で声をかけました。

「そりゃ君、犯罪となにか関係があるのかネ？」

「判りきったことを聞くじゃないか。犯人も自分の画像がこんな無神経な器械の中に、自記《セルフレコード》されていようとは思っていなかったろう」

「どこにか写真仕掛けでもあって、犯人の顔がうつっているのかい」

「じゃないんだ。ほら見給え、この紫の曲線を。こいつを飜訳して見ると、犯人の画像が、ありありと出て来ようという寸法さ。しばらく質問を遠慮して呉れ給え」

帆村探偵は、紫の曲線を睨みながら、計算尺を左右に滑らせたり、紙の上に数字を書きとめたり、算盤をパチパチとはじいたりしていました。そうかと思うと、急に立上って入口の方へとんで行き、捲尺を伸して入口の寸法をとったり、空気ぬきの小窓の大きさを調べたりするのでありました。尾形警部はこれをうち眺め、唯もう目をパチパチするばかりで、探偵から言いつかった配電盤の上を注意することさえ忘れているようでした。

「どうしたんです、尾形さん。パイロットの赤ランプが点いているじゃありませんか、さあこれから、すこし面倒な実験をやります。尾形さんは、私の言ったように、外《そと》に居て、私達の持って来たX線の装置を壁に添い、静かに動かして呉れ給え。此の室は暗室にして、私が独り居ましょう。お嬢様は外へ出ていらっしゃってもよろしいし、おいやでなければ此室に居て下さい。なにか面白いものをお目にかけられるかもしれないのです」

「私はこの室に居とうございますわ」

「そりゃ勇しいことですな。ですが、私の許しを得ないで無暗に動き廻ると、X線を浴びて石女《うまずめ》になるかも知れませんよ。はっはっ」

「まア」

帆村探偵は時間を打ちあわせ、尾形警部を外に出しました。いつの間にこの建物の外に搬《はこ》んで来たものか、そこには一台の移動式X線装置が置かれてありましたが、警部は時計を見つつ、心得顔にスイッチを抑え、抵抗器の把手《ハンドル》を左右へまわすのでした。ジージーと放電の音響がきこえ、X線は実験室の壁をとおして内部へ入ってゆくようでした。暗室の内では、鉛の前垂《まえだれ》をしめた帆村探偵が、大きな石盤のような形をした蛍光板《けいこうばん》を目の高さにさしあげ、壁とすれすれにそれを上下に動かしています。探偵の夜光時計が二分を刻むごとに、彼は一歩ずつ左へ体をうつし、前と同じような恰好《かっこう》で蛍光板をのぞきこむのでありました。時には手をのばして蛍光板と壁との間にさし入れ、鉛筆でなにやら壁の上に印をつけているようでした。二十分もすると実験は一《ひ》と先《ま》ず終了しました。黒い毛繻子《けじゅす》のカーテンを、サッと開きますと、明るい光線がパッとさしこんで来たので、百合子は頭がくらくらしたので両眼を閉じました。やがて静かに眼を開いてみますと、壁の上に鉛筆で黒々といたずら書きのしてあるのに気がつきました。それは下手《へた》なデッサンを見るように、首から上のない人間の形のように見えました。

「帆村さん、それはなんでございますの？」といぶかしそうに百合子が訊ねかけたとき、表から尾形警部が入って来ました。

「どうだね、うまく出たかしら」

帆村探偵が黙って指した方を見た警部は、

「フーム」

と首をかしげて何か考えているようでしたが、

「こりゃ君、婦人じゃないか。それも、綾子夫人の身体と同じ位の大きさだ」

「お嬢様、亡くなった奥様の洋服を一着、借して頂きとう存じます」

と帆村探偵が言いました。

本館からとり寄せた綾子夫人の洋服を、この壁の上にしるし出された人型《ひとがた》の上に重ねてみますと、正しくピタリと大きさが合うではありませんか。肩胛骨《けんこうこつ》や臀部《でんぶ》のあたりは特によく一致していました。

「お嬢さん、不思議なことを御覧になったでしょう。私達の試みは今のところ、半分は成功し、半分は失敗に終りました。成功の方の半分を、尾形さんと共にきいていただきたいと思います。――私は尾形さんに事件の内容を伺ってから、これは実に恐ろしい殺人鬼の仕業《しわざ》であることを知りました。尾形さんも、そうは思っていられるものの、証拠が見付からないのでとうとう休職まですることになったのです。私は犯人があまりに用意周到なる注意を払っているのに驚きました。しかしそれは犯行を否定するような結論を導き得たのにも係わらず、皮肉にも反《かえ》って犯行のあった疑いを深く抱かせるようになりました。

先ず、私がこの室にはいってから発見した事実が二つあります。

それは、失礼ながら、尾形さんに不足している専門知識から初めて見出すことの出来るものなのでした。その第一は、この室の壁にかけられた自記《オートグラフイック》式の寒暖計、湿度計、及び気圧計の中にのこされてある犯行当時の記録なのです。今、六月二十九日の午後九時前後に於ける此の室の温度と湿度と気圧の記録をぬき出して一枚の紙の上に書き並べてみますと、こんな具合になりました。（と、別紙のような曲線図を示す）九時前後に於て三曲線は特異な変化を表わしているではありませんか。私共にとって幸いなことには、当夜、東京附近は急激なる気象の変化をうけたものですから、室内と室外の気象状態にすくなからぬ懸隔《けんかく》ができたため、実に著《いちじる》しい曲線の変化が起ったのです。この曲線の左の方を見ますと、横軸に記された通り、午後八時五十五分、五十六分、五十七分の

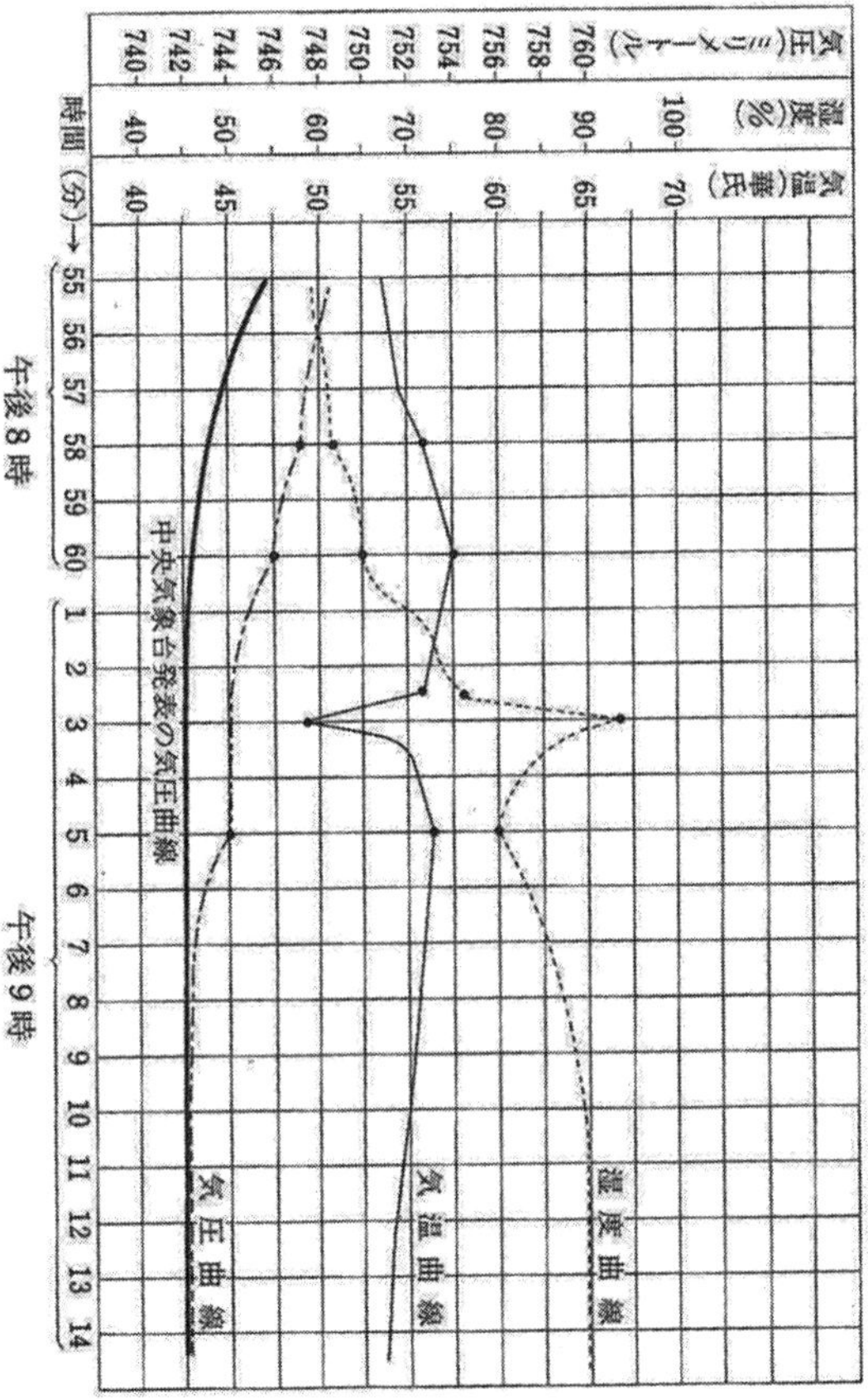
気圧（ミリメートル）
740 742 744 746 748 750 752 754 756 758 760
湿度％
40 50 60 70 80 90 100
気温（華氏）
40 45 50 55 60 65 70
時間（分）→
55 56 57 58 59 60 1 2 3 4 5 6 7 8 9 10 11 12 13 14
午後8時
午後9時
中央気象台発表の気圧曲線
湿度曲線
気温曲線
気圧曲線

附近では、湿度と気温はぐんぐん昇っているのに反し、気圧はだんだん下っています。しかしこれ等の変化はまことに円滑《スムース》に動いています。然《しか》るに八時五十八分になって、三曲線が折れたような変化をしています。湿度のごときは急に昇り、温度も著しく上を向き、気圧は急降しています。これは何を意味するかと言いますと、此の室の扉《ドア》を開けたため、室内へ室外の気象状態がサッと浸入して来た結果、ひきおこされたわけなのです。五十九分頃には三曲線は、再び同じ位の傾斜で動いています。扉がすぐに閉じられたため、室内の気象の変化は、また前のように立ち還《かえ》ったせいでありましょう。ただ、室内温度がやや著しい上昇ぶりを示しているのは、この室に新たに人が入って来て、それも割合に温度計の近くにいたためか、それとも中の機械を運転したためにその各部から発散される熱量の影響であるかの、何《いず》れかです。私の推測では、五十八分に入って来たのは丈太郎氏であり、時報《タイム・シグナル》をうけるために室内に電灯を点じ、無線送受信機が動作を始めたせいだと思っています。

午後八時六十分――つまり午後九時になって、三曲線は再び折れたような変化を示しています。ことに面白いと思う点は、今度の変化は、先に起った五十八分における変化とは大分趣きを異にしていることです。気圧の変化は、同じ様ですが湿度の激しい増大ぶりと、室内温度が前とは反対に下り始めていることは著しい特徴だと言わなければなりません。これは一体、何を物語っているのでありましょうか。……私の考えによると、丁度九時になって一人の人間が全身ずぶ濡《ぬ》れになって此の室に飛びこんで来たのです。

そのために濡れた水分が室内に蒸発をはじめて急に湿度が高くなりました。蒸発作用の潜熱によって室内の熱量は奪われ、さてこそ室内温度の下降を導くに至ったのです。それから三分ほど経って、湿度と温度の曲線は、常識では考えられぬほどの異常な変動を生じています。すなわち、湿度は九十五パーセント近くに昇り、温度は華氏で十五度も急降しているではありませんか。これは濡れた衣服を着た人間が、この計器にふれんばかりの近くにすすみよったことを示すものなのです。恐らく湿度計は乾湿《かんしつ》ハイグロメーターの湿球のような状態におかれ、水銀は急に熱を奪われて萎縮《いしゅく》したことでしょうし、湿度計の方は、その傍に居る人の衣服がポッポッと湯気《ゆげ》を出して乾燥中であるために殆んど飽和状態に近い湿度を記録したのでありましょう。三分以後は三曲線とも元のように帰ろうとしていますが、九時五分に至って、最後の階段的変化を示しています。この変化は割合に緩慢な動きをとり、ことに気圧の如きは点線で示すような当夜中央気象台でとった気圧変化と、九時十分頃には完全に一致しているところから観察して、これは多分、実験室の扉が午後九時五分過《すぎ》に開放された儘、放置されたため、室内の三計器は屋外の気温、気圧、湿度と一致するに至ったものだろうと思います。誰か遽《あわ》てて室外に逃げ出した者のある証拠です。

ところが只今、X線を壁に当てて見ました結果、気圧計などのすぐ近くに、異形のものを発見しました。これはまだ新しい壁の上に水分をたっぷり含んだ物体がおしつけられたため、水を吸収した部分と物質だけが極くこまかい結晶をつくり、それがためにX

線を当ててみると他の部分とはまるで違った表面になっていることが判ったのです。その結果は、壁の上に鉛筆で記したとおりで、しかもそれが綾子夫人以外の誰でもないことが明白になりました」帆村探偵はこう言って、ホッと吐《と》息《いき》を洩《もら》したのです。

「では姉が……」百合子は愕《おどろ》きのために目を大きく瞠《みは》って叫ぶように申しました。「姉が兄を殺したのでございますか」

「お嬢様、私たちの失敗は、そこにあるのです。ごらんなさい。綾子夫人の像から二寸ばかり離れた場所に、大きな手の跡がX線によって発見されています。これは丈太郎氏の右手なのです。綾子夫人を壁ぎわに押しつけたとき丈太郎氏の手は夫人の濡れた衣服をつかんでいたのでした。そのとき丈太郎氏は中毒のために力を失い、この壁の上にぬれた手をつくなり、バッタリ下に斃《たお》れてしまったのです。丈太郎氏の臨終は正《まさ》に午後九時三分であると断言することが出来ます。周囲の状況から考えますと、綾子夫人は丈太郎氏のところへ、レモナーデを搬んで来たのです。丈太郎氏は九時二分過ぎに時報受信の実験をやり、やさしい夫人の捧げるレモナーデを手にとって一口に飲んだのでした。ところが丈太郎氏は忽《たちま》ち身体に異常を覚え、これはてっきり綾子夫人が毒を仕《し》掛《か》けたレモナーデを飲ませたせいであると思い、忽ち夫人に飛びかかって壁際に押しつけはしたものの、其の時、中毒作用は丈太郎氏の心臓を止めてしまったのです。私どもの実験は綾子夫人を犯人として画き出すほか、何の効果もありませんでした。しかし私は夫人を犯人とするに忍びないのです。いやまだまだ此の室には、私達の未だ発見していないような参考資料がある筈です。第一に探し出さねばならぬことは、丈太郎氏は如何なる手段によって青酸を口にせられたかということです。コップの中に青酸加里があったとすると、綾子夫人も青酸瓦斯を吸いこんで命を其の場に喪《うしな》った筈なのです。お嬢さんにお伺いいたしますが、丈太郎氏は、何かものを口にくわえるといった風な癖をお持ちではありませんでしたでしょうか」

「まあ、よく御存知でいらっしゃいますこと――私もウッカリ忘れて居ました。兄は不思議な癖のもち主でございました。こういう風に左手の親指と、人差指と中指とをピッとひねり、そのあとで人差指と中指とを一緒に並べたまま、下唇の内側をこんな風に……」

「ま、待って下さい、お嬢さん、そんな悪い真似は本当におやりにならぬように。しかしそれはいいことを伺いました。第三の発見ができるかも知れません。尾形さん、そこにある受信機をそのままそっと窓の方へ一緒に担いで呉れ給え。なるべく静かに、そして端の方をもって……」

帆村探偵は六尺もあろうと思われる受信機の目盛盤《ダイヤル》を左の方から一つ一つ点検して行きました。点検すると言っても指でクルクルと廻してみるわけでもなく、二尺も離れた遠方から恐る恐る窺《うかが》っているという風に見えました。それから急に一つ首を竪《たて》に振ると一つの小さい目盛盤《ダイヤル》をとりはずし、他のものと綿密《めんみつ》に比較研究をしているようでした。それが済むと、室の一隅に置かれた無線の送受信装置やX線の発生装置がゴチャゴチャ並んでいる方をジロジロと見廻していましたが、配電盤の開閉器を全部きってしまうと、機械という機械の間を匍《は》いまわり、変圧器の下に手をさし入れて掌を油だらけにしたり、丹念にボールトをはずして電動機を解体したりなぞやっていました。それでも彼が探し求めるものはないらしい様子で、遂には機械の中に棒立ちとなったまま、当惑顔《とうわくがお》にうちしずんで見えました。

「なにを探しているんだ、帆村君」呆気《あっけ》にとられていた尾形警部が声をかけましたが、探偵は口の中で返事をしたばかりであったのです。が何を思いついたか、先刻《さっき》とりはずした受信機の方をふりかえると、彼の眼は燃え立つばかりに輝きました。受信機のあった丁度真下と思われるところに、さきほど彼が点検したと同じ形の目盛盤が一個、腹をむけて転《ころが》っていたのでした。

帆村探偵は、その小さい目盛盤をピンセットの先に挿《はさ》みあげましたが、それを紙の上に置くと青酸加里の白い粉をパラパラと削り落し、今度は懐中から虫眼鏡を出してのぞいたようですが、

「尾形さん、ここにある指紋を見て呉れ給え。こっちの方のは彼奴の左の人差指にちがいなかろう！」

警部はポケットから指紋帳を出して較べていましたが、驚きと悦《よろこ》びの声をあげて、

「彼奴の指紋だ。とうとう証拠を押えちまったぞ」

「お嬢さん、大方様子でお察しのとおり、ある人間が、お兄さまの癖を利用するために、

あの受信機のダイヤルに、青酸加里をぬりつけて置いたのです。不幸なお兄さんは、あの夜時報《タイム・シグナル》を受けるとて受信機の目盛盤を廻しているうちに、左の指に青酸加里をべットリつけてしまいました。開閉器をきり、綾子夫人からレモナーデを受けとる前に、青酸加里は指から口の中へ既に、いとたやすく搬ばれていました。右手でレモナーデのコップをとりあげて一息に飲み下したのだから、何条《なんじょう》たまりましょう。たちまち青酸瓦斯が体内に発生して一分と出でぬ間に急死してしまったのです。あの惨劇のあった後犯人はひそかに、青酸を塗った目盛盤を外し、これを綺麗に洗滌《せんじょう》しようと思って此の室にやって来たのです。しかるに犯人のために不幸な出来事が突発した。というのは、折角《せっかく》とり外したダイヤルが、コロコロ転ってしまってどこかに隠れちまったのです。犯人は色をかえて探したことでしょう。注意深い彼に似合わしからぬ立派な犯跡をのこすことになるのでネ。ところが御覧のとおりダイヤルは受信機の下に転げこみ、所謂灯台下暗《いわゆるとうだいもとくら》しの古諺《こげん》に彼奴はしてやられたのです。これも天罰というやつですかな。その上、拙かったことは、警察の連中にダイヤルの一つ欠けた受信機に気付かれ、不利な探索の行われるのを恐れたので、そのあとには同じ形の新しいダイヤルをつけて置いたのです。これが反って私に発見されたことになったじゃありませんか。――そして隠れたダイヤルの裏には、その男の指紋がありありと残っています。恐ろしい犯人の名は、勝見伍策と名乗る奴です」

「それでは、あの勝見さんが、犯人なのでございますか。しかしあの方は、姉の死には無関係だと伺いましたが……」

「そうです。本当の勝見伍策は、たしかに殺人犯人ではありません。そしてたしかに彼は島に暮していますす」

「では、家に居るのは本当の勝見ではなかったのですか、まア……。しかし一体あれは誰でございましたかしら」

「お嬢さんは勝見が笛吹川画伯の屍体に附き添い、赤耀館を出て行ったのを御存知ですか。あの時までの勝見伍策は、正真正銘の本人でした。あれから五日ほどのちに帰って来た勝見、そして、丈太郎氏の死後に暇を貰って行ったまでの勝見は、全く偽物《にせもの》なのです」

「まア偽せの勝見でしたか。ではもしや……」百合子は言葉のあとを濁して、恐ろしそうに身震いをしたのでありました。

「そうです。あれは笛吹川画伯の変装だったのです」

「それでは笛吹川さんは、あのとき亡くなったのでは無かったのですか。それが今日まで、どうして知れなかったのでございましょう。あたくし、一寸信じられませんの」

「笛吹川という男は、世にも恐ろしい殺人鬼です。あいつは殺人の興味のために、あらゆる努力と、あらゆる隠忍とを惜しまない奴でした。心臓麻痺で死んだと見せかけたのは、彼が印度の行者から教わり、古書の中を漁《あさ》って研究した仮死法なのです。お通夜の夜、本物の勝見の手で彼奴はなんの苦もなく生きかえったのでした。私がそれを発見したのは、今戸の瑞光寺に埋葬してあった笛吹川の骨を掘り出したことに始ります。見ればその壺の中に収められた骨は灰のように細いので、これは変だなと思ったのです。私はそれから日暮里の火葬場に行き、作業員の機嫌をいろいろととって見た上で、笛吹川の死体火葬当時のことを思い出して貰いました。笛吹川のことを思い出して呉れる特徴を彼等の前に提供することができたため、とうとう大変参考になる怪事実を知ることが出来たのです。作業員の話によると、骨の大きさから推して考えると笛吹川の身長は五尺以下であったそうで、その一事だけでも五尺六寸もある彼の身体が焼かれたのでないことが判ります。猶その上に、彼の骨は余りに焼けすぎてしまって、作業員が手にとると粉々に形を失ってしまうのでした。そんな実例は全く今までに見たことがなかったと、五十年もあの火葬場に居る留さんという爺さんが語りました。これから察するところ、笛吹川はどこかの医学校の標本室から、骨骼《こっかく》を盗み出して来て、彼自身の身代りとして棺中に収めたのでしょう。ここいらも、彼の周到な注意ぶりが窺われます。

それから笛吹川の驚くべき陰謀としては、例の勝見伍策が、彼に全く酷似《こくじ》した容貌や背丈をもっているのを発見して巧く手なずけたのです。勝見は既に彼自身が病気に罹《かか》っているところから、今後の彼の生活を保障して貰うのを交換条件として、笛吹川の意志に従ったのです。笛吹川は顎鬚を剃《そ》りおとし、髪かたちから風貌までを整えて笛吹川の死後、五日目に赤耀館へのりこんだのです。それからのちのすべては、いと安々と彼の希望どおりに運んで行きました。綾子夫人も彼の執念ぶかい好色から手に入れてしまうことも出来ましたし、夫人の手を経て恋敵である丈太郎氏を殺し、嫌疑が夫人にかかるように計画したこともその通りに成功しました。彼が暇をとると、勝見を某所の温泉から島の療養所に移して巧みに勝見という人間の行動を不連続にならぬようはからったのです。夫人のヒステリーの昂《こう》じたころ、築地のホテルへ誘き出し、前代未聞の恐るべき手段を用いて夫人を殺しました。詳しいことを説明するのを憚《はばか》りますが、その夜、夫人が満悦したエクスタシーののち、恐らく笛吹川に渇《かつ》を訴えたのでしょう。笛吹川はそのとき自ら口移しに夫人にレモナーデ水を与えました。何もしらぬ夫人は、灼《や》けつくような渇きを医《いや》すため、夢中になってその甘酸っぱい水をゴクリと咽喉《のど》にとおしたとき、青酸加里のカプセルは笛吹川の口を離れて夫人の胃の腑に運ばれてしまったのです。世の中にこれほど惨酷《ざんこく》な他殺方法を考え出した男が他にありましょうか。——残念なことに、今以て彼の行方が知れないのです。しかし私は草を起し、土をわけてもあの殺人鬼を探し出して見せますよ」こういって帆村探偵は口をむすびました。

「すると笛吹川は、まだ此の赤耀館の者に呪いの手をのばすかも知れませんわね。まああたくし、どうしたらいいのでございましょう」百合子は、次の犠牲者となることを考えてみて早や眼の前が暗くなったようです。

「御心配は無用です」と帆村探偵はやさしく言いましたが、何を考えたものか、彼は黒い眼鏡を外《はず》し、長髪に手をかけて引張ると、それはするりと彼の手の中に丸めこまれました。そこには晴々しい笑顔をうかべた二十七八歳と思われる青年の顔がありました。

それはどこやら覚えのある顔でした。ああ、丈太郎の弟である亮二郎さんに違いはなかったのでした。

「まあ、貴方は……」百合子はさっと顔をあからめました。「帆村探偵、実は松木亮二郎です。よく私を覚えていてくれましたね。貴女にも色々御心配をかけましたが、今日からは私が貴女の保護者になりましょう。やさしい貴女が私の側についていて下さる間は、赤耀館にはなんの惨劇も起り得ないのです」

尾形警部はそのとき、気をきかせて、室をしずかに出て行きました。それからのちのことは説明するまでもないことです。

これで赤耀館事件の真相をすっかり話してしまったことになりました。この話の結びとして、最後に言いのこしたことをよく味《あじわ》っていただきたいと思います。この事件の結末は、まだ本当についていないのです。それは笛吹川画伯の行方が、一年この方、いまだに知れないことに在るのです。彼は一体、どこに居て、何をしているのでしょう。

これがもし貴方のおすきな探偵小説であったとしたならば、これだけの物語を以て、なんと結末をおつけになりますか。若し私が貴方の立場に居たとして、自然な結末をつけるものとすれば、先ずこんな風に考えてみてはどうでしょう。ここは門司の埠頭《ふとう》です。一人の青年が東京へ急ぐこころを押《おさ》えて、大きな汽船から降り、倉庫のあたりを一人で静かに散歩していたとしましょう。そのとき背後から二人の怪漢が忍び寄り、呀っという間に青年の頭から、南京米の袋をかぶせてしまった。怪漢はこの袋を楽々とかついで側らの倉庫の中に姿を消してしまう。五分間ほど経つと、再び倉庫の扉が細っそりと開き、さっきの青年と、一人の怪漢とが、こんどは仲がよさそうに出て来た。倉庫の角のところまで来ると青年は、

「御苦労だった。これは少いがお礼にとって置け」

「どうも親分すみませんな」

「あの若僧の死骸は浮き上るようなことアあるまいな」

「永年の荒療治稼業、そんなドジを踏むようなわっしじゃございやせん」

青年はいまし方出て来た汽船の方へかえって行った。——と考えてはどんなものでしょうか。やあ、貴方は大変お顔の色がわるい、お風邪をめしたのじゃありませんか。此所に幸い熱さましのカプセルと、ホット・レモンもありますよ、こいつをグイッと、どうです。いい気持になりますよ。

私はもう元気に床《とこ》を離れている。あれからこっち「赤耀館事件の真相」について再び考えをめぐらすことがいやになった。しかし兎《と》もすれば、私はあの話の方へいつの間にか引き戻され勝ちである。

きけばこの頃、赤耀館の主人公は、精神異常だと言いふらされているそうだ。私は彼の物語った事件の真相なるものが、全然虚構であるとは思っていないが、勿論あの全部を信用しているものではない。私の睨んだところでは、あの赤耀館の主人公は松木亮二

郎その人であって、決して笛吹川画伯の化けたのではないと思っている。さもそうらしいようなことを言ったのは、彼の一家の特質を享《う》けついでいる彼として、犯罪とか極悪人とかへのやけつくような憧憬から生れ出た妄想を、其の儘、事実らしく物語ったものであろう。従って「赤耀館事件の真相」もどこからどこまでが、本当にあったことかわからないのである。私の元気がもっと恢復《かいふく》したらば、もう一度あの話を考え直してみたいと思っている。

# 爬虫館事件

# 1

前夜の調べ物の疲れで、もう少し寝ていたいところを起された私立探偵局の帆村荘六《ほむらそうろく》だった。

「お越し下すったのは、どんな方かね」

「ご婦人です」助手の須永《すなが》が朗《ほが》らかさを強《し》いて隠すような調子で答えた。「しかも年齢《とし》の頃は二十歳《はたち》ぐらいの方です」

（なにが、しかもだ）と帆村はパジャマの釦《ボタン》を一つ一つ外《はず》しながら思った。この手でも確かに目は醒《さめ》る。……

「十分間お待ちねがうように申上げてくれ」

「はッ。畏《かしこ》まりました」

須永はチョコレートの兵隊のように、わざと四角ばって、帆村の寝室を出ていった。

隣りの浴室の扉《ドア》をあけ、クルクルと身体につけたものを一枚残らず脱ぎすてると、冷水を張った浴槽《よくそう》へドブンと飛び込み、しぶきをあげて水中を潜《くぐ》りぬけたり、手足をウンと伸《の》ばしたり、なんのことはない膃肭獣《おっとせい》のような真似をすること三分、ブルブルと飛び上って強《こわ》い髭《ひげ》をすっかり剃《そ》り落《おと》すのに四分、一分で口と顔を洗い、あとの二分で身体を拭《ぬぐ》い失礼ならざる程度の洋服を着てきて、応接室の内扉《うちドア》をノックした。

応接室の函《はこ》のなかには、なるほど若い婦人が入っていた。

「お待たせしました。さあどうぞ」と椅子を進めてから、「早速ご用件を承《うけたまわ》りましょう」

「はァ有難う存じます」婦人は帆村の切り出し方の余りに早いのにちょっと狼狽《ろうばい》の色を見せたが、思いきったという風《ふう》で、黒眼がちの大きい瞳を帆村の方に向け直した。その瞳の底には言いしれぬ憂《うれ》いの色が沈んでいるようであった。「ではお話を申しあげますが、実は父が、突然行方不明になってしまったのでございます――。昨日の夕刊にも出たのでございますが、あたくしの父というのは、動物園の園長をして居ります河内《かわち》武太夫《たけだゆう》でございます」

「ああ、貴女が河内園長さんのお嬢さんのトシ子さんでいらっしゃいますか」帆村は夕刊で憂いに沈む園長の家族として令嬢トシ子（二〇）の写真を見た記憶があった。その記事は社会面に三段抜きで『河内園長の奇怪の失踪《しっそう》、動物園内に遺留《いりゅう》された帽子と上衣《うわぎ》』といったような標題がついていたように思う。

「はア、トシ子でございます」と美しい眼をしばたたき、「ご存知でもございましょうが、私共の家は動物園のすぐ隣りの杜《もり》の中にございまして、その失踪しました十月三十日の朝八時半に父はいつものように出て行ったのです。午前中は父の姿を見たという園の方も多いのでございますが、午後からは見たという方が殆んどありません。お午餐《ひる》のお弁当を、あたくしが持って行きましたが、それはとうとう父の口に入らなかったのでした。正午にも事務所へ帰ってこないことを皆様不思議に思っていらっしゃいましたが、父は大分変り者の方でございまして、気が変ると一人でブラリと園を出まして、広小路《ひろこうじ》の方まで行って寿司屋だのおでん屋などに飛び込み、一時半も二時もになってヒョックリ帰園《きえん》いたしますこともございますので、その日も多分いつもの伝《でん》だろうと、皆さん考えておいでになったのです。しかし閉園時間の午後五時になっても帰って参りません。たまにはずっと街へ出掛けて夜分まで帰らないこともありますが、その日は事務室に帽子もあり上衣も残って居ますので、いつもとは少し違うというので、西郷《さいごう》さん――この方は副園長をしていらっしゃる若い理学士です――その西郷さんがお帰りにうちへお寄り下すって、『園長の例の病気が始まった様《よう》ですよ』と注意をしていって下さいました。ところがその夜は、とうとう帰って参りません。夜遅くなることはありましても、たとい一時になっても二時になっても帰ってくる父です。それが帰って来ないのですから、どうしたことだろうと母も私共も非常に心配しています。園内も調べていただきましたが判りません。警察の方へも捜索方《そうさくかた》をお願いいたしましたが、『別に死ぬ動機も無いようだから今夜あたり帰って来られますよ』と云って下さいました。しかし私共は、なんだかその儘《まま》では、じっと待っていられないほど不安なのでございます。万一父が危害を加えられてでもいるようですと、一刻も早く見付けて助け出したいのでございます。それで母と相談をして、お力を拝借《はいしゃく》に上《あが》ったわけなのでございます。どう思召《おぼしめ》しましょうか、父の生死《しょうし》のほどは」

　トシ子嬢は語り終ると、ほんのり紅潮《こうちょう》した顔をあげて、帆村の判定を待った。

「さあ――」と帆村は癖で右手で長くもない顎の先をつまんだ。「どうもそれだけでは、河内園長の生死について判断はいたしかねますが、お望みとあらば、もう少し貴女様からも伺い、その上で他の方面も調べて見たいと思います」

「お引受け下すって、どうも有難とう存じます」トシ子嬢はホッと溜息をついた。「何なりとお尋ねくださいまし」

「動物園では大いに騒いで探したようですか」

「それはもう丁寧に探して下すったそうでございます。今朝、園にゆきまして、副園長の西郷さんにお目に懸《かか》りましたときのお話でも、念のためと云うので行方不明になった三十日の閉門後、手分けして園内を一通り調べて下すったそうです。今朝も、また更に繰返して探して下さるそうです」

「なるほど」帆村は頷いた。「西郷さんは驚いていましたか」

「はア、今朝なんかは、非常に心配して居て下さいました」

「西郷さんのお家《うち》とご家庭は？」

「浅草《あさくさ》の今戸《いまど》です。まだお独身《ひとり》で、下宿していらっしゃいます。しかし西郷さんは、立派な方でございますよ。仮《か》りにも疑うようなことを云って戴《いただ》きますと、あたくしお恨み申上げますわ」

「いいえ、そんなことを唯今《ただいま》考えているわけではありません」

帆村は今時珍らしい日本趣味の女性に敬意と当惑とを捧げた。

「それから、園長はときどき夜中の一時や二時にお帰宅《かえり》のことがあるそうですが、それまでどこで過していらっしゃるのですか」

「さアそれは私もよく存じませんが、母の話によりますと、古いお友達を訪ねて一緒にお酒を呑んで廻るのだそうです。それが父の唯一の道楽でもあり楽しみなんですが、それというのもそのお友達は、日露《にちろ》戦役《せんえき》に生き残った戦友で、逢えばその当時のことが思い出されて、ちょっとやそっとでは別れられなくなるんだということです」

「すると園長は日露戦役に出征《しゅっせい》されたのですね」

「は、沙河《さか》の大会戦《だいかいせん》で身に数弾をうけ、それから内地へ送還されましたが、それまでは烈《はげ》しく闘いましたそうです」

「では金鵄勲章組《きんしくんしょうぐみ》ですね」

「ええ、功《こう》六級の曹長《そうちょう》でございます」応えながらも、こんなことが父の失踪に何の関係があるのかと、トシ子は探偵の頭脳《あたま》に稍《やや》失望を感じないわけにゆかなかった。

しかし最後へ来て、この些細《ささい》らしくみえるのが、事件解決の一つの鍵となろうとは二人もこの時は夢想《むそう》だもしなかった。

「園長はそんなとき、帽子も上衣も着ないでお自宅《うち》にも云わず、ブラリと出掛けるのですか」

「そんなことは先ずございません。自宅に云わなくとも、帽子や上衣は暖いときならば兎《と》に角《かく》、もう十一月の声を聞き、どっちかと云えば、オーヴァーが欲しい時節です。帽子や洋服は着てゆくだろうと思いますの」

「その上衣はどこにありましょうか。鳥渡《ちょっと》拝見したいのですが……」

「上衣はうちにございますから、どうかいらしって下さい」

「ではこれからすぐに伺いましょう。みちみち古い戦友のことも、もっと話して戴《いただ》こうと思います」

「ああ、半崎甲平《はんざきこうへい》さんのことですか？」トシ子嬢は、父の戦友の名前を初めて口にしたのだった。

## 2

園長邸を訪ねた帆村は心痛《しんつう》している夫人を慰め、遺留の上衣を丹念に調べてから何か手帳に書き止めると、外《ほか》に園長の写真を一葉借り、園長の指紋を一通り探し出した上で地続きの動物園の裏門を潜《くぐ》ったのだった。

西郷という副園長は、すぐ帆村に会ってくれた。あの西郷隆盛《たかもり》の銅像ほど肥《こ》えている人ではなかったが、随分と身体の大きい人だった。

「園長さんが失踪されたそうで御心配でしょう」

と帆村は挨拶をした。「一体いつ頃お気がつかれたのですか」

「全く困ったことになりましたよ」巨漢の理学士は顔を曇らせて云った。「いつ気がついたということはありませんが、不審をいだいたのは、あの日の正午《ひる》過《すぎ》でしょう。園長が一向《いっこう》食事に帰ってこられませんでしたのでね」

「園長は午前中なにをしていられたのです」

「八時半に出勤せられると、直ぐに園内を一巡《いちじゅん》せられますが、先ず一時間懸《かか》ります。それから十一時前ぐらい迄は事務を執《と》って、それから再び園内を廻られますが、そのときは何処《どこ》ということなしに、朝のうちに気がつかれた檻《おり》へ行って、動物の面倒をごらんになります。失踪されたあの日も、このプログラムに別に大した変化は無かったようです」

「その日は、どの動物の面倒を見られるか、それについてお話はありませんでしたか」

「ありませんでしたね」

「園長を最後に見たという人は、誰でした」

「さあ、それは先刻《さっき》警察の方が来られて調べてゆかれたので、私も聞いていましたが、一人は爬虫館《はちゅうかん》の研究員の鴨田《かもだ》兎三夫《とみお》という理学士医学士、もう一人は小禽暖室《しょうきんだんしつ》の畜養《ちくよう》主任の椋島《むくじま》二《じ》郎《ろう》という者、この二人です。ところが両人《ふたり》が園長を見掛けたという時刻が、殆んど同じことで、いずれも十一時二十分頃だというのです。どっちも、園長は入って来られて二、三分、注意を与えて行かれたそうですが、その儘《まま》出てゆかれたそうです」

「その爬虫館と小禽暖室との距離は？」

「あとで御案内いたしますが、二十間《けん》ほど距《へだた》った隣り同士です。もっともその間に挟《はさま》ってずっと奥に引込んだところに、調餌室《ちょうじしつ》という建物がありますが、これは動物に与える食物を調理したり蔵《しま》って置いたりするところなんです。鳥渡《ちょっと》図面を描いてみますと、こんな工合《ぐあい》です」

そういって西郷理学士は、鉛筆をとりあげると、爬虫館附近の見取図を描いてみせた。

「この二十間の空地には何もありませんか」

「いえ、桐《きり》の木が十二本ほど植《うわ》っています」

「その調餌室へ園長は入って来られなかったんでしょうか」

「今朝の調べのときには、園長は顔を出されなかったと云っていました」

「それは誰方《どなた》が云ったんですか」

「畜養員の北外《きたと》星吉《せいきち》という主任です」

「園長がいよいよ行方不明と判った前後のことを話していただけませんか」

「よろしゅうございます。閉園近い時刻になっても園長は帰って来られません。見ると帽子と上衣は其儘《そのまま》で、お自宅《うち》から届いたお弁当もそっくり其儘です。黙って帰るわけにも行きませんので、畜養員と園丁《えんてい》とを総動員し園内の隅から隅まで探させました。私は園丁の比留間《ひるま》というのを連《つれ》て、猛獣の檻を精《くわ》しく調べて廻りましたが異状なしです」

「素人《しろうと》考えですがね、例えば河馬《かば》の居る水槽《すいそう》の底深く死体が隠れていないかお検《しら》べになりましたか」

「なる程ご尤《もっと》もです」と西郷副園長は頷いた。「そういう個所は、多少の準備をしなければ検《しら》べられませんのですぐには参りませんでしたが、今日の午後には一つ一つ演《や》っているのです」

「そりゃ好都合です」と帆村探偵が叫んだ。「すぐに、私を参加させていただきたいのですが」

　西郷理学士は承諾して、卓上電話機を方々へかけていたが、やっとのことで、捜索隊がこれから爬虫館の方へ移ろうというところだと解ったので、その方へ帆村を案内してくれることになった。白い砂利の上に歩を運んでゆくと、どこからともなく風に落葉が送られ、カサコソと音をたてて転がっていった。もう十一月になったのだ。杜蔭《もりかげ》に一本《ひともと》鮮《あざや》かな紅葉《もみじ》が、水のように静かな空気の中に、なにかしら唆《そそ》かすような熱情を溶かしこんでいるようだった。帆村は、ちょっと辛い質問を決心した。

「園長のお嬢さんは、まだお独身《ひとり》なんですかねエ」

「え？」西郷氏は我が耳を疑うもののように聞きかえした。

「お嬢さんはまだ独身です。探偵さんは、いろんなことが気に懸《かか》るらしいですね」

「私も若い人間として気になりますのでね」

「こりゃ驚いた」西郷理学士は大きな身体をくねらせて可笑《おか》しがった。「僕の前でそんなことを云ったって構いませんが、鴨田君の前で云おうものなら、蟒《うわばみ》をけしかけられますぜ」

「鴨田さんていうと、爬虫館の方ですね」

「そうです」と返事をしたが、西郷氏はすこし冗談を云いすぎたことを後悔した。「ありゃ学校時代の同級生なので、有名な真面目な男だから、からかっちゃ駄目ですよ」

帆村は何も応えなかったが、先に園長令嬢のトシ子と語ったときのことと、いま西郷副園長が冗談に紛《まぎ》らせて云ったこととを併《あわ》せて頭脳《あたま》の中で整理していた。この上は、鴨田という爬虫館の研究員に会うことが楽しみとなった。

「鴨田さんは、主任では無いのですか」

「主任は病気で永いこと休んでいるのです。鴨田君はもともと研究の方ばかりだったのが、気の毒にもそんなことで主任の仕事も見ていますよ」

「研究といいますと——」

「爬虫類の大家です。医学士と理学士との肩書をもっていますが、理学の方は近々学位論文を出すことになっているので、間もなく博士でしょう」

「変った人ですね」

「いや豪《えら》い人ですよ。スマトラに三年も居て蟒《うわばみ》と交際《つきあ》いをしていたんです。資産もあるので、あの爬虫館を建てたとき半分は自分の金を出したんです。今も表に出ているニシキヘビは二頭ですが、あの裏手には大きな奴が六、七頭も飼ってあるのです」

「ほほう」と帆村は目を丸くした。「その非公開の蛇も検《しら》べたんですか」

「そりゃ勿論ですよ。研究用のものだからお客さんにこそ見せませんが、検べることは一般と同じに検べますよ。別に園長さんを呑んでいるような贅沢《ぜいたく》なのは居ませんでした」

帆村は副園長の保証の言葉を、そう簡単に受入れることはできなかった。園長を最後に見掛けたというところが、此《こ》の爬虫館と小禽暖室の辺であってみれば、入念に検べてみなければならないと思った。

「さあ、ここが爬虫館です」

副園長の声に、はッと目をあげると、そこにはいかにも暖室らしい感じのする肉色の丈夫な建物が、魅惑的な秘密を包んで二人の前に突立っていた。

3

扉《ドア》を押して入ると、ムッと噎《む》せかえるような生臭《なまぐさ》い暖気が、真正面から帆村の鼻を押《おさ》えた。

小劇場の舞台ほどもある広い檻の中には、頑丈な金網を距《へだ》てて、とぐろを捲《ま》いた二頭のニシキヘビが離れ離れの隅を陣取ってぬくぬくと睡《ねむ》っていた。その褐色《かっしょく》に黒い斑紋《はんもん》のある胴中《どうなか》は、太いところで深い山中《さんちゅう》の松の木ほどもあり、こまかい鱗《うろこ》は、粘液で気味のわるい光沢を放っていた。頭は存外に小柄で、眼を探すのに骨が折れた。やっとのことで彫《ほ》りこんだような黄色い半開きの眼玉を見つけたときには、余りいい気持はしなかった。帆村たちの入って来たのが判ったものか、フフッ、フフッと、風に吹きつけられたように身体の一部を波うたせていたのだった。

こんなのが裏手にはまだ六、七頭もいるんだと思うと、生来《せいらい》蛇嫌いな帆村はもうすっかり憂鬱《ゆううつ》になってしまった。

そのとき奥の潜《くぐ》り戸《ど》をあけて、副園長の西郷が、やや小柄の、蟒《うわばみ》に一呑みにやられてしまいそうな青白い若紳士を引張ってきた。

「ご紹介します。こちらがこの爬虫館の鴨田研究員です」

二人は言葉もなく頭を下げた。

「園長の最後に此の室《しつ》へ来られたときのことをお伺いしたいのですが」

「今朝も大分警視庁の人に苛《いじ》められましたから、もう平気で喋れますよ」と鴨田研究員は前提して「私は時計を見ない癖なのでしてネ、正午《ひる》のサイレンからして、あれは多分十一時二十分頃だったろうと思うのですが、カーキ色の実験衣を着た園長が入って来られまして、そうです、二、三分間だと思いますが、この店に出ている一頭のニシキヘビの元気が無いことから、食餌《しょくじ》の注意などを云って下すって其儘《そのまま》出てゆかれたんです」

「それは此の室《しつ》だけへ入って来られたのですか、それとも」

「今の話は奥でしました。私は別にお送りしませんでしたが、園長は確かにこの潜り戸をぬけて此の室《しつ》へ入られたようです」

「表へ出られた物音でも聞かれましたか」

「いいえ、別に気に止めていなかったものですから」

「なにか様子に変ったことでもありましたでしょうか」

「ありません」

「園長が表へ出られたと思う時刻から正午《ひる》までに、戸外に何か異様な叫び声でもしませんでしたか」

「そうですね。裏の調餌室へトラックが到着して、何だかガタガタと、動物の餌を運びこんでいたようですがね、その位です」

「ほほう」帆村は眼を見張った。「それは何時頃《いつ》です」

「さあ、園長が出てゆかれて十五分かそこらですかね」

「すると十一時三十五分前後ですね。動物の食うものというと、随分嵩張《かさば》ったものでしようね」

「そりゃア相当なもんですなア」と副園長が横合《よこあい》から云った。

「馬鈴薯《じゃがいも》、甘藷《かんしょ》、胡蘿蔔《にんじん》、雪花菜《ゆきやさい》、麩《ふすま》、藁《わら》、生草《なまくさ》、それから食パンだとか、牛乳、兎《うさぎ》、鶏、馬肉や魚類など、トラックに満載されてきますよ」

「なるほど」帆村は又《また》鴨田の方へ向き直った。「莫迦《ばか》げたことをお尋ねいたしますが、この蟒《うわばみ》は人間を呑みますか」

「呑まないとは保証できませんが、あまり人間は襲わない習性です。先刻《さつき》もそんなことを訊かれましたが、園長を呑んでいないことは確かですよ。人間を呑むには時間もかかれば呑んでも腹が膨れているのですぐ判ります」

帆村は黙って頷いた。

しかし人間の身体を九つ位にバラバラに切断して、この蟒に一塊《いつかい》ずつ喰べさせれば、比較的容易に片づくわけだし、腹も著しく膨《ふく》むこともなかろうと考えたので、質問してみようと思ったが、これは重大な結果になりそうだから、もっと先で訊くことにした。そしてそれとなく蟒全部の腹の膨れ工合《ぐあい》を検《しら》べてやろうと思った。

それで裏手の鴨田理学士の研究室を見せて欲しいと云うと、すぐ許されて、一同は潜り戸を入っていった。

其処《そこ》はいとも奇妙な広い部屋だった。縦長《たてなが》の三十坪ほどもあろうという、ぶちぬきの一室だったが、縦に二等分し、一方には白ペンキを盛んに使った卓子《テーブル》や書棚や書類函や、それから手術台のようなもの、硝子戸《ガラスど》の入った薬品棚、標本棚、外科器械棚などが如何《いか》にも贅沢に並び、その他人間が入《た》れそうなタンクのような訳のわからぬ装置が二つも三つも置かれてあった。窓は上の方に小さく、天井には水銀燈をつかった照明燈が、気味の悪い青白光《せいはつこう》を投げかけていた。床の一ヶ所を開けて地下に潜んでいる園丁の一団があったが、それは話のあった捜索隊に違いなかった。室の一隅《いちぐう》には警視庁の制服警官が二人ほどキラキラする眼を光らせていた。

他の縦半分には頑丈な檻があって、その中に見るも恐ろしい大ニシキヘビが七頭、死んだようになって勝手な場所を占領していた。帆村は檻に摑《つか》まると、端の蟒から一頭一頭、腹の大きさを見ていった。しかしどうやらどの蛇も思いあたるような大きな腹をしたのは居なかった。しかしバラバラの死体を呑んだとして、犯行が三十日の正午《ひる》近くと仮定し今日は二日の午後であるから二日過ぎとすると、この間に蟒の腹は目立たぬ程に小さくなったのではあるまいか。

「鴨田さん」帆村は背後《うしろ》を振返《ふりかえ》った。「ニシキヘビには山羊《やぎ》を喰べさせるそうですが、何日位で消化しますか」

「そうですね」鴨田は揉《も》み手《で》をしながら実直そうな顔を出した。「六貫位はある山羊を呑んだとしまして、先ず三日でしょうか」

それなれば十二、三貫ある園長を八つか九つの切れにして、九頭の蟒に与えるなら、いままでまる二日は過ぎたから、もう程よく溶《と》けたころに違いない。しかし一体誰が殺したか、誰が死体をバラバラにし、誰が蟒に与えたか。それは一向にハッキリ判っていなかったが、この生白い鴨田研究員の関係していることは否《いな》めなかった。

「ああ、西郷君」そう云ったのは鴨田理学士だった。「一昨日この爬虫館の前で拾得《しゅうとく》したので僕が事務所へ届けて置いた万年筆ね、あれは先刻《さっき》警官の方が調べられて、園長さんのものだと判ったそうですよ」

を送った。

「ああ、そう」西郷副園長は簡単に応えたが、其の後でチラリと帆村の方に素早い視線

帆村は知らぬ風をして、この会話の底に流れる秘密について考えた。館の前で園長の持ち物を拾ったということは、場合によっては決して鴨田氏の利益ではなかった。万年筆はよく落すものではあるが、そんなに工合よく館の入口に落すものではない。またあの物静かな園長が落すというのも可怪《おか》しい。鴨田が後に怪《あや》しまれることを勘定に入れて落して行ったたか、さもなくて鴨田が自ら落ちていたと偽り届けたものか、どっちかである。始めのようだと鴨田を陥《おとし》れようとしているのは誰かという問題となり、後のようだと鴨田は自ら嫌疑をうけようとするもので、そこには容易ならぬ犯罪性を発見することになって、帆村は鴨田の性格を知るために、室内を隅から隅まで見廻して、何か怪しい物はないかと探し求めた。

「鴨田さんの鞄ですか、これは」と、帆村は棚の上に載っている黒皮の書類鞄を指した。

「そうです、私のです」

「随分大きいですね」

「私達は動物のスケッチを入れるので、こんな特製のものでないと間に合わないのです」

「こっちの方に、同じような形をした大きなタンクみたいなものが三つも横になっていますが、これは何ですか」

「それは私の学位論文に使った装置なんです。いまは使っていませんので、空《から》も同様です」

「前は何が入っていたのですか」

「いろいろな目的に使いますが、ヘビが風邪をひいたときには、此《こ》の中に入れて蒸気で蒸してやったりします」

「それにしては、何だか液体でも入っていそうなタンクですね」

「ときには湯を入れたりすることもあります」

「だが蟒の呼吸《いき》ぬけもないし、それに厳重な錠がかかっていますね」

「これは兎《と》に角《かく》、論文通過まで、内部を見せたくない装置なんです」

「論文の標題は？」

「ニシキヘビの内分泌腺について——というのです」

そこへドヤドヤと、警官と園丁との一団が入って来て鴨田研究員を取り巻いた。

「もうこの建物は天井から床下まで調べましたが異状がありませんでした。唯《ただ》残っているのは、あの三つのタンクですが、お言葉を信用してそのままにして置きます」

帆村はそれを聞くと飛出してきた。

「待って下さい。あのタンクは、是非調べて下さい」

「でも開けられないのですよ」帆村の見識《みし》り越《ご》しの警官が云った。

「そんなことは無い。ね、鴨田さん、開けた方が貴方《あなた》のためにもいいですよ。あのタンクだけで清浄潔白になるのじゃありませんか」

「いやそう簡単に開けられません」鴨田は強く反対した。「あれを開けると、爬虫館の室温や湿度が急降して、爬虫に大危害を加えることになるので、ちょっとでも駄目です」

「私は大したことはあるまいと思うのですが、演《や》ってみては?」帆村は尚《なお》も主張した。

「いやそうは行きません。私は園長から相当の責任を持って爬虫類を預っているのですから、拒絶する権利があります。尤《もっと》も他《た》を求めて、どうにも解決の鍵が見つからぬときは開けもしましょうが、それにはちょっと準備が入ります。この爬虫たちを、元居た暖室の方へ移すのですが、それにはあの室《しつ》を充分なところまで温め、湿度を整えてやらねばならんのです」

「弱ったな」帆村は苦い顔をした。「一体何時間あったら、別室の準備ができるのです」

「まア五時間か六時間でしょうね」

「そりゃ大変だ。じゃ私も暫《しばら》く考えてみましょう」と帆村は断乎《だんこ》として云った。「その間に別の部屋を検べて来ましょう。西郷さん、調餌室というのを案内して下さい」

## 4

帆村は爬虫館の外へ出ると、チェリーに火を点《つ》けて、うまそうに吸った。

彼の観察したところでは、もし鴨田に嫌疑をかけるならば、鴨田は何かの原因で、河内園長を爬虫館に引摺《ひきず》りこみ、これを殺害して裸体に剝《は》ぐと、手術台の上でバラバラに截断《せつだん》し、彼が飼育している蟒《うわばみ》に一部分喰わしてしまったのであろう。真逆《まさか》バラバラにしたとは気が付かなかったので、捜索隊も蟒の腹を見るには見たが、人間を頭から呑んでいる程の膨れた腹をした蟒が居なかったので、それで安心していたものと思う。あの特殊装置というものの中には、きっと血染《ちぞめ》になった園長の服とか靴とかが隠匿されているのではなかろうか。万年筆は、園長を館の入口で絞《し》めあげるときに落ちたもので、それを後に何かの事情があって遺失品として届けたものだろう。

しかし今横に並んで歩いている西郷副園長が、この万年筆について不審な行動を演《や》っているのにも気がつかないわけではない。第一に三十日の遺失品として届けられたものなら、すぐにも疑って調べなければならないのが、今まで黙っていたし、一と目みれば園長のものだ位は判りそうなものを何故《なぜ》口を閉じていたのか、嫌な眼付で帆村を覗いたところと云い、ひょっとしたら西郷がすべてを画策し、嫌疑が鴨田にかかるように、わざと爬虫館の前に落して置いたのではあるまいか。園長殺害の方法も死体も判らぬが、原因は勤務上の怨恨《えんこん》又は、失恋でもあろう。そう思って西郷の横顔を見ると、どこやら悪人らしいところも無いでは無かった。しかし嫌疑薄弱な西郷まで疑うのは、探偵上の恐しい無間地獄へ落ちこんだように思われた。園長令嬢トシ子の言葉としても、副園長を疑うことは申訳なかった。でも疑えば、トシ子は鴨田のことを爪の尖《さき》ほども言わず、却《かえ》って西郷のことを弁明した。これは西郷の愛に酬《むく》うことができなかったので自ら弁解をつとめて償いをし、一方鴨田との愛の問題はもう解決を見ているので一言も云わなかったと考えてはどうか。いよいよ縺《もつ》れ糸のように乱れてくる帆村の足許《あしもと》に、事件解決の鍵かと思われる物が転がっていた。それは一個の釦《ボタン》だった。

「おお、これは園長の洋服についていた釦に違いない。どうしてこんなところに在るのだろう」

帆村は兼ねて園長の遺していった上衣の釦の特徴を手帳に書き留めて置いたことが役立って大変好運だと思った。それにしても釦を拾った場所というのが、調餌室のすぐ前の桐《きり》の木材との間に挟《はさま》った路面だったので、これでは調餌室の人達について一応嫌疑をかけてみないわけにはゆかない。いや、ひょっとすると爬虫館の前に落ちていたという園長の万年筆もこの釦と殆んど同時に落ちたものと認定すると、これは園長の身体を搬《はこ》んで行った経路を自《おのず》ら語っていることになりはしないであろうか。恐らく万年筆が最初に落ちて、次にチョッキの釦と思うものが落ちたと考えていいであろう。園長の身体は爬虫館の前から調餌室へ搬ばれたと考えていいであろう。

だが、どうして人目につかず搬んで行けたかということが次の疑問だった。それが出来たとすると、特殊の状況が必要だったことになる。白昼下では、その時幸いにも観覧人も少なく畜養員や園丁も現場《げんじょう》に居合わせなかったというとき、又夜間なれば、これは極めて容易に行われる。しかし万年筆は園長失踪の日に発見されたのだから、搬ばれたのは夜間になる以前だといわなければならない。しかも十一時二十分頃まで園長を見掛けたという人があるのだから、正午《ひる》になれば園長は食事のために事務所へ帰って行った筈で、それが無かったとするとどうしても失踪は十一時二十分から正午の間と断定するのが常識のように思う。そこで帆村は、爬虫館ではなくて、反対に爬虫館から調餌室へと考えられる。コースは調餌室から爬虫館の鴨田研究員が十一時三十五分前後に、調餌室の前へトラックが到着して動物の餌を搬びこんでいるらしい騒ぎを聴いたということを思い出した。すると犯行は、この前か後か。——帆村は調餌室の内部にも多分の疑問符号が秘められていることも考えないわけにはゆかなかった。

西郷理学士と一緒に調餌室に入ってみると、帆村は思わず「呀ッ《あ》」と叫びたいくらいだった。塀の外で調餌室を想像しているのと、こうやって大きな俎上《そじょう》に、血のタラタラ滲みでそうな馬肉の塊を見るのとでは、まるっきり調餌室というものの実感が違った。壁には、象《ぞう》を料理するのじゃないかと思うほどの大鉞《おおまさかり》や大鋸《おおのこぎり》、さては小さい青龍刀《せいりゅうとう》ほどもある肉切庖丁《にくきりほうちょう》などが、燦爛《さんらん》たる光輝《ひかり》を放って掛っていた。倉庫には縦半分に立ち割った馬の裸身《はだかみ》や、ダラリと長い耳を下げた兎《うさぎ》の籠などが目についた。

この物凄い光景を見た瞬間、帆村の頭脳《あたま》の中に電光のように閃《ひらめ》いた幻影があった。それは、園長の死体が調餌室に搬ばれたと見る間に、料理人が壁から大きな肉切庖丁を下《おろ》して、サッと死体を截断《せつだん》する。そして駭《おどろ》くべき熟練をもって、胸の肉、臀部《でんぶ》の肉、脚の肉、腕の肉と截《き》り分け、運搬車に載せると、ライオンだの虎だのの檻の前へ直行して、園長の肉を投げ込んでやる。……いや、恐《おそ》しいことである。ゴム毬《まり》のように肥えた男を紹介した。

「これが調餌室の主任、北外星吉氏です」西郷副園長が、ゴム毬のように肥えた男を紹介した。

「やあ、帆村さんですか」北外畜養員はニコヤカに笑った。「貴方《あなた》のお名前は兼ねてよく知っていましたよ。今度の事件はまるで、貴方に挑戦しているようなもので、実にうってつけの大事件ですなア」

帆村はこの機嫌のいい、しかし何だかひやかされているような気がしないでもない北外の挨拶に対して、頓《とみ》に云うべき言葉もなかった。しかし此《こ》のまんまるく太った子供の相撲取《すもうとり》のような男の顔を見ていると、彼が悪事を企図《たくら》むような種類の人間だとは思えなくなった。帆村は勢い率直な質問をこの男に向ってする勇気を得たのだった。

「北外さん、私は園長の身体が、この調餌室か、それとも隣りの爬虫館かで、料理されちまったように思うのですがね」

「はアはア」北外は小さい口を精一杯に開けて、わざとらしく駭《おどろ》いた。「いやそれは大発見ですな」

「貴方は園長が失踪された朝の、十一時二十分頃から正午《ひる》まで何処に居られましたか」

「僕が有力なる容疑者というお見立ですな」北外はニヤリと笑った。「さてお尋ねの時間に於《おい》ては、この室内に僕一人が残っていた――とこう申上げると、貴方は喜ばれるのでしょうが、実はその時間フルに、一族郎党ここに控えていたんです。それというのが、十一時四十分頃に、けだものの弁当の材料が届くことになっていまして、室《しつ》からズラかることが出来ないのです」

「それではその時間前後は、何をしておいででした？」

「先《ま》ず時間前は、当日も六人の畜養員が、庖丁《ほうちょう》を研《と》いだり、籠を明けたり、これでなかなか忙しく立ち働きました。そのうちにいつもの時間になると、トラックに満載された材料がドッと搬《はこ》ばれて来ます。するともう戦場のような騒ぎで、この寒さにシャツ一枚でもって全身水を浴《あび》たように、汗をかきます。それが済むと早速《さっそく》調理です。煮るものは大してありませんが、それぞれのけだものに頃合いの大きさに切ったり分けて容物《いれもの》に入れたりするのが大変です。肉類の方は、生きている兎だの鶏だのには、冥途《めいど》ゆきの赤札《あかふだ》をぶら下げるだけですが、その外《ほか》のは必ず頭のある魚を揃えたり馬肉の目方をはかって適当の大きさに截断し、中には必ず骨つきでないといけないものもあって、それを拵《こしら》えるやら、なかなか忙しくて、おひるの弁当が、キチンと正午《ひる》にいただけることは殆んど稀《まれ》で、いつも一時近くですね。その忙しさの間に、園長を摑《つかま》えてきて、これも料理しスペシャルの御馳走として象や河馬などにやらなきゃならんそうで、いやはや大変な騒ぎですよ」

　帆村は、うっかり園丁に象や河馬に人間を喰わせる話をしたのが、こんなところへヒョックリ出て来ようとは思いがけなかったので、横を向いて苦笑いをした。兎《と》も角《かく》、調餌室の連中はあの時間、犯行を遂げるなどとは非常に困難であることが判った。

してみると、園長の万年筆や釦《ボタン》は一体何を語っているのだろうか。理窟からゆけば、どうしても調餌室の連中が疑われてくるのであるが、北外の話では疑うのが無理である。すると、残るのは何者かが調餌室の人たちに嫌疑を向けるために、万年筆を落し、釦を調餌室の前に捨てたとしかかんがえられない。何者がやったことかは知らぬが、そうだとすると、犯人は実に容易ならぬ周到な計画を持っていたものと思われる。

そこで帆村は大事にしていた切札を、ポイと投げ出す気になった。

「北外さん。隣りの爬虫館の蟒どものことですがね。皆で九頭ほどいますが、あれに人間の身体を九個のバラバラの肉塊にし、蟒どもに振舞ってやったら、嘸《さぞ》よろこんで呑むことでしょうな」帆村は北外の答えを汗ばむような緊張の裡《うち》に待った。

「うわッはッはッ」北外は無遠慮に笑い出した。「いや、ごめんなさい。帆村さん、あの蟒という動物はですな、生きているものなら躍りかかって、たとい自分の口が裂けようと呑みこみますが死んでいるものはどんなうまそうなものでも見向きもしないという美食家です。ここでは主に生きた鶏や山羊を喰わせています。貴方は多分園長の死体のことを云っていられるのでしょうが、バラバラでは蟒の先生、相手にしませんでしょうよ」

帆村は折角《せっかく》登りつめた断崖から、突っ離されたように思った。穴があれば入りたいとは、この場のことだろう。彼は北外畜養員に挨拶をして、遁《に》げるように室《しつ》を出た。彼は人に姿を見られるのも厭《いと》うように、スタスタと足早に立ち去った。園内の反対の側に遺されたる藤堂家の墓所があった。そこは鬱蒼《うっそう》たる森林に囲まれ、厚い苔《こけ》のむした真《しん》に静かな場所だった。彼はそこまで行くと、園内の賑かさを背後《あと》にして、塗りつぶしたような常緑樹の繁みに対して腰を下した。

「ああ、何もかも無くなった」

帆村は一本の煙草をつまむと、火を点けて嘆息《たんそく》した。

「一体何が残っているだろう」

最初から一つ一つ思いかえしてゆく裡《うち》に、特に気のついたことが二つあった。一つは園長がいつも呑み仲間としてブラリと訪ねて行った古き戦友半崎甲平に会うことだった。そうすれば、まだ知られていない園長の半面生活が暴露《ばくろ》するかも知れない。もう一つはどうしても事件に関係があるらしい爬虫館を徹底的に捜索しなおすことだった。ことに開けると爬虫たちの生命を脅《おびやか》すことになるという話のあった鴨田研究員苦心の三本のタンクみたいなものも、此際《このさい》どうしても開けてみなければ済まされなかった。あのタンクは、故意か偶然か、人間一人を隠すには充分な大きさをしているのだった。

そんな結論を生んでゆく裡に、帆村の全身にはだんだんに反抗的な元気が湧き上ってきたのだった。

「須永を呼ぼう」

彼は公衆電話に入って帆村探偵局の須永助手を呼び出すとすぐに動物園へ来るように命じた。

# 5

爬虫館の鴨田研究室の裡《うち》へツカツカと入って行った帆村探偵は、そこに鴨田氏が背後《うしろ》向きになり、ビーカーに入った茶褐色の液体をパチャパチャ掻き廻しているのを発見した。外には誰も居なかった。

帆村の跫音《あしおと》に気がついたらしく、鴨田は静かにビーカーを振る手をちょっと停《と》めたが、別に背後《うしろ》を振返りもせず、横に身体を動かすと、硬質陶器でこしらえた立派な流し場へサッと液体をこぼした。すると真白な煙が濛々《もうもう》と立昇った。どうやら強酸性の劇薬らしい。なにをやっているのだろう。

「鴨田さん、またお邪魔に伺いました」帆村はぶっきら棒に云った。

「やあ――」と鴨田は愛想よく首だけ帆村の方へ向いて、「まだお話があるのですか」とニヤニヤ笑いながら、水道の水でビーカーの底を洗った。

「先刻《さっき》の御返事をしに参りました」

「先刻の返事とは？」

「そうです」と帆村は三つの大きな細長いタンクを指して云った。「このタンクをすぐに開いていただきたいのです」

「そりゃ君」と鴨田はキッとした顔になって応えた。「さっきも云ったとおり、これをすぐ開けたんでは、動物が皆斃死《へいし》してしまいます」

「しかし人間の生命《いのち》には代えることは出来ません」

「なに人間の生命？　はッはッ、君は此のタンクの中に、三日前に行方不明になった園長が隠されているのだと思っているのですね」

「そうです。園長はそのタンクの中に入っているのです！」

帆村はグンと癪《しゃく》にさわった揚句《あげく》（それは彼の悪い癖だった）大変なことを口走ってしまった。それは前から多少疑いを掛けていたものの、まだ断定すべきほどの充分な条件が集《あつま》っていなかったのだ。怒鳴ったあとで大いに後悔はしたものの、しかし不思議に怒鳴ったあとの清々《すがすが》しさはなかった。

「君は僕を侮辱するのですね」

「そんなことは今考えていません。それよりも一分間でも早く、このタンクを開いていただきたいのです」

「よろしい、開けましょう」断乎として鴨田が思切《おもいき》ったことを云った。「しかしもしもこのタンクの中に園長が入っていなかったら君は僕に何を償います」

「御意のままに何なりと、トシ子さんとあなたの結婚式に一世一代の余興でもやりますよ」

この帆村の言葉はどうやら鴨田理学士の金的《きんてき》を射《う》ちぬいたようであった。

「よろしい」彼は満更でない面持で頷いた。「ではこの装置を開けますが、爬虫どもを別の建物へ移さねばならぬので、その準備に今から五、六時間はかかります。それは承知して下さい」

「ではなるべく急いで下さい。今は、ほう、もう四時ですね。すると十時ごろまでかかりますね。警官と私の助手を呼びますから悪《あ》しからず」

「どうぞ随意《ずいい》に」鴨田は云った。「僕も今夜は帰りません」

帆村はその部屋から警官を呼んだ。副園長の西郷にも了解を求めたが、彼も今夜はタンクが開くまで爬虫館に停《とま》っていようと云った。

しかし帆村は、彼等と別なコースをとる決心をしていた。丁度そこへ助手の須永がやってきたので、万事について細々《こまごま》と注意を与え、爬虫館の見張りを命じてから、彼一人、動物園の石門を出ていった。既に秋の陽《ひ》は丘の彼方に落ち、真黒な大杉林の間からは暮れのこった湖面が、切れ切れに仄白《ほのじろ》く光っていた。そして帆村探偵の姿も、やがて忍び闇の中に紛れこんでしまった。それからは時計のセコンドの響きばかりがあった。午後五時、六時、七時、それから八時がうっても九時がうっても、帆村の姿は爬虫館へ帰ってこなかった。九時半を過ぎると多勢《おおぜい》の畜養員や園丁が檻を担いで入って来て、無造作にニシキヘビを一頭入れては別の暖室の方へ搬んで行った。仕事は間もなく終った。助手の須永は、先ほどから勝誇ったように元気になってくる鴨田理学士の矮軀《わいく》を、片隅から睨みつけていた。やがて爬虫館の柱時計がボーン、ボーンと、あたりの壁を揺すぶるように午後十時を打ちはじめた。人々は、首をあげてじっと時計の文字盤を眺め、さて入口をふりかえったが、どうやら求める跫音《あしおと》は蟻の走る音ほども聞えなかった。

「帆村さんはもう帰って来ないかも知れませんよ」

鴨田理学士が両手を揉み揉み云った。

「いつまで待って居たって仕様がありませんから、この儘《まま》閉めて帰ろうではありませんか」

警官と西郷副園長とが、腰を伸ばして立ち上った。須永も立ち上った。しかし彼は鴨田の解散説に賛成して立ったわけではなかった。

「もう少し待って下さい。先生は必ず帰って来られます」

須永は叫んだ。

「いや、帰りません」

鴨田は尚《なお》も云った。

「それでは――」と須永は決心をして云った。「先生の代りに僕が拝見しますから、このタンクを開けて下さい」

「それはこっちでお断りします」

憎々しい鴨田の声に、須永が尚も懸命に争っている裡《うち》に、いつの間に開いたか入口の扉《ドア》が開かれ、そこには此の場の光景《ありさま》を微笑ましげに眺めている帆村の姿があった。

「皆さん大変お待たせをしました」と挨拶をした後で、「おや蟒どもは皆退場いたしましたね。では今度は私が退場するか、それとも鴨田さんが退場なさるか、どっちかの番になりました。ではどうか、あれを開いていただきましょう、鴨田さん」

「………」鴨田は黙々《もくもく》として第一のタンクの傍へ寄り、スパナーで六角の締め金を一つ一つガタンガタンと外《はず》していった。一同は鴨田の背後《うしろ》から首をさし伸べて、さて何が現れることかと、唾を呑みこんだ。

「ガチャリ！」

と音がして、タンクの上半部がパクンと口を開いた。が、内部は同心管《どうしんかん》のようになっていて、鱶《ふか》の鰭《ひれ》のような大きな襞《ひだ》のついたその同心管の内側が、白っぽく見えるだけで、中には何も入っていなかった。

「空虚《から》っぽだッ」

誰かが叫んだ。

鴨田研究員は第二のタンクの前へ、黙々として歩を移した。同じような操作がくりかえされたが、これも開かれた内部は、第一のタンクと同じく、空虚《から》だった。

失望したような、そして又安心したような溜息が、どこからともなく起った。

遂に第三のタンクの番だった。流石《さすが》の鴨田も、心なしか緊張に震える手をもって、スパナーを引いていった。

「ガチャリ！」

とうとう最後の唐櫃《からびつ》が開かれたのだった。

「呀《あ》ッ！」

「これも空虚《から》っぽだッ！」

帆村は須永に目くばせをして彼一人、前に出た。彼の手には自動車の喇叭《らっぱ》の握りほどあるスポイトとビーカーとが握られていた。

彼は念入りに、白い襞のまわりを猟《あさ》って、何やら黄色い液体をスポイトで吸いとり、ビーカーへ移していた。

だがそれは大した量でなく、ほんの底を潤おす程度にとどまった。

帆村は尚もスポイトの先で、弾力のある襞を一枚一枚かきわけて検べていたが、

「呀ッ」

と叫んで顔を寄せた。

「これだッ。とうとう見付かった」

そう云って素早く指先でつまみあげたのは長さ一寸あまりの、柳箸《やなぎばし》ほどの太さの、鈍く光る金属——どうやら小銃《しょうじゅう》の弾丸《たま》のような形のものだった。

一同は怪訝《けげん》な面持で、帆村が指先にあるものを眺めた。帆村はその弾丸のようなものを鴨田の鼻先へ持っていった。

「貴方《あなた》はこれをご存知ですか」

鴨田は腑《ふ》に落ちかねる顔付で無言に首を振った。

「貴方はご存知なかったのですね」

帆村はどうしたのか、ひどく嘆息《たんそく》して云った。

「これはですね――」

一同は帆村の唇を見つめた。

「――これは露兵《ろへい》の射った小銃弾です。そして、これは三十日から行方不明になられた河内園長の体内に二十八年この方、潜《もぐ》っていたものです。いわば河内園長の認識票なんです。しかも園長の身体を焼くとか、溶かすとかしなければ出て来ない終身の認識票なんです」

「そんな出鱈目《でたらめ》は、よせ！」

鴨田が蒼白《まっさお》にブルブルと慄《ふる》えながら怒鳴った。

「いや、お気の毒に鴨田さんの計画は、とんだところで失敗しましたよ。貴方は園長を殺すために、医学を修め、理学を学び、スマトラまで行って蟒の研究に従事せられた。そして日本へ帰られると、多額の寄附をしてこの爬虫館を建て、貴方は研究を続けられた。七頭のニシキヘビは貴方の研究材料であると共に、貴重な兇器《きょうき》を生むものだった。私どもはよく医学教室で、犬を手術し、唾液腺を体外へ引張り出して置いて、これにうまそうな餌を見せることにより、体外の容器へ湧きだした犬の唾液を採集する実験を見かけますが、貴方は生物学と外科とにすぐれた頭脳と腕とで、蟒の腹腔《ふくこう》に穴をあけ、その消化器官の液汁を、丹念に採集したのです。それは周到なる注意で今日まで貯蔵されていました。そして又ここに並んでいるタンクは、巧妙な構造をもった人造胃腸だったんです」

あまりに意外な帆村の言葉に、一同は唖然として彼の唇を見守るばかりだった。

「鴨田さんは、三十日の午前十一時二十分頃、園長をひそかに人気《ひとけ》のない此の室に誘い、毒物で殺したんです。そこで直ちに園長の軽装を剥いで裸体とし、着衣《きもの》などは、あの大鞄に入れ其《そ》の夕方何喰わぬ顔で園外に搬《はこ》び去りましたが、それは後《のち》の話として、鴨田さんは園長の口をこじ開けるや、蟒の消化液では溶けない金歯をすっかり外して別にすると、もうこれで全部が溶けるものと安心して此の第三タンクに入れました。そこで永年貯蔵して置いたニシキヘビ消化液をタンクへ入れて密封をすると、電動仕掛けで同心管――それは襞《ひだ》をもった人造胃腸なんですが、その胃腸を動かし始めたんです。適当な温度を保ってこれを続けたものですから、鴨田さんの研究によると今夜の八時頃までに完全に園長の身体はタンクの中で、影も形もなく融解してしまうことが判っていました。

鴨田さんにその自信があったればこそ、この時間になってタンクを開くことを承知されたのです。そして尚《なお》も計画をすすめて、タンクの中の溶液をそのまま下水へ流してしまうことにしました。急いで流せば、こんな静かなところだからそれと音を悟られるので、排水弁を半開《はんびらき》とし、ソロソロと園長の溶けこんだタンクの内容液を流し出したんです。しかしそれは一つの大失敗を残しました。流出速度が極めて緩慢だったために、園長の体内に潜入していた弾丸《たま》は流れ去るに至らず、そのまま襞の間に残留してしまったんです。この弾丸というのは、園長が沙河《さか》の大会戦で奮戦の果に身に数発の敵弾をうけた後に野戦病院で大手術をうけましたが、遂に抜き出すことの出来なかった一弾が身体の中に残りました。その一弾が皮肉にも棺桶ならぬ此のタンクの中に残ったわけなんです。本当に恐ろしいことですね。なお附け加えると、園長の金歯は、大胆にも私の見ている前でビーカー中の王水《おうすい》に溶かし下水へ流しました。万年筆や釦《ボタン》は鴨田さん自身が撒《ま》いたもので、これは犯罪者特有のちょっとした擾乱《そうらん》手段です」

「出鱈目《でたらめ》だ、捏造《ねつぞう》だ！」

鴨田は尚も咆哮《ほうこう》した。

「では已《や》むを得ませんから、最後のお話をいたしましょう」帆村は物静かな調子で云った。「この犯行の動機はまことに悲惨な事実から出ています。話は遠く日露戦争の昔にさかのぼりますが、河内園長が満州の野に出征して軍曹となり、一分隊の兵を率いて例の沙河の前線、遼陽《りょうよう》の戦いに奮戦したときのことです。そのとき柵山南条《さくやまなんじょう》という二等兵がどうした事か敵前というのに、目に余るほど遺憾《いかん》な振舞《ふるまい》をしたために、皇軍《こうぐん》の一角が崩れようとするので已むを得ず、泪《なみだ》をふるって其の柵山二等兵を斬殺したのです。これは、軍規に定めがある致方《いたしかた》のない殺人ですが、それを見ていた分隊中の或る者が、本国へ凱旋後柵山二等兵の未亡人にうっかり喋ったのです。未亡人は殺された夫に勝るしっかり者で、そのときまだ幼かった一人の男の子を抱きあげて、河内軍曹への復讐を誓ったのです。その男の子——兎三夫《とみお》君は爾来《じらい》、母方の姓鴨田を名乗って、途中で亡くなった母の意志を継ぎ、さてこんなことになったのです」

帆村は語り終った。しかし鴨田理学士は、今度は何も云わずに項《うなだ》低れていた。

「もう後は云う必要がありますまい。最後に御紹介したい一人の人物があります。これはこの話のヒントを与えて以後私の調べに貢献して下すった故園長の古い戦友、半崎甲平老人であります。この老人は同郷の出身ですが、衛生隊員として出征せられていたので、後に園長がX線で体内の弾丸《たま》を見たときにも立合い、また戦場の秘話を園長から聴きもした方です。鴨田さんの亡き父君のことも知っていられるんですから此処《ここ》へお連れしました。いま御案内して参りましょう」

そういって帆村は立上ると、入口の扉《ドア》をあけた、が、其処には老人の姿はなく、向うを見ると、爬虫館の出入口が人の身体が通れるほどの広さに開き、その外に真黒な暗闇《やみ》があった。

「呀《あ》ッ！　鴨田さんが自殺しているッ」

そういう声を背後に聞いた帆村は、もう別にその方へ振返ろうともしなかった。

そして彼の胸中には、事件を解決するたびに経験する苦《に》が酸《ず》っぱい憂鬱《ゆううつ》が、また例の調子で推《お》し騰《のぼ》ってくるのであった。

# 盗まれた脳髄

## 1　不思議な学者病

（もしも案内なしに、いきなりここの廊下に放《ほう》り出されたとしたら——）

大学病院の薄暗い長廊下を独りぼっちで歩いている帆村《ほむら》探偵は、こんなことを考えた。

（これが大東京の真ん中だと言い当てる者は、まず千人に五人といないだろうな）

年に一度もからりと乾いたことのないような、そしてどこまでも長く続いて鉤《かぎ》なりに曲がっていくこの病院の廊下だった。商店の廂《ひさし》は一センチでも前へ伸びようとし、交通警官の合図の笛がなければ自転車なんか一台だって街を横切れやしないような、目まぐるしい切り詰めた大都会の、しかもその中心に近く、こんなにゆったりとした陰気臭い長廊下があるなんて、考えてみると、およそ建築物というものは内部にどんな仕掛けが隠されてあるんだか、まことに不思議な存在だった。

「やあ、ここだな」

幾曲がりかした廊下の末に、河北《かわきた》診察室と名札の打った部屋があった。

「先生はおいでですかね」

ノックすると出てきた色の白い看護婦に名刺を手渡すと、ぶっきらぼうに訊《たず》ねた。

「はあ。少々お待ちになってください」

看護婦は〝探偵〟という肩書を読むと、つと固い表情になって、白塗りのドアの内部に消えた。帆村は苦笑いをしながら、廊下の窓に吊《つ》るされてある涼しそうなイソレップスに目を移した。

「どうかお入りください」

見慣れるとなかなか美しい看護婦の声だった。

「いま診察中ですから、すこしお待ち願いたいとおっしゃいました」

帆村は黙って肯《うなず》くと、クレゾールの臭い部屋の安楽椅子《あんらくいす》に腰を下ろした。そしてこの美しい看護婦が目を細くして物を見るところから、これは近眼で、かなり美貌《びぼう》に自信があり、日本趣味の家庭に育てられた娘だなと、暇潰《ひまつぶ》しに余計な観察を払っていた。

すると奥の診察室から、がやがやと声高の会話が聞こえ、やがてガラス扉の向こうに近づく人の姿が映った。

「やあ、どうも世話をかけてすまなかった」

上品なホームスパンの合着を着た三十四、五歳に見える紳士が現れたが、あいにく後ろを向いている。

「なーに、大したことじゃない。あまり気にせんでいたまえ」

後ろから栄養のいい肥えた手術衣の男が丸い顔を出した。それが内科長の河北博士だった。

「じゃ失敬。奥さんによろしく」

そう言ってホームスパンの紳士は、くるりと入口のほうに向き直った。

（おお、これは……）

帆村探偵は出てきた紳士の顔を見ると、軽く驚きの目を瞠《みは》った。

（工学研究所の国宝的天才、白鳥《しらとり》理学士じゃないか！）

河北内科長の診察を受けていたのは、白鳥博士だったんだ。

「帆村くん。こっちへ来たまえ」

白鳥博士の後ろから、看護婦が出ていくところまで感心して見送っていた帆村探偵は科長の声に、はっとわれに返った。

帆村と河北科長とは同じ讃岐《さぬき》出の同郷人だった。もっとも、河北博士は帆村よりもずっと大先輩で、帆村が探偵になってからは医学上のことでこの親切な先輩の力を借りることが多かった。

「今日は何の用かね。またプランクトンと日本人の疾病について——かな」

河北科長は上機嫌で帆村を野次った。

「プランクトンはもう分かりましたよ、河北さん」

帆村はハンカチを出して額の汗を拭《ふ》いた。

「白鳥博士はどこが悪くて診察を受けに来たんですか」

「おやおや、きみは白鳥くんの後を尾《つ》けてきたのかね」

「いやそうじゃないんですが、ちょっと……」

「ちょっと出来心というところだね、はっはっはっ」

帆村はすっかり逆襲の形で頭を掻《か》いた。それにしても、何が河北科長を朗らかにしているんだ——釣り込まれた笑いの裏に、彼は頭を捻《ひね》ったのだった。

「医者というものはね、きみ」

と、河北科長が改まった調子で言った。

「患者の秘密については洩《も》らせないことになっているんだ。きみも先刻ご承知だろうと思うがね」

「それは失礼しました」

帆村はすぐ謝った。だが河北科長のこの言葉から、白鳥博士の病状というのが胃病や風邪引きのような単純な病気でないということを知ることができたと思った。どうやらそれは、今日河北科長を訪問した一つの大きな問題と関係があるようにも思われるのだった。チャンスを摑《つか》むのが上手な帆村は、そこで話題を自然に本問題のほうに移していった。

「ところで先生。最近容易ならぬ奇病が流行しているようですが、あれについてご説明を願いたいですが……」

「なに、容易ならぬ奇病だって⁉」

河北科長は探偵の言い方があまりに大袈裟だったので驚いた風だった。

「そりゃ何のことだい、きみ」

「先生はご存じないのですか」

河北科長は真面目くさった帆村の顔をしばらく眺めていたが、やがて微笑とともに言った。

「いっこうに知らないぜ。――いったい、どこで流行《はや》っている何病のことを言っているのだい」

「これは近ごろ驚きましたね、先生がご存じないとは……」

帆村はにやりと笑った。

「その奇病は何病というのだか、こっちから先生にお伺いしたいのですが。流行っているところは、ごく一地方です」

「ほほう、地方病かね」

「そして同じ型の人間に限ってその奇病に罹《かか》るんです」

「すると、小児病とか婦人病とかの類《たぐい》だね」

「いえどうして、そんな単純なものではないのです。そのうえに非常に突発的な病気で、収まるとけろりとして、まるで病気を知らぬ健康体のようなんです」

「間欠性の病気なんだね。なるほどこれは見当がつかないね。もっと具体的に地方のことか、人間の型とか、病状について詳しく話したまえ」

「じゃ申しましょう。この奇病の流行についてぼくが気がついたのは、実は一昨日のことなんです。夕刊を見ていますと、〝本邦蓄電池学の権威、牧田《まきた》正年《まさとし》博士重態に陥る〟という記事が出ていたんです。博士はまだ四十を二つ三つ越えたばかりの壮年学者です。その博士がその日の朝、研究所の出勤を休まれ自宅の書斎で読書中、急に発病されたのです。なんでも家人が博士の愛用しているコーヒーを入れて持っていったところ、読書をしているとばかり思っていた牧田博士が椅子の上に反り返ったまま、呼吸遣《いきづか》いがただならぬのです。家人はびっくりして博士の後ろに回り、名を呼ぶやら肩を叩くやらそれは大騒ぎをしたのですが、どういうものか博士はうんともすんとも返事をせられない。それでいて、脈拍も呼吸も平常よりは数が多いがとにかくしっかりしているんです。ただ、知覚が全然ない。そのうちに主治医も駆けつけ、だいたいの症状を聞くと、急性の脳膜炎になったんだろうというのでいろいろと診断をしたり反応を検《しら》べてみたところ、脳膜炎ではないことが分かった。そこでこれは容易ならぬ症状だということになって、すぐさま入院させて手当てをしたところ、夕刊締切り前になって初めて牧田博士の知覚が回復したというのです」

「ほほう、そうか」

河北科長は何か心中に思い当たることがあるのか、大きく肯いた。

「話はそれだけじゃないのです。ぼくはこの牧田博士重態の記事を読んだときに、それから三日ほど前に、〝内燃機関の権威、山川広助《やまかわひろすけ》博士の危篤〟という記事のあったことを思い出したのです。それからまた、さらに五日ほど前に、〝テレビジョン発明家として有名なる沢柳《さわやなぎ》H大教授、奇病に苦しむ〟という新聞記事のあったことを思い出したのです。いやいやそればかりではないのです。ぼくは記憶の糸を元へ手繰っていくにつれて、これは徹底的に調べてみようという気になり、上野《うえの》の図書館へ行って過去一カ年の新聞をすっかり引っ繰り返してみたのです。ところがどうです、今年の二月から始まってこの九月までの八カ月の間、学者の重病患者が非常に増えているのです。詳しく言うと三十五名の学者――それも科学者ばかりに限り、ことにどれもこれも最高権威と謳《うた》われる博士たちが言い合わせたように重症に陥っているのです。しかもその容態はほとんど似たり寄ったりで、病名は奇病と呼ぶよりほかに仕方のない種類のものらしいです。ぼくに言わせれば科学者病とでも名付けたいところです。その奇病の治療や予防は、あなたがたの領域としてぼくは首を突っ込もうとは思いませんがね。ぼくの黙っていられなくなったのは、この蔓延《まんえん》している奇病がはたして単純なる病気であるのか、それとも一種の犯罪による被害であるのかという疑問が湧いてきたせいなんです」

「待ちたまえ帆村くん。そういうきみの鋭い着眼点に敬服して、ぼくはあえてお喋りをしたくなったよ。いま診察を受けに来た白鳥博士も、実はきみが説明したと同じ奇病に悩んでいるのだ。そしてぼくも治療上に大いに頭を捻っているのだ。病気か犯罪被害か？　よし、ぼくも大いに研究してみる。ここ二十四時間のうちに……」

河北科長の面は緊張にだんだんと輝いてきた。帆村はほっとひと息つくと、火の消えた煙草にライターの炎を近づけた。

「先生」

帆村は紫の煙を腹の底からふーっと吹き出すと、やや言いにくそうに言った。

「さっきここにいた看護婦さんは、たいへん奇麗な人ですね」

「うん、川辺《かわべ》千枝子《ちえこ》のことかい」

博士も居住まいを寛《くつろ》げながら言った。

「気の毒だが、あれは思い切ったほうがいいぞ。先口があるからな」

「ははあ、そうですか。ぼくが当ててみましょうかね、白鳥さんでしょう」

「うむ。いや滅多なことを喋るんじゃないよ」

## 2　繃帯《ほうたい》をした黒人

帆村探偵は妙な癖の持ち主だった。というのは、彼は何か考えごとがあるというと、よく上野の動物園へ入ることだった。やがて三十歳に手の届こうという帆村探偵が、五つ六つの子供の喜ぶ動物園を好むというのだから実に呆れた次第だった。しかしないい彼が友人に洩らしたところによると、探偵上などで頭脳がうどん玉のように疲れ切ったときは、猿の檻の前で子猿にキャラメルをやったり、駱駝《らくだ》の眠そうな顔を見たり、猪を見て豚と違うところは牙《きば》のあるなしなんだろうか、それとも肉の味に甲乙のあるせいだろうかなんて考えたりすることがたいへん頭脳の疲れを回復する効能があるそうで、ときには一歩進んで事件解決の素晴らしい鍵を見つけたことも二度や三度ではなかった。

今日も帆村探偵は、科学者病事件をどう解いてよいのかに迷った末、ぶらりと上野動物園の石門を潜《くぐ》った。残暑がまだ厳しい九月のことで、細かい白砂利の広場には葉桜の陰が色濃く、帽子を脱ぐと木の下を通ってくる涼しい風が帆村探偵の熱い額を冷やした。彼は蘇生したような思いで、静かな歩を拾っていた。

「おい、帆村くん」

彼はいきなり呼びかけられた。

「やあ、赤羽四郎《あかばねしろう》くんじゃないか。妙なところで会ったもんだね」

それは小脇《こわき》に茶色の大きな角封筒を挟んでいる、若い背広服の男だった。赤羽製作所と名乗る小さな真空管工場を持っている帆村の友人だった。

「いや、驚きはむしろこっちにありと言いたいところさ。猿が狸を食ったというような事件でも突発したのかなと思ったもんでね。はっはっはっ」

「それよりもきみはなぜこんなところを、うろついているのだい」

「いや、いよいよ訊問《じんもん》とおいでなすったね。だがその不思議がるのも一応もっともだよ。実は今度、動物園から動物治療用の人工太陽灯の注文をいただいたのだ。ところがそれがむずかしい条件がついているので、いままであるものじゃ役に立たない。どうしても新たに設計をしなけりゃならないということになった。それで今日は設計図を園長さんに見せての帰途なんだが、それについて今度という今度は苦労をしたよ」

「苦労って、いったいどう苦労したのだい」

「それがね、きみに言っても分かるまいが、こいつの設計なり製作はとてもむずかしいのだ。まずわが国では、あの工学研究所の白鳥博士を除いてはほかにない」

「なに白鳥博士だって？」

帆村は昨日、河北科長の診察室に見かけた例の奇病患者の一人である白鳥博士の名が出てきたので驚いた。

「そうだ白鳥博士に限るんだ。ところでぼくはその太陽灯の設計を博士にお願いに上がったんだ。博士は承諾してくだすったので安心していたところ、昨日の朝になって急に断られちまった。ぼくは感情でも害したのかと思っておそるおそるお訊ねしたところ、そうではなくて、博士はひどい神経衰弱に罹《かか》られて、当分いっさい頭脳《あたま》を使うことはやらないから設計ができないというご挨拶さ。園長と契約の期限もあるし、ぼくはどうしたらよかろうかと途方に暮れちゃった」

「あまり途方に暮れている顔でもないようだね」

と、今度は帆村がからかった。

「そりゃいまは途方に暮れてなんかいないさ。もう設計図は園長さんに見せてきたのだからね」

「すると――」

「うん、捨てる神あれば拾う神ありで、白鳥博士のほかに、もう一人非常に立派な設計者がいることを発見したんだ」

「なーんだ」

「ところがその設計者——南潟吾平《みなみがたごへい》先生というのだがね。たった一日で設計してくれて、しかもそれが白鳥博士に設計してもらったらこうもいくだろうと思われるくらい、非常に素晴らしい設計なんだ」

「ほほう、実に立派な学者だね」

「いや感心するのはまだ早いのだよ、帆村くん。南潟先生は科学に関する設計ならば、何でもやるんだ。物理のことでござれ、化学でも、電気工学・機械・土木と言わず、何でもやるのだ。南潟科学設計事務所の評判は大したものだ」

「いったいその南潟先生というのは、どんな人なのだ」

「先生は白鳥博士などの先輩に当たる人だということだ。大学を出ると大学院に五年いて、それからぷいとインドのカルカッタ大学へ自費研究生として行かれ、今年の正月、二十年目で帰朝せられた風変わりの学者だ。先生は小石川音羽台《こいしかわおとわだい》にあるインド志士ガラ・アパラシャ氏の城廓《じょうかく》のような邸宅をそっくり買って、そこで毎日設計をしていられる」

「なるほど変わった学者だね」

「変わっているのはそればかりではない。先生はまだ無妻で、あとは助手や召使が十五、六人もいるそうだが、それがことごとく黒人ばかりなんだ」

「なに、黒人というと」

帆村はあんまり友人の話が突飛なので、思わず訊《き》き返したほどだった。

「黒人は黒人さ。二、三人はインド人だがそのほかは全部アフリカの黒人だそうだ」

「ほほう、アフリカの人を集めて何をするのかしらん」

「そりゃ知らぬが、先生の助手になって設計をやっているらしい」

「なぜアフリカの人なんか使っているのだろうね」

「さあ、ぼくに訊いたって返事ができないがね……」

と赤羽四郎は帆村の熱心な追及に会ってついに壁際へ押しつけられた形で、それを逃れるためにポケットから『エアーシップ』を一本摘《つま》み出して火を点《つ》けた。

帆村は友人が落ち着かぬ様子で、紫の煙を吐き出すのをじっと見詰めていた。二人の間に、紙のように真っ白な沈黙が流れていった。

「おお、あいつだッ」

突然叫んだのは、赤羽四郎だった。

「あいつだ、あいつだ。帆村くんあの檻の前を見たまえ」

帆村が指さされたほうを見ると、冠鶴《かむりづる》の檻を前に見るも獰猛《どうもう》な雲を衝《つ》くような黒人が二人、真っ白い服を着て何か熱心に話し合っていた。

「あれが、南潟事務所の黒人なのかい」

「そうだよ、確かに見覚えがある。あんな恐ろしい面《つら》は東京じゃ珍しいよ」

　こっちの会話に関係なく、向こうの黒人は赤い顔と白い冠毛とをもつ冠鶴を指して話を続けていたが、そのうちに急に鶴のほうを向くと両腕を頭上に高く痙攣《けいれん》を起こしたように打ち振り、ガッ！　というような不思議な掛け声とともに大地に跪《ひざまず》いて、白服の汚れるのも気づかぬ様子で冠鶴に礼拝するのだった。

「おお、あの黒人の一人は両手に大きな繃帯《ほうたい》をしているじゃないか」

　と帆村が叫んだ。

「なるほど、ひどい怪我をしているね」

　そこへ入園者たちが、この思いがけない奇妙なレビューを聞き伝えてどやどやと押寄せてきた。

　黒人はやっと気がついた風で、今度は大慌てに慌てて、動物園の門のほうへ逃げだした。

　帆村はべつに追いかける気持ちでもなかったのに、なぜか黒人の身体から出ている目に見えぬ糸に曳《ひ》かれるように、いつの間にか熱心に追跡の仲間に加わっていた。だが黒人は大きな股《また》ですたこら逃げだしたので、一同が門前まで出たときには待たせてあったらしい自動車に飛び乗って、二〇〇メートルも前方に水色のガソリンの煙を上げながら遁走《とんそう》する後姿をちらりと見ただけだった。

　あいにく門前には一台の自動車もなく、帆村探偵はついに惜しい獲物を逃がしたことになったのだった。振り返ってみると、一緒に来たはずの赤羽四郎の姿までがどこにも見当たらなかった。

## 3　谷中《やなか》墓地事件

それから一時間ほど経ったのちのこと、怪黒人の姿を見失った帆村探偵は寂しい谷中《やなか》の墓地を道灌山《どうかんやま》のほうへ急いでいた。それは道灌山に白鳥博士の邸宅があるので、一度博士の病状を見舞い、ついでに事件に対する彼の予感が当たっているかどうかを確かめたい気もあったのだった。

いやになるほど広い墓地がやっと切れて、そこから初音町《はつねちょう》寄りへ流れだした草深い小路《こうじ》へ帆村がつと曲がったとき、彼は思いがけない光景にぶつからなければならなかった。この小路は中央に長々と石畳が敷かれ、左右の道端には月見草が黄色い蕾《つぼみ》を持っていた。荒れ果てた教会の庭だの、何とかさまという華族の裏畑だったという空地だのが、道から一段高いところに無闇《むやみ》に広い面積を取って両側を塞いでいた。それは明治三十年のころと大して違いはない、忘れられた路地だった。しかし帆村が驚いたのは、そのような路地の荒涼たるありさまではなかった。実はその小路の三町ほど先を、絵に描いたような若い一対の男女がたいへん睦《むつ》まじそうに歩いている姿を発見したことだった。二人はお互いの身体の半分を相手の身体の中に埋めているようにぴたりと寄り添い、静かに歩を運んでいくのだった。

（何者だろう！）

帆村はこの二人に気づかれて、彼のほうをじろりと振り返られるのが無下に辛く感ぜられた。できるならこのままで気づかれず、曲がり角のあるところまで出ていきたいと思った。男は長身で銘仙《めいせん》らしい絣《かすり》の単衣《ひとえ》を着ていた。それから女のほうは、淡い藤色《ふじいろ》の絽《ろ》らしい着物を着、鮮やかな緋色《ひいろ》の帯を締めていた。

そのうちにどうした弾みだったか、背の高い男のほうが立ち止まって急に苦しみはじめた。女はびっくりしているらしく、倒れようとする男の身体を懸命に支えていたのであるが、男はいっこうお構いなしに盛んに喉のあたりを掻きむしり、揚句《あげく》の果ては両手で頭を抱え込むようにしてどっと道端の草叢《くさむら》に転がった。

「あっ、危ない！」

驚きのあまり、帆村は遠方からとうとう声をかけてしまった。それに気のついたらしい若い女は、はっと帆村のほうへまともに顔を向けた。

（おやっ）

といったような表情がその女の顔に浮かぶと、彼女は男をその場に捨てたまま裾《すそ》をひらひら翻して逃げだした。そのときの女の顔を、帆村はどこかで見たような気がしたことだったが、思い出すいとまもなくその怪しい女の後を追いかけた。

しかし、帆村探偵の足は倒れた男の前で一度立ち止まらないわけにいかなかった。

「おお、白鳥博士だッ」

草叢の中に倒れているのは、疑いもなく白鳥博士だった。博士は酒に酔ったような赭《あか》い顔をしていた。そして呼吸遣いが非常に荒く、そして不規則だった。痙攣する瞼《まぶた》、ぽかんと開いた口、どうやら博士は生きているらしい。この国宝学者の応急手当てが先か、怪しい女を追うのが先か、帆村はどっちとも決しかねてその場に立ち竦《すく》んだ。

だがついに、彼は自分の職業意識に侮蔑の言葉を吐きながら、若い女の後を追うことにした。まだ息のある博士の耳に口をつけると、

「白鳥さん、いますぐ介抱に帰ってきますから、それまでしっかりしてなくちゃいけませんよ」

と叫んだが、しかし博士はまるで気がつかないようであった。

女の後を追って辻《つじ》まで出てみたが、いまその辺へ走り込んだと思える女がいない。帆村はその先のいくつかの路地をいちいち覗いてみたが、どの路地も森閑として、ポプラの生垣《いけがき》がいたずらに亭々と聳《そび》えていた。帆村は諦めかねる心をしいて諦めて引き擦り込むようにして、白鳥博士の倒れている元の場所へ帰ってきたのだった。

だがそこにも、彼の思い設けぬことが起こっていた。たった五分かそこいらの短い間のことなのに、白鳥博士の倒れているところにはどこから来たのか、五十歳近いモーニングを着た西洋人のように身体の大きい紳士が地上に屈《かが》んで白鳥博士の脈を取っていた。

「おーいきみ、手を貸してください」

紳士は帆村の姿を認めると、差し招いた。

帆村はちょっと逡巡《しゅんじゅん》しないわけにはいかなかった。しかし自分で名乗る機会が来ているとも思われないので、しばらく黙って様子を見ようと思ったのだった。

「さあ、わたしは肩のほうを持ちますから、きみは足のほうを持ってください。街角まで行って自動車に乗せましょう。重病らしいから、そっと担いでいってください」

かの紳士は訥弁《とつべん》ながら、歯切れのいい声で筋道の通った指揮をした。辻のところまで白鳥博士を担いでいくと、運よく一台の円タクが流してきたので、それを呼び止めた。

「失礼ですが、あなたはこの病人の住所姓名をご存じなんですか」

帆村がつい怺《こら》えかねて、連れの紳士に訊いた。

「ええ、知ってますから安心なさい。この人の家《うち》は道灌山なんです」

「近いんですね。じゃぼくも一緒にお送りしましょう」

探偵はチャンスを摑んだ。

自動車がゴトンゴトンと動きだすと、帆村は頃合いを測って第二の質問を放った。

「あなたはご親戚の方なんですか」

「いや親類じゃありません。同じ学校を出た兄弟のようにしている男なんですよ」

そう言って彼は懐中から名刺を出すと、帆村にくれた。その上には〝南潟吾平——南潟科学設計事務所所主〟と書かれてあった。帆村はもう少しで、あっと声を出すところだった。あの友人赤羽四郎が、太陽灯の設計のことで大いに褒めていったばかりの噂の主、南潟吾平先生が目の前に腰を掛けているのだ。

帆村はよほど思い切った質問を南潟氏にしようかと思ったが、変なことを訊いて南潟氏自身や、ひいては白鳥博士の心持ちを悪くしてはこのあとの捜査が困難になる虞があると思ったので、もっとほかから材料を集めたうえでなければと、この化物みたいな科学的天才に訊ねることを見合わせた。

車が白鳥博士邸に着くと、書生と女中が飛んできた。そして南潟氏の姿に気がつくと、丁重な敬礼をした。異変を聞き伝えて、母堂が玄関まで出てきた。

「どうも南潟さん、すみませんでございました」

母堂は面目なげに言った。

「あの病気が出てからは、あなたさまのおっしゃってくださったとおり外出しちゃなりませせぬぞときつう言うておいたのに、今日もついいつの間にやら飛び出してしまって、あなた、このようなことが……」

「いやお母さん。あまり厳しく言われると若い者は気に障りますから、よくことを分けて自重を望みなさるがいいです。そして当分、どんなことがあっても、まず一週間くらいは絶対安静にさせ、外に出さぬことですなあ」

「承知いたしました」

母堂は大きく肯いた。

「あの子の容態は、いつものあれでございますかしら。電話をかけましたから、すぐ医者がまいりますが……」

「いつものあれですよ。困ったものですな」

南潟氏はちょっと眉をひそめてみせたが、すぐと思い出したように、

「ああ、お母さん。わたしは今日は非常に忙しい日なので、いずれお見舞いに上がるとしてこれで失礼を……」

そう言うなり、彼はそのまま帆村をも促して門外へ出ていった。帆村は思いを白鳥邸に残さないわけにいかなかったが、あくまで路傍の人を装い、だれにも怪しまれないで登場人物の様子を観察するためには、南潟氏の意に逆らうことは不利だと思った。

「じゃ途中まで送って差し上げましょう」

そう言ってくれる南潟氏の申し出にも素直に応じて、彼は自動車に乗り込んだ。

「今日はとんだご迷惑でしたね」

南潟氏は帆村に話しかけた。

「ときにちょっとお訊ねしますが、さっききみが横町を曲がって白鳥くんが倒れているほうへ来られるとき、若い婦人に会いませんでしたかね」

帆村はあべこべの審問に遭ってぎょっとした。この人はそれを訊きたいばかりに自分を自動車の中へ引っ張り込んだのだった。なるほど、これは容易ならぬ相手だ。

「会いませんでしたが、どうしてそんなことをおっしゃるのです」

「白鳥くんの倒れていた傍らにこんなものが落ちていたので、婦人の連れがあったので

はないかと考えたんです」

そう言って彼は帆村の前に、小さいコンパクトを差し出した。手に取ってみると、C・Kという頭文字が彫ってあった。――すると帆村が遠方から見かけた婦人が、これを落としていったのかしら？

そんなことを話しているうちに、車は本郷上富士前《ほんごうかみふじ》へ出た。そこは帆村があらかじめ降りたいと申し出ておいた場所なのであった。C・K、C・K！

南潟氏は彼を降ろすと、車を音羽と思われる方面へ馳《は》せていくのであった。

## 4　恐ろしき謎

大学病院の廊下を苛々《いらいら》しながら、音のせぬように走っている帆村だった。

河北内科長の部屋に飛び込んでみると、科長は広い机の上に堆高《うずたか》く外国雑誌の合本を積み上げて、なにやら読み耽《ふけ》っていた。

「先生、いま白鳥博士が例の病気で苦しんでいるところです。すぐ行っていただけませんか」

「なに白鳥くん、またやっているのか」

「今日は道端へ倒れたところに運よく行き合わせたんです。さっそく博士邸へ担ぎ込みましたが、意識不明です」

「そうか」

科長は頭を斜めに傾けてなにやら考えていたが、

「よし行ってみよう」

そう言って、読みかけのページに赤鉛筆を挿んで、ぱたりと閉じた。

「それはいいが、うちの看護婦のところへいま電報が来ているので早く渡してやらなきゃならないが、あいつまだ帰ってこない。弱ったな」

「ああ、この電報ですね」

帆村は無意識にその宛名を読んだ。

「カワベ、チエコ！」

（おや、どうしたというのだろう。カワベ、チエコの頭文字はC・Kだぞ。さっきのコンパクトのC・Kと一致しているが、これは偶然かしら？）

と、帆村は首を捻った。

「先生、ただいま。遅くなりまして……」

そこへ若い女の声がした。

「………」

帆村が振り返ってみると、それはかねてこの病院で見覚えのある美しい看護婦だった。それと同時に、もっとほかで見かけたような顔だった。

「川辺さん、電報が来てるよ」

科長が帆村の手のほうを指した。

「まあ電報ですって！」

看護婦は帆村の手から電報を貰うと、急ぎ足で室外へ出ていった。

「先生、あの川辺千枝子という看護婦と白鳥博士との関係はどうなんです」

「とうとう嗅《か》ぎつけたね。これはきみの関係すべき問題じゃないよ。あの二人は潜伏性恋愛病患者なんだ」

科長は〝恋人同士〟というところを、医学者らしい言葉を使ったのだった。なるほどそうなると、谷中で白鳥博士と歩いていた若い女というのが川辺千枝子だとすると謎は解ける。C・Kの頭文字のあるコンパクトを落としたことも、またいま、看護婦姿の彼女を見たときに病院外のどこかで見たような女だと思ったことともに解けて、べつに不思議ではなくなるのだ。しかしこれではたして百パーセント不思議ではなくなったであろうか？

その時ドアがコツコツと、やや気忙《きぜわ》しくノックされた。

「おう！」

科長が答えるとドアがぱっと開いて、千枝子が青い顔をして駆け込んできた。

「まあ先生、わたしどうしましょう。父が危篤なんでございますって」

「なに、あなたのお父さまが……」

科長は同情のある視線を送って言った。

「それは気の毒だねえ。前から悪かったのかね」

「いいえ」

と、看護婦は強く首を左右に振った。

「とても丈夫なんです。二、三日前も、いま西瓜《すいか》の世話で一日じゅう畑に詰めて働いているると、自分で手紙をくれたんです。それが急に病気で危篤になるなんて、信じられませんわ。でも、幾度読み返したって宛名は自分なんです。ああお父さま、お父さま」

「そりゃ実に気の毒だ」

科長は立ち上がり、千枝子の肩を軽く撫でながら言った。

「何を措《お》いても、すぐに帰りたまえな」

「はあありがとうございます。では先生、これから行ってまいります」

「あのう、もし……」

帆村がこの時、横合いから不意に声をかけた。

「あなたはどこまでお帰りになるんですか?」

「…………」

千枝子はなんとも答えず、少し頭を下げたきり動かない。どうやら帆村をよほど警戒しているように思われるのだった。

「あなた、先刻コンパクトを落としましたね」

帆村はもう一つの、取って置きのことを言った。

「あっ——」

千枝子ははっと狼狽《ろうばい》した。

「だがぼくが拾ったのではありませんよ。拾ったのは別の人です」

「どなたなんでございますの?」

千枝子は観念の臍《ほぞ》を決めたものと見えた。

「それは南潟吾平という人です」

「南潟吾平——ああ、あの人に拾われたんですか」

看護婦は悲痛な面持ちを、じっと平面に向けた。それは能面に似た美しい容貌《ようぼう》だった。しかし、ある種の秘密に浸透されている顔だった。

「川辺さん、では早く行ってきたまえ」

河北科長は、彼女を庇《かば》うように声をかけた。川辺千枝子は救われたようにほっとして、するりと部屋を抜け出していった。

それから三十分ほど経ったのちのことだった。河北科長と帆村探偵とは、重態の白鳥博士の枕頭《ちんとう》に見いだされた。帆村はこの時初めて、探偵として家人たちに対して名乗りを上げたのだった。

河北科長は人事不省に陥っている白鳥博士の身体について綿密な診断を試みた。その結果は面白くないほうらしかった。科長のちょっと傾けた首が、なかなか元に戻らないところを見ても分かることだった。

「おい、帆村くん」

科長は帆村だけに聞こえるような低い声で言った。

「どうやらこれは新しい病気のようだ」

「ほほう、先生もそうお考えですか」

「うん――いままでの文献をすっかり引っ繰り返して調べてみたんだが駄目だった。こんな顕著な容態でありながら病気としての記録が少しもないんだ」

「すると先生がおっしゃったように、二十四時間のちになっても、解決の見込みがないというわけですね」

「どうも遺憾ながら、きみの言うとおりだ」

科長は暗然として声を呑んだ。白鳥博士の頭はボイラーのように真っ赤に熱し、苦しそうな呻《うな》り声を上げた。

「先生」

帆村が今度は河北科長を呼んだ。

「そうなるとぼくのほうの話を申し上げますが、実は少しばかり見当をつけてみたんです」

「なに、きみは見当をつけたというのかい。ほほう面白い。それはどういうのだい」

「ぼくの考えとしては、先生が笑われることでしょうが、これを病気と見ずに犯罪だと睨んでみたのです。先生はただいまも、これは病気としては初めて医学史上に現れた病気だとおっしゃったようですが、初めて現れた病気――という点は、ぼくの仮定の犯罪論とよく一致するようです。つまり病気ではないから、いままでの医学史上に記録がなかったのです」

「そう簡単に肯けないが」

と科長はちょっと首を捻って、

「これを犯罪事件とすると、きみは何か確証を握っているのかい」

「確証とまでは言い切りませんが」

と帆村は頭の中にはいままでに集めた雑然たる〝?〟を、ずっと眺めまわしているようだった。

「とにかくいろいろと材料はありますよ」

「ほほう――」

「ことによると、先生」

帆村はそこでぐっと声に力を入れた。

「この犯罪事件は今日までにぼくの取り扱った事件のうちで、いちばん恐ろしいものかもしれません。いや、世界犯罪史上にもっとも重大なる一ページを加えることになるかもしれないのです」

そう言い放った帆村の顔は、いつもよりは一段も二段も青褪《あおざ》めて見えた。噂の高い青年探偵帆村荘六《そうろく》がそれほどまでに恐ろしがっている犯罪とは、どんなものだろうか？

また、その犯人というのは、何者なのであるか？

自身が呪うべき被害者となっているのであるとも知ってか知らでか、白鳥博士は二人に空《むな》しく見守られたまま、混沌《こんとん》として人事不省を続けているのだった。

## 5　白鳥博士の奇病？

工学界の権威、白鳥博士の奇病について、大学病院の内科長河北博士はまだ医学史上にもない病患と嘆じた。これに反して、青年探偵帆村荘六は大胆にも、この奇病を指して犯罪事件——それも前代未聞の恐ろしい事件のような気がすると意見を述べた。

さてこうなると、白鳥博士の病気は博士一人の問題ではなく、あとからあとへと罹病《りびよう》者《しや》を出す科学界にとっても大問題だし、世界じゅうの医学者と犯罪学者の注目する的となった。これからどうなるのだろう。

病床に人事不省で呻吟《しんぎん》する白鳥博士を囲んで、河北内科長と帆村探偵とはじっと睨み合っていた。

「犯罪事件だときみは言うのだね」

河北内科長は呻るように言った。

「そうとしか、ぼくには考える余地がないのです」

と、帆村は青い顔をして言った。

「犯罪事件とすると、いったいだれが怪しいのだ。そいつはどんなことをやっているのだ。早く聞かせたまえ」

科長は思わず膝を前に進めて、帆村の答えを待った。

「それはまだうっかり言えないのです。もっと確実な証拠を握らにゃなりません」

その時、病床で悶《もだ》えていた白鳥博士が、

「おお、これは……」

と夢から醒《さ》めたように両眼をぱっちり開き、あたりを物珍しそうにきょろきょろと見回したのだった。

「やあ気がついたね。白鳥くん」

科長の声に、博士は愕然と顔を上げた。

「ああ、あなたは……」

その時の白鳥博士の顔は、実に記憶すべきありさまを呈していた。その顔といえば、炎天下に十里の道を歩いてきた人のようにとても疲れ切っていたが、それとまるで別に、博士の瞳だけはいまがいままで意識不明の病人だったとはどうしても見えないほど、正常な光を放っていたのだった。

内科長が調合して勧める一杯の薬湯に、白鳥博士はようやく元気を取り返してきたようだった。

帆村という探偵がいつの間にか枕頭に控えていたことも、河北科長の執り成しで案じたほどのこともなく、了解してもらうことができたのだった。

「そこではなはだ不躾《ぶしつけ》ですが、白鳥さんにお伺いいたします」

と、帆村はおそるおそる博士の顔色を心配しながら口を切った。

「ご病気のお苦しみは、どんな風でしたか」

「そうですね」

博士は疲れ切った眉を八の字に寄せたが、素直にぼつぼつ応《こた》えた。

「実は病中の苦しみというのがわたしにははっきりと分からないのです。発病の直前には脳貧血のように、何かいやに心細い気持ちになるんです。そして物音が急にずっと遠方へ行ってしまうんです。あ、起こるなと気がつくと、次の瞬間には吸い込まれるように何もかも分からなくなってしまうのです。そして次に気がついたときには、まったく予期しないみなさんのご介抱を受けている。なんと言いますか、頭痛がしていやーな気持ちです。むつかしい数学式の入った厚い本を二冊も三冊も読んだあとのような、疲れ切った気持ちです」

博士はぽつりぽつり語ると、乾いた唇をぴくぴくと痙攣させた。河北科長が小さい氷片を摘んでその口に入れてやった。

「すると、ぼくたちが傍《そば》から拝見してたいへん苦しんでいらっしゃると思っている間のことは、博士ご自身何のご記憶もないのですね」

「そうなんです。悪夢を一つ見てはまた次に一つ見るといった気持ちです。科学者の悪夢です。まるで縺《もつ》れ糸を丹念にほぐそうと努力しているような苦しみです」

「すると博士は、悪夢の内容についてある程度までご記憶があるのですね」

「どんな夢だったか——という質問ですか」

「そうです。今日のお苦しみのうちに、どんなことをご覧になったか、お話しくださるわけにはまいりませんでしょうか」

帆村は優しい言葉のうちに、溢れるような熱意を込めて言った。

「さあその夢ですがねえ——」

博士は少しずつではあるが目に見えて元気を増しながら、

「その夢というのが、お話ししても分かるかどうか、極めて専門的の内容のものなんですがね」

「えっ、専門的な夢！」

帆村は緊張のあまり、さっと青褪めた。

「それだ、それだッ」

彼は呻るように、小さい声で叫んだ。

「ちょうどいま目が醒める前まで見ていたのは、なんでも液体水素を入れた容器がありましてね。それから少しずつ液体を厚いガラス管の中へ、ぽつりぽつりと垂らし込んでいるところなんです」

「ははあ、液体水素ですか。それは零下二百度を超える極寒の液体ですね」

「そうです」

と、博士は頭を動かした。

「その液体水素を細いガラス管を通して下に垂らすのだから、なかなかうまくいかないで苦しんでいるところを夢に見ているんです。実際、そんなに冷たいものだから、たとえば手などにかかるとそのところが急にひどく熱を奪われて霜腫《しもば》れの重いのを起こすことがある。それを心配しながら、まるでおままごとのようなことをやっているのです」

「液体水素というと、液体空気と同じようなものですね」

「いや、液体水素のほうがさらに冷たいのです。製造の技術から言っても、ずっとむつかしいしその取り扱い方もいちだんと面倒なんです」

これでみると、白鳥博士はこの世の中でいちばん冷たいものを取り扱っている夢を見ていたということが分かった。われわれはむつかしい宿題のことなどを考えながら寝《しん》に就くと、この宿題を夢に見ることがある。しかしこの場合は夜に限るんだが、博士の場合は白昼夢を見てこのはっきりした問題を考えたというのであるから、これをわれわれの簡単な夢とは一緒にできない。この点に、ある一つの謎が隠されているのではないか

——と、帆村探偵は疑った。これはもう少し探求の必要がある!

「この前のご発作のときには、また何か夢をご覧になったでしょうか」

帆村は重大なる質問を打ち込んだ。

「そうですね」

考えていた博士は科長の与えた葡萄酒に刺激されたか、それとも何かほかのことで昂《こう》奮《ふん》しているのか、やや紅潮してきた。

「そうですね、そう言われると思い出しましたが、この前はなんでも液体水素をガラス管の中へ入れ、それに火を近づけて爆発させるような考えをもって、どうしてそれを実現すればいいかと苦心している夢を見ましたよ」

「ほう」

帆村は思わず膝を乗り出して、

「面白いお話です。――もうその前はありませんか」

「そうそう。なにしろ明瞭な夢であるので思い出しましたが、初め見た夢というのは、何か一生懸命に複雑なリンデ（ドイツの科学者）の空気液化器の設計のようなものを考えているところだったんです」

「ああ、それも液体水素に関係のあることなんですね」

帆村は呆れるように言った。液化器といえば、液体水素とか液体空気とかを製造する器械ではないか。白鳥博士の見た夢はどれもこれも、液体水素に関係のあるものばかりだった。これははたして偶然の出来事なのであろうか。

「博士はいつもそんな問題に頭脳《あたま》を使っていらっしゃるんですか」

「そうですね。どういうものか、液体水素に因《ちな》んだ夢ばかり見ているようですね。だがわたしとしては、なるほど液体水素についてはかなり研究をしたことがありますけれども、それはもうずっとずっと以前のことです。このごろはまったくそんなものに関心を持っていないのです」

「しかしその夢のお話を総合してみますと、なんのことはなく、あなたは液体水素に取り憑《つ》かれているとしか思われませんね」

「これはいったい、どうしたというのでしょう」

博士も頭を振った。

「最後に一つお訊きしたいことがあります」

帆村はポケットの煙草を探りさぐり言った。

「この液体水素の爆発実験を夢の中で考えていらっしゃるようですが、それは実際できることなんですか」

帆村は煙草に火を点けながら、この重要な質問への応答を待った。

「それはできない相談でもありません。液体水素を小さい容器に詰めてこれに火を近づけると、液体水素は急激に水素ガスに気化するため非常に強力な爆薬となるだろうとは前に考えたこともあるのですが、現在のわたしにはそんなことを研究するよりもほかにもっと重大な研究問題があるので、爆薬のほうは手をつけなかったんです」

そう言った白鳥博士の顔には、ありありと疲労が浮かび出た。

「いやありがとう存じました。たいへんお疲れのところをご無理させまして……」

帆村は心からこの真面目な学者に感謝したのだった。彼はこの会話によって、事件の輪廓をさらにはっきりさせることができたと思った。

「白鳥くん」

そう言って病床の博士を呼んだのは、最前から黙々としてただ二人の問答を聞いていた河北内科長だった。

「………」

博士は努めて、顔を科長のほうへ曲げた。

「この帆村くんはねえ、きみ」

と、科長は探偵のほうをことさら指しながら言った。

「お手のものの犯罪論でもって、押していこうという意見なんだよ。つまり、こうやってきみが憔悴しているのは病気のせいではない、何者か恐ろしい犯人がいてきみを故意に苦しめているのだ。——いや、きゃつはきみの脳髄を盗んで、きみを苦しめているのだというんだ。それで帆村くんは、どこかできみの脳髄を盗んでいる奴を探り出そうと言っているのだよ。はっはっはっ」

「脳髄を盗む」

という文句が自分でもよほどおかしかったと見えて、科長は引き続きにやにやと微苦笑を漂わしていた。

脳髄を盗む——なんて、帆村はいったい本気で考えているのだろうか。

## 6　音羽台《おとわだい》の怪館

帆村探偵は、やっと捜索の端緒を摑んだように思った。

白鳥博士が人事不省に陥るごとに、必ず夢を見ていることがだいいち不思議だ。次に、その夢というのがいつも決まって液体水素に関係のあることばかり、そしてこの液体水素のことは博士が覚醒しているときの正常な気持ちから言うと、もうべつに興味も何も持っていないことなのだ。

帆村はもう一つ、南潟科学設計事務所の所主吾平氏について、もう少し認識を高める必要があると思った。べつにどこがはっきり怪しいというわけではなかったが、とにかくこの科学者病の大流行の時機においてうまく当たったとはいえ、あまりに多くの多種多様なる設計を引き受けて一気呵成《いっきかせい》に素晴らしい設計を纏《まと》め上げてしまう。そこにはなにやら、天才というよりも超人的といったほうがいいようなものが感ぜられる。そのうえに、怪奇的なものまでがちらちら閃《ひらめ》いているように考えられてくるのだった。それにまた、得体の知れないあの黒人どもはいったい何のために養っているのであるか？

「おい、須永《すなが》」

帆村は彼の愛している部下を呼んだ。

「なんですか」

顕微鏡に齧《かじ》りついていた血色のいい若者が顔を上げた。

「これから音羽台へ偵察に行く。一緒に行くんだ、仕度をしてくれ」

「ＯＫ」

帆村はこの際、どうしても南潟吾平氏に会って話を聞く必要があると考えた。須永は壁の中の隠し戸棚の中から二人分の商売道具を取り出した。ピストルが大小二挺《ちょう》、ナイフ・簡易合鍵・指紋器・ロープ・小型煙火・擬指・救急薬・小型望遠鏡などと、必要なものが器用に集まっていた。それを取り上げると、二人は物慣れたスピードで手っ取り早く身体の諸々方々へしまい込んだ。——

やがて二人を乗せたクーペはするすると路面を滑って、音羽台へ迫っていった。

さてこの南潟設計事務所は、陸軍火薬庫の広々とした草原の隣に連なる音羽台の上にあった。インド風の城塞に似た見るからに奇怪なる建築物だった。まるで天に向かって呪文を唱えているような感じのするビルディングだった。

二人はしばらく遠方から、この薄気味悪い建物を注視していた。城のようなこの事務所は物言わぬ人のように黙り返っていた。忍んでいくに手ごろな窓もなく、どうしてもこれは計略を用いて入り込まねばならない。

「おい須永」

と、帆村は助手を呼んだ。

「ぼくはこれから単身出かけて、一面識あるところを利用して所主の南潟氏に会ってくる」

「ぼくが行きましょう」

　須永は早くも危険を見て取って、身代わりに立とうと申し出た。しかし帆村は言うことを聞かない。咳払い一つ残すと、事務所の正門へのこのこ歩いていった。須永は物陰から目を離さずその後姿を見詰めていた。いざというときに役立つよう、右手はポケットの中のピストルにかかっていた。

　近づくに従って、この事務所の建物がいよいよ厳重な警戒の下に置かれてあることが分かった。門があり、ドアもあった。しかしベルに続くべき押しボタンもなければ、ドアに指をかけるべき溝もない。

　トン、トン、トン。

　帆村はそこの鉄扉を叩き鳴らした。しかしだれもこれに応じて出てくる者もない。聞こえないのかと思っていろいろと叩き方を変えてみたが、いっこう利き目がない。この巨大なる建物には人っ子一人住んでいないのではないかと疑いたくなるほど森閑としていた。まったく城廓のように人を寄せつけないのが、この事務所の掟《おきて》と見えた。そして越えていくには、白昼あまりに厳かな壁体だった。取りつく島がないとはこのことだろう。
　ケ、ケ、ケ、ケッ、ケッ。
　頭の上で、怪鳥が鳴いた。仰いでみると、建物の天頂《てっぺん》にある時計台のようなものの上を名も知れぬ鳥がふわふわ舞っていた。帆村は断念してすごすご引き返していった。

「先生、駄目ですか」

須永がほっと息をつきながら、労《いたわ》るように言った。

「この調子じゃ駄目だね。だがこの厳重な警戒は何を意味するのだ。古い屋敷を買ったといっても、大した秘密のない者ならばこうは厳重にする必要はないはずだ。よーし、こうなればどうしてもこの化物屋敷を覗かなくてどうするものか」

帆村は背後を振り返りつつ、決心のほどを示した。

「そこで第二の計画だ」

二人は公衆電話の函《はこ》の中に入っていった。南潟事務所に電話のあることは、かねて調べがついていた。これを利用して南潟吾平を引っ張り出そうというのである。さいわいに電話はうまくかかった。

「もしもし、南潟さんはおいでですか」

「アナタ、タレ、アリマシュカ?」

怪しい日本語を喋る男が出てきた。

「ぼくは先日、南潟さんからお名刺を頂戴した者なのですが、佐藤という者です」

「サトウ?　サトウ、タレ、アリマシュカ」

「佐藤とおっしゃれば分かりますよ」

佐藤という名の人は、世間にもっとも数が多い。佐藤と言っておけば、どんな交際の狭い人でも二、三人の佐藤という知合いがあるはずである。そこを利用した。そいつは成功した。

「ヨージ、ナニ、アリマシュカ」

どこまでいっても、アリマシュカだった。

「お願いしたい設計があるので、ちょっとそっちへ、これから伺いたいのですが」

「ソレハ、コチラカラ、オウカガイ、イタシマシュ。アナタ、オウチ、ドコ、アリマシュカ」

これでは相撲の取りようがなかった。聞きしに勝る警戒の厳重な事務所だった。帆村は気分を腐らせる代わりに、反動的に元気を取り返して言った。

「須永、第二の方法も駄目だった。残るはどんな攻撃法だ」

「夜を待ちましょう」

「残念だが、ひとまず出直すとしよう」

二人が公衆電話函から出ようとするとたん、須永が低く、

「あっ」

と叫ぶと、帆村の腕をぐっと引いた。

「ごらんなさい。あすこに、黒人がいますよ」

須永の指さすほうを見た帆村は、

「おお――」

と呻《うな》って、化石のように突っ立った。

それは偶然の収穫だった。事務所とはちょうど反対の方向の小日向台町《こびなただいまち》寄りの細道に、一軒の薬局があった。その店内から二人の黒人が立ち現れるところだった。見るとそのうちの一人は意外にもいつか動物園で冠鶴を礼拝していた黒人だった。それはあの日にも見たとおり、両手にいっぱい繃帯をしているところからそれと分かったのだった。

さいわいに黒人は何事も気づかない様子だった。なんだか二人はぺちゃくちゃ喋るのに夢中になっている。

「おまえは奴らを追跡するんだ」

帆村は須永の身体を肘で突くと、小声で命令した。

「ぼくは黒人の出てきた薬局を調べて、すぐに追いつくからな」

「ようがす、先生」

黒人の姿が横町に消えるのを待ちかねて、二人は電話函から脱兎《だっと》のように飛び出した。

帆村は何食わぬ顔をして薬局の日蔽《ひお》いを潜ると、要領よく主人に、いまの黒人たちが何を買っていったのかを訊ねた。ところがその答えは、がぜん帆村の心を打つ重大なるものだった。

「あの黒い人は、ですね」

と、薬剤師は語る。

「いつも霜焼けの妙薬というのを買いにくるのです。塗るのがちょっと面倒なものですから、わたしがいつもやってあげるのですよ」

「霜焼けの薬というお話ですが、この暑い最中に、何がなんでも霜焼けはおかしいですね」

「いや、ところが本当に霜焼けなんです。それもひどい霜焼けなんです。わたしもこの暑いのに変だなあ、と思って幾度も訊いてみましたが、どうしてそうなったか言わないんです」

薬局の主人にも、いっこうに黒人の霜焼けが腑《ふ》に落ちぬらしい。

帆村は、繃帯を手に巻いている黒人は大怪我をしているのだとばかり考えていた。しかしいま聞けば霜腫れだという。この暑さに霜腫れはどうしてもおかしい。

では、どうして霜腫れになったのか？

帆村は今度の白鳥博士の奇病と何か連絡を見いだそうとして、いままでに知り得たすべての材料を頭脳の中で高速度に掻きまわしたのだった。

「はてな！」

と、帆村は思わず声を出した。

(そういえば、白鳥博士が重態に陥ると見るという悪夢の中には、必ず液体水素の実験がある。その液体水素は人間の手足にかかるとひどい霜腫れを起こすという。——ところが怪事務所の黒人は、この暑い時候のなかに霜腫れを拵《こしら》えている。これは偶然の暗合だろうか⁉)

帆村は呻った。

白鳥博士の奇病、それから病気のときに限って見る液体水素や液体空気の夢、霜腫れの黒人、その黒人のいる南潟事務所――警戒の厳重なその事務所、それから科学者が続々斃《たお》れている今日一人で大繁盛を極め、むつかしい設計を鶏が卵を生むような手軽さで拵えるその人間業とも思われない不思議さ……。

これらのすべての秘密は、黒人の手の霜腫れが暴露されたことから互いに関係のあるものだということが言えるようになった。

一大発見だ！

しかし、後ろにもう一つ、関係があるのやらないのやら分からない問題が残っている。それはあの川辺千枝子という看護婦のこと。川辺千枝子のことは南潟氏に自動車の中で訊かれたことがあったが、やっぱりこの事件に関係があるのか。あるとしたら彼女の役割はどんなことだろうか。

そこへ須永のほうがあべこべに、薬局の前で懊悩《おうのう》している帆村を探しにきた。

「どうした、須永」

「黒人は入ってしまいました。あのドアの前に立って隠し電鈴らしいものを探すと、暗号を内部へ送っていたようです。するとギーッと入口が開きましたが、中はエレベーターのように小さな室があるっきりです。ドアは二人を吸い込むとすぐにぱたりと下りる。それでおしまいです。符号を盗んでやろうと思ったんですが、駄目でした」

「そうか。ではまず引き揚げることとしよう」

「残念ですね」

その時二人の頭上でケ、ケ、ケッと、いやな怪鳥の鳴き声がした。帆村は顔を上げて鳥の飛び交う姿を見ていたが、

「うん、こりゃいいぞ！　こりゃいい考えだ。おい須永、素晴らしいことを思いついた」

「先生、どんなことです」

「みちみち話そう。あの馬鹿鳥が福の神とはだれも気がつかないだろう」

帆村は急に、目立って元気になった。

## 7　気球偵察隊

帆村のその素晴らしい思いつきの準備が出来上がったのは、それから二日後のことだった。彼は河北内科長に電話した。

「先生、帆村です」

「やあ、仕度はうまくいったかね」

「どうやらできました。白鳥さんの様子はどうですか」

「今日はまだ発作が起こらない。今夜はきっとやるだろうと思うよ」

「では、どうかあの器械でお知らせください」

「よし承知した。白鳥くんもどうやらきみの説に耳を傾けてきたよ。液体水素を使う爆薬の実験の夢はいよいよ進んでいるそうだ。だいぶ大きい容器に封入することができるようになったらしい記憶があるということだ。もしこれが事実だとすると、恐るべき陰謀が完成することになると心配している」

「そうですか。そうなると一日も早く事件の解決をつけなけりゃなりません」

「ところで、ぼくはきみの説を裏書きするような文献を一つ見いだした。これはいまから二十年ほど前のイタリア医事新報に出ていたことだが、シシリー島にロッシ家という家族があって、二人の姉妹がいた。姉は北イタリアのガルダ湖畔のリバの農家へ嫁ぎ、妹は島へ残ってマルラサの大工の妻となった。この姉妹はたいへん仲のよい間柄だったので、三百五十里も別れわかれに住まねばならぬことになって共に嘆き悲しんだ。ところが、マルラサの妹のほうがある日姉を想うあまり、記念に貰った姉の衣装に着替え、頭飾りも姉のものをつけ、さてどんな姿になったろうかと姿見の前に立った。ところがまるで姉が鏡の向こうに立っているとしか考えられない。その時不思議な声に呼びかけられたような気がした。姉が、街に買い物に出たところ美しいレースを売っている店があったので、これを妹のところへ送ってやろう——と言っている声が聞こえた。これは気のせいだと思っていたところ、程経て姉から同じ文句の手紙と紛《まご》うかたなきレースとが届いた。これがきっかけとなり、姉と妹とは三百五十里隔たって互いに相手の心が読めるようになった。不思議な心霊現象であるが、これを当時の学士院長カピタニ氏が解説して、マウスウェルの電波説に従うべきものだと大胆極まることを言っている。つまりきみが言っている、人間の頭脳の働きをある人から他の人へ吸い取ることができるという説とよく似ているじゃないか」

「なるほど面白いですね」

と、帆村は嬉しそうに言った。

「それから川辺千枝子は、まだ帰ってこないんですか」

「うん、まだ帰ってこない。今日あたり何か言ってくるだろう」

「ああ、そうですか。ではこれで先生」

「じゃ、しっかりやりたまえ」

そこで電話は切れた。

帆村の説というのは？

帆村は科学者の間に頻々と流行する病気を犯罪による被害と見た。それは科学者中の著名なる者ばかりに起こる病気であり、記録にもない同じような不思議な症状を呈する点から思いついた。そこへ南潟吾平氏の設計事務所でどしどし解決していく設計があまりに非凡で早くできるところを怪んだ。所員は氏のほか、科学者でもなさそうな黒人だけであることがいっそう帆村の頭脳を捻らせるに至った。彼は大胆なる仮定を置いた。

それは南潟氏が、あの著名なる科学者の脳髄を無断で盗んでいるのではあるまいかと。

脳髄を盗むということはあまりに突飛な話であるけれど、この大胆な仮定を置くと不思議にもいろいろの疑問が氷解していくのだった。南瀉氏はその盗んだ脳髄の力を借りていろいろな科学上の問題を解き、その結果を比較的安い金で売っているのだ。帆村の友人赤羽四郎が太陽灯の設計を頼んで、南瀉吾平から非常に立派な設計書を受け取り、こんな優秀なものは白鳥博士を除いてはできるはずがないのだと嘆息したが、これも道理で、これは盗んだ白鳥博士の脳髄に鞭打《むちう》って拵え上げさせたものだと考えると、べつに不思議でなくなるのだった。

そうだとすると、いったいどうして人間の脳髄が盗めるのか?!

それは理学畑を出た帆村荘六にもはっきり分かっていないことだった。だが彼は想像した、人間の頭脳は電波を出すのである。まあ特殊な放送局のようなものだ。白鳥博士などの頭脳から出る電波を、別な場所に特殊な受信機でもあって、その受信機が非常に強力な性能を持っており、博士の頭から出る電波をことごとく吸い取るものとしたらどうだろう。それができたとしたら、博士の脳髄の実質は博士の頭蓋骨の中に収まっているにしろ全然働きはほかへ吸い取られるために、その時の博士自身は無感覚に陥り、生ける屍《しかばね》となると考えられるではないか。それがあの不思議な病状なのだ。

この手で、だれも彼もやられているのだ。

だが実際、どんな方法でやっているのか、それを見つけ出すことは帆村の任務であった。彼ら科学者は国宝に等しい人々である。悪人の自由に委《ゆだ》ねておくことは、国防上から言っても、まことに由々しい大事である。帆村はこの事件の解決に、自分の身命を投げ打っても努力しなければならないと決心した。

そこで、彼の計画がいよいよ実行に移されたのだった。

その夜、音羽の護国寺《ごこくじ》の真っ暗な境内へ、一台の幌《ほろ》を被《かぶ》ったトラックが、するすると入っていった。かねて手筈《てはず》が整っていたものと見え、四、五人の者がばらばらと現れると、そこで協力の仕事が始まった。三十分経ち、一時間過ぎていくにつれ、彼らの取り巻く中心になにやらぶくぶくした真っ黒いものが丸みを帯びた頭をだんだんと高めていった。そしてとうとう宙にふわりと浮かび上がったところを見ると、それはちょっとした大きさの気球だった。あの広告気球というのがあるが、あれを四倍にしたほどのものだった。

やがてこの気球の下には籠が吊るされ、それに二人の男が乗り込むとふらふらと揺れながら中天へ昇騰していった。なにしろ闇の夜のこととて、東京市民のだれもが頭上を流れていくこのユーモアたっぷりの乗物に気のつく者がなかったほどだった。

この怪しげなる気球に乗り組んでいる者は読者もすでにお察しのように、帆村探偵と助手の須永の二人だった。

気球は折からのやや強い風に吹き流され、巧妙にも東南のほうへふわふわと飛んでいった。双眼鏡を持って遠方の明かり窓を睨んでいる船長格が帆村探偵。帆を引いたり、バラストを気にしているのが須永助手だった。

「うまいぞ須永。もうその辺ですこしずつ下へ降りていこう」

「じゃガスを抜いていきますよ」

「風があいにくひどくなったね」

「どこかへ気球をぶっつけると、爆発するでしょうね」

南潟設計事務所の広い構内は、すぐそこの足下にあった。厳しい締まりのある高壁も、気球の前には何の力もなかった。天上から舞い下がって、南潟が秘密に行っているところを窓から覗いてみようというのが帆村の計画だった。

気球はだいたい思いどおりに下がっていった。

「おお、あの窓だっ」

帆村が叫んだ。

「見えますかっ」

須永も嬉しそうだった。

「見える。見覚えのある黒人が椅子に腰を下ろしている。室内はなにやら複雑な装置でいっぱいだ。ああ、南潟氏が現れた」

南潟氏はゆったりした調子で黒人の前に近づいた。そして黒人の身体の前後に畳ほどの大きさの金属板を二枚立てた。それから黒人の頭に火箸《ひばし》を並べた冠のようなものを立てたが、どうやら小型の特殊アンテナらしかった。

「いよいよ始まるぞ。須永、先生からの通信に気をつけているんだぜ」

「はいッ」

南潟氏は黒人の傍に立ててある真っ黒い函のような器械の目盛板を回していたが、いいところが見つかったものと見え、えっ！　と気合いでもかけたらしい姿勢となり、擂《すり》粉木《こぎ》ほどのスイッチのハンドルをぐっと引くと、ぴかぴかと大火花が出て黒人の身体を取り巻いた。はっとしたほどの凄惨な光景だった。

二、三分すると、火花は止められた。南潟氏は黒人の身体を包む金属板をガチャリと倒した。椅子に腰を下ろしていた黒人は静かに立ち上がった。その目は人形のように前方に釘づけられていた。

「先生、通信が来ましたよ」

「そうか、どうしたって」

「河北さんの声です。白鳥博士が人事不省に陥られたそうです」

「ようし。いよいよ思ったとおりだ」

帆村は双眼鏡を摑み壊さんばかりに握り締めて、なおも室内の光景を注視していた。

黒人はひょろひょろと立ち上がり、室内を歩きはじめた。室の中央に台があって、その上に花火の尺玉ぐらいの球があった。その傍へ黒人は近づいて耳を当てると、しばし何事かの物音を聞いているようだったが、次にまた動いて大きな液体空気のコックを捻り、ガラス管を通じて水色の液体をその球の中に送り込んでやるのだった。するとあの大きい球は、爆烈弾なのだ。もしあのような大きい球が爆発したらと考えると、帆村は思わず背筋が寒くなった。

これで南潟吾平の秘密は分かった。彼は純粋な黒人の頭脳が自由になりやすいのに目をつけて、あの装置で白鳥博士などの脳髄の働きを黒人の脳髄へ吸い取っていたのだった。これを日本人などの文明に毒された人間の脳髄を受信機代わりに使うということになると、どうしても自由にいきかねるのだ。それは睡眠術をかけるにしたって同じことで、インテリにはなかなかかからないが子供にはかかりやすいのと同じである。

白鳥博士の頭脳から出す電波は、すべてこの黒人の受信機の中へ吸い取られていたのだ。ああ、何という恐ろしい実験をする男だろう！

しかしまた、何という素晴らしい発明だろうか！　われわれは多少この種のことを夢想したことはあったが、このように見事に実行してみせる者が出てこようとはまったく考えたことがなかった。考え得られなかったのだ。南潟吾平の頭脳は悪人ながら、実に驚嘆に値するものだった。

「ああ、これはいけない」

突然、須永の声がした。

「どうした」

「風で係留索が切れましたな」

「なに綱が切れたって⁉」

帆村が問い返す間もあらばこそ、気球は風に煽《あお》られてやっと持ち上げられた。

「あっ、重りのバラストが切れて落ちます。気球は上がる一方です」

「そりゃ大変だ。すこしガスを出せっ」

喧嘩のように二人が怒鳴り合っているうちに気球はどんどん吹き流されて、上野の森の近くまで来た。

その時だった。

実にその時だった。思い設けぬ一大事変が発生した。

パーッ！

と、目が眩《くら》むほどの大火炎が背後に光った。すると押し被せるように、ひどい風が二人の頬を打った。と思う間もなく、
ヒューン、バリバリッ！

気球は一瀉千里《いっしゃせんり》の勢いで、まるで捥《も》ぎ取られるかのように横なぐりに吹き飛ばされた。

「あっ」

ドドドーン。万雷が崩れ落ちるような響き。

ちらりと見たのは、さらに火勢を加えたらしい大爆発の現場。

二人は籠の中に打ち重なったまま降下索を引く力もなく、声を出す気力さえもなく、大爆発の空気の波濤《はとう》に叩きのめされて気息奄々《えんえん》、流れゆく気球の内部に身を託していた。

## 8 結末

幸運な帆村探偵と須永とが千葉県下に降下してさっそく東京へ引き返してきたときには、もう夜が白々と明け放れているころだった。道灌山の白鳥博士邸に駆けつけてみると、そこには博士も元気な姿でいたし、河北内科長は目に涙を浮かべて二人のほうに駆け寄ってきた。

河北内科長から、あの南潟設計事務所の大爆発の詳報を聞くことができた。あの建物全体は跡形もなく吹き飛ばされて、その跡は火口湖のように大きく抉《えぐ》り取られているそうである。付近十町の民家はほとんど被害を受けないものはないという話だった。

すべては帆村の想像どおりだったのだ。

爆発の原因は？

それは川辺千枝子だった。

というと腑に落ちないかもしれないが、白鳥博士の発病したところへ川辺千枝子が郷里から帰ってきて駆けつけたのだった。博士の痛ましい病態を見ると、彼女は怺えかねて河北先生の止めるいとまもなく愛人白鳥博士の胸に取り縋り、声を限りに名を呼んだのであった。

千枝子のことを深く想っていた博士の頭脳の一部は、その恋しい人の声についに引き戻されてしまった。博士の頭脳は千枝子の声のために奪い返された。南潟氏の器械よりも、千枝子と博士の愛の力のほうが強かったのだ。そして彼ら二人は最後の勝利を得た。

ここに哀れを止《とど》めたのは、白鳥博士の脳髄を吸い取っていた黒人だった。彼はたちまち還元して、ただの黒人となってしまった。そうなった彼には、爆発物の危険もなにもなかったのだった。あっという間にあの大きい爆裂球は引火されて、ここに前代未聞の大爆発が起こったのだった。むろん、南潟吾平をはじめこの館《やかた》の住人たちは一人も残らず一瞬のうちに燃え失《う》せて、あとには一片の肉塊も残らなかった。

南潟氏は、実はこんなこともあろうかと思って極力千枝子を敬遠したのであった。千枝子が受け取った〝チチキトク〟の電報も、本当のところ、この爆薬完成の暁まで邪魔になる千枝子を白鳥博士から引き離しておこうという南潟吾平の奸計《かんけい》だったと言えば、読者も肯かれることであろう。

それ以来、奇病はあとを絶った。

そして、初秋の空が麗しく晴れたある日、河北科長の媒酌で白鳥博士と川辺千枝子との盛大なる華燭《かしょく》の典が挙げられた。その主賓のうちには、頭をいっぱい繃帯で巻いた二人の若い紳士が一座の注目をひどく集めていたが、それは言わずと知れた勇敢なる青年探偵帆村荘六と、その助手須永との姿だった。

# 俘囚

「ねエ、すこし外に出てみない！」

「うん。――」

あたしたちは、すこし飲みすぎたようだ。ステップが蹌々《よろよろ》と崩《くず》れて、ちっとも鮮《あざや》かに極《きま》らない。松永《まつなが》の肩に首を載せている――というよりも、彼の逞《たくま》しい頸《くび》に両手を廻して、シッカリ抱きついているのだった。火のように熱い自分の息が、彼の真赤な耳朶《みみたぶ》にぶつかっては、逆にあたしの頬を叩く。

ヒヤリとした空気が、襟首《えりくび》のあたりに触《ふ》れた。気がついてみると、もう屋上に出ていた。あたりは真暗《まつくら》。――唯《ただ》、足の下がキラキラ光っている。水が打ってあるらしい。

「さあ、ベンチだよ。お掛け……」

彼は、ぐにゃりとしているあたしの身体を、ベンチの背中に凭《もた》せかけた。ああ、冷《つめた》い木の床。いい気持だ。あたしは頭をガクンとうしろに垂《た》れた。なにやら足りないものが感ぜられる。あたしは口をパクパク開けてみせた。

「なんだネ」と彼が云った。変な角度からその声が聞えた。

「逃げちゃいやーよ。……タバコ！」

「あ、タバコかい」

親切な彼は、火の点《つ》いた新しいやつを、あたしの唇の間に挟んでくれた。吸っては、吸う。美味しい。ほんとに、美味しい。

「おい、大丈夫かい」松永はいつの間にか、あたしの傍《そば》にピッタリ身体をつけていた。

「大丈夫よォ。これッくらい……」

「もう十一時に間もないよ。今夜は早く帰った方がいいんだがなア、奥さん」

「よしてよ！」あたしは呶《ど》鳴《な》りつけてやった。「莫《ば》迦《か》にしているわ、奥さんなんて」

「いくら冷血の博士だって、こう毎晩続けて奥さんが遅くっちゃ、きっと感づくよ」

「もう感づいているわよォ、感づいちゃ悪い？」

「勿論、よかないよ。しかし僕は懼《おそ》れるとは云いやしない」

「へん、どうだか。——懼れていますって声よ」

「とにかく、博士を怒らせることはよくないと思うよ。事を荒立てちゃ損だ。平和工作を十分にして置いて、その下で吾々は楽しい時間を送りたいんだ。今夜あたりは早く帰って、博士の首玉《くびったま》に君のその白い腕を捲《ま》きつけるといいんだがなア」

彼の云っている言葉の中には、確かにあたしの夫への恐怖が窺《うかが》われる。青年松永は子供だ。そして偶像崇拝家だ。あたしの夫が、博士であり、そして十何年もこの方、研究室に閉じ籠《こも》って研究ばかりしているところに一方ならぬ圧力を感じているのだ。博士がなんだい。あたしから見れば、夫なんて紙人形に等しいお馬鹿さんだ。お馬鹿さんでそして不能でなければ、あんなに昼となく夜となく、研究室で屍体《したい》ばかりをいじって暮せるものではない。その癖、この三、四年こっち、夫は私の肉体に指一本触った事がないのだ。

妻を忘れた夫よ、呪われてあれ。妻を妻として待遇しない夫は、一切の責任を自分が背負うべきだ。いや、今更こんなことをいいだすのも古い。

あたしは、青年松永について前から持っていた心配を、此処《ここ》にまた苦く思い出さねばならなかった。

(この調子で行くと、この青年は屹度《きつと》、私から離れてゆこうとするに違いない！)

きっと離れてゆくだろう。ああ、それこそ大変だ。そうなっては、あたしは生きてゆく力を失ってしまうだろう。松永無くして、私の生活がなんの一日だってあるものか。――こうなっては最後の切り札を投げるより外《ほか》に途《みち》がない。おお、その最後の切り札！

「ねえ。――」とあたしは彼の身体をひっぱった。「ちょいと耳をお貸しよ」

「？」

「あたしがこれから云うことを聴いて、大きな声を出しちゃいやアよ」

彼は怪訝《けげん》な顔をして、あたしの方に耳をさしだした。

「いいこと！――」グッと声を落として、彼の耳の穴に吹き込んだ。「あんたのために、あたし、今夜うちの人を殺してしまうわよ」

「えッ？」

これを聴いた松永は、あたしの腕の中に、ピーンと四肢を強直させた。なんて意気地なしなんだろう、二十七にもなっている癖に……。

邸内は底知れぬ闇の中に沈んでいた。

（お誂《あつら》え向きだわ！）今宵《こんや》は夜もすがら月が無い。

トントンと長い廊下の上に、あたしの跫音《あしおと》がイヤに高く響く。薄ぐらい廊下灯《あかり》が、蜘蛛の巣だらけの天井に、ポッツリ点いている。その角を直角に右に曲る。――プーンと、きつい薬剤の匂いが流れて来た。夫の実験室は、もうすぐ其所《そこ》だ。

夫の部屋の前に立って、あたしは、コツコツと扉《ドア》を叩いた。――返事はない。無くても構わない。ハンドルをぎゅっと廻すと、扉《ドア》は苦もなく開いた。夫は、あたしの訪問することなどを、全然予期していないのだ。だから扉《とびら》には、鍵もなにも掛っていない。あたしはアルコール漬《づけ》の標本壜の並ぶ棚の間をすりぬけて、ズンズン奥へ入っていった。

一番奥の解剖室の中で、ガチャリと金属の器具が触れ合う物音がした。ああ、解剖室！　それはあたしの一番苦手の部屋であったけれど……。

扉《ドア》を開けてみると、一段と低くなった解剖室の土間に、果して夫の姿を見出した。解剖台の上に、半身を前屈みにして、屍体をいじりまわしていた夫は、ハッと面《おもて》をあげた。白い手術帽と、大きいマスクの間からギョロリとした眼だけが見える。困惑の目の色がだんだんと憤怒の光を帯びてきた。だが、今夜はそんなことで駭《おどろ》くようなあたしじゃない。

「裏庭で、変な呻《うな》り声がしますのよ。そしてなんだかチカチカ光る物が見えますわ。気味が悪くて寝られませんの。ちょっと見て下さらない」

「う、うーッ」と夫は獣のように呻った。「くッ、下らないことを云うな。そんなことァ無い」

「いいえ、本当でございますよ。あれは屹度《きっと》、あの空井戸《からいど》からでございますわ。あなたがお悪いんですわ。由緒ある井戸をあんな風にお使いになったりして……」

空井戸というのは、奥庭にある。古い由緒も、非常識な夫の手にかかっては、解剖のあとの屑骨《くずぼね》などを抛《な》げこんで置く地中の屑箱にしか過ぎなかった。底はウンと深かったので、ちょっとやそっと屑を抛げこんでも、一向に底が浮き上ってこなかった。

「だッ黙れ。……明日になったら、見てやる」

「明日では困ります。只今、ちょっとお探りなすって下さいませんか。さもないと、あたくしはこれから警察に参り、あの井戸まで出張して頂くようにお願いいたしますわ」

「待ちなさい」と夫の声が慄《ふる》えた。「見てやらないとは云わない。……さあ、案内しろ」

夫は腹立たしげに、メスを解剖台の上へ抛《ほう》りだした。屍体の上には、さも大事そうに、防水布《ぼうすいふ》をスポリと被《かぶ》せて、始めて台の傍を離れた。

夫は棚から太い懐中電灯を取って、スタスタと出ていった。あたしは十歩ほど離れて、後に随《したが》った。夫の手術着の肩のあたりは、醜く角張って、なんとも云えないうそ寒い後姿だった。歩むたびに、ヒョコンヒョコンと、なにかに引懸《ひっか》るような足つきが、まるで人造人間の歩いているところと変らない。

　あたしは夫の醜軀《しゅうく》を、背後《うしろ》からドンと突き飛ばしたい衝動にさえ駆られた。そのときの異様な感じは、それから後、しばしばあたしの胸に蘇ってきて、そのたびに気持が悪くなった。だが何故《なぜ》それが気持を悪くさせるのかについて、そのときはまだハッキリ知らなかったのである。後になって、その謎が一瞬間に解けたとき、あたしは言語に絶する驚愕と悲嘆とに暮れなければならなかった。訳はおいおい判ってくるだろうから、此《こ》処《こ》には云わない。

　森閑《しんかん》とした裏庭に下りると、夫は懐中電灯をパッと点じた。その光りが、庭石や生えのびた草叢《くさむら》を白く照らして、まるで風景写真の陰画《いんが》を透かしてみたときのようだった。あたしたちは無言のまま雑草を掻き分けて進んだ。

「何にも居ないじゃないか」と夫は低く呟いた。

「居ないことはございませんわ。あの井戸の辺《へん》でございますよ」

「居ないものは居ない。お前の臆病から起った錯覚だ！　どこに光っている。どこに呻っている。……」

「呀《あ》ッ！　あなた、変でございますよ」

「ナニ？」

「ごらん遊ばせ。井戸の蓋《ふた》が……」

「井戸の蓋？　おお、井戸の蓋が開いている。どッどうしたんだろう」

井戸の蓋というのは、重い鉄蓋だった。直径が一メートル強もあって、非常に重かった。そしてその上には、楕円形の穴が明いていた。十五センチに二十センチだから、円に近い。

夫は秘密の井戸の方へ、ソロリソロリと歩みよった。判らぬように、ソッと内部を覗いてみるつもりだろう。腰が半分以上も、浮きたった。夫の注意力は、すっかり穴の中に注がれている。すぐ後にいるあたしにも気がつかない。機会《チャンス》！

「ええいッ！」

ドーンと夫の腰をついた。不意を喰らって、

「なッ何をする、魚子《うおこ》！」

と、夫は始めてあたしの害心《がいしん》に気がついた。しかし、そういう叫び声の終るか終らないうちに彼の姿は地上から消えた。深い空井戸の中に転落していったのだ。懐中電灯だけが彼の手を離れてもんどり打って草叢に頤《あご》をぶっつけた。

（やっつけた！）と、あたしは俄《にわ》かに頭がハッキリするのを覚えた。（だが、それで安心出来るだろうか）

「とうとう、やったネ」

別な声が、背後《うしろ》から近づいた。松永の声だと判っていたが、ギクンとした。

「ちょっと手を貸してよ」

あたしは、拾ってきた懐中電灯で、足許《あしもと》に転がっている沢庵石《たくあんいし》の倍ほどもある大きな石を照らした。

「どうするのさ」

「こっちへ転がして……」とゴロリと動かして、「ああ、もういいわよ」——あとは独りでやった。

「ウーンと、しょ！」

「奥さん、それはお止しなさい」と彼は慌てて停めたけれど、

「ウーンと、しょ！」

大きな石は、ゴロゴロ転がりだした。そして勢い凄じく、井戸の中に落ちていった。夫への最後の贈物だ。——ちょっと間を置いて、何とも名状《めいじょう》できないような叫喚《きょうかん》が、地の底から響いてきた。松永は、あたしの傍《そば》にガタガタ慄《ふる》えていた。

「さアもう一度ウインチを使って、蓋をして頂戴よォ」

ギチギチとウインチの鎖が軋んで、井戸の上には、元のように、重い鉄蓋が載せられた。

「ちょっとその孔《あな》から下を覗いて見てくれない」

「とんでもない……」

松永は駭《おどろ》いて尻込みをした。

鉄蓋の上には魔物の眼窩《がんか》のような楕円形の覗き穴が明いていた。縦が二十センチ横が十五センチほどの穴で、嬰児なら抜けられるかもしれないが、大人にはどうしても抜けられる筈はない。

夜の闇が、このまま何時《いつ》までも、続いているとよかった。この柔かい褥《しとね》の上に、彼と二人だけの世界が、世間の眼から永遠に置き忘れられているとよかった。しかし容赦《ようしゃ》なく、白い光がカーテンを通して入ってきた。

「じゃ、ちょっと行って来るからネ」

松永は、実直な銀行員だった。永遠の幸福を思えば、彼を素直に勤め先へ離してやるより外はない。

「じゃ、いってらっしゃい。夕方には早く帰ってくるのよ」

彼は膨《は》れぼったい眼を気にしながら出ていった。

召使の居ないこの広い邸宅は、まるで化物屋敷のように、静まりかえっていた。一週に一度は派出婦がやって来て、食料品を補ったり、洗い物を受けとったりして行くのが例だった。いつまで寝ていようと、もう気儘《きまま》一杯にできる身の上になった。呼びつけては、気短かに用事を怒鳴りつける夫も居なくなった。だからいつまでもベッドの上に睡《ねむ》っていればよかったのであるが、どういうものか落付いて寝ていられなかった。

あたしは、ちぐはぐな気持で、とうとうベッドから起き出でた。着物を着かえて鏡に向った。蒼白い顔、血走った眼、カサカサに乾いた唇——

（お前は、夫を殺した！）

あたしは、云わでもの言葉を、鏡の中の顔に投げつけた。おお、殺人者！　あたしは取返しのつかない事をしてしまったのだ。窓の向うに見える井戸の中に、夫の肉体は崩れてゆくだろう。彼にはもう二度と、この土の上に立ち上る力は無くなってしまったのだ。鉛筆の芯が折れたように、彼の生活はプツリと切断してしまったのだ。彼の研究も、彼の家族も（あたし独りがその家族だった）それから彼の財産も、すべて夫の手を離れてしまった。彼は今日まで、すっかり無駄働きをしたようなものだ。そんなことをさせたのは、一体誰の罪だ。殺したのは、あたしだ。しかし殺させるように導いたのは夫自身だったじゃないか。他の男のところへ嫁いでいれば、人殺しなどをせずに済んだにちがいない。あたしの不運が人殺しをさせたのだ。といって人殺しをしたのは此の手である。この鏡に写っている女である。もう拭い切れない。あたしの肉体には、夫殺しの文字が大きな痣《あざ》になっているのに違いない。誰がそれを見付けないでいるものか。じわりじわりと司直《しちょく》の手が、あたしの膚《はだ》に迫ってくるのが感じられる。

（ああ、こんな厭《いや》な気持になるのだったら、夫を殺すのではなかった！）

押しよせてくる不安に、あたしはもう堪えられなくなった。なにか救いの手を伸べてくれるものは無いか。

「そうだ、あるある。お金だ。夫の残していったお金だ。それを探そう！」

いつか夫が莫大な紙幣《さつ》の札《たば》を数えているところへ、入っていったことがあった。あれは五年ほど前のことだったが、研究に使ったとしてもまだ相当残っている筈。それを見つけて、あとはしたいことを今夜からでもするのだ。

あたしは、それから夕方までを、故《な》き夫の隠匿している財産探しに費《ついや》した。茶の間から始まって、寝室から、書斎の本箱、机の抽斗《ひきだし》それから洋服箪笥の中まで、すっかり調べてみた。その結果は云うまでもなく大失敗だった。あれほどあると思った金が、五十円と纏《まと》まっていなかった。この上は、夫の解剖室に入って屍体の腹腔《ふくこう》までを調べてみなければならなかったが、あの部屋だけは全く手を出す勇気がない。しかしそれほどまでにせずとも、これ以上探しても無駄であることが判った。それは数冊の貯金帳を発見したことだったが、その帳面の現在高は、云いあわせたように、いずれも一円以下の小額だった。結局わが夫の懐具合は、非常に悪いことが判った。意外ではあるが、事実だから仕方がない。

失望のあまり、今度はボーッとした。この上は、化物屋敷と広い土地とを手離すより外に途がない。松永が来たらば、適当のときに、それを相談しようと思った。彼はもう間もなく訪れて来るに違いない。あたしはまた鏡に向って、髪かたちを整えた。

だが、調子の悪いときには、悪いことが無制限に続くものである。というのは、松永はいつまで待っても訪ねてこなかった。もう三十分、もう一時間と待っているうちに、とうとう何時の間にやら、十二時の時計が鳴りひびいた。そして日附が一つ新しくなった。

（やっぱり、そうだ！――松永はあたしのところから、永遠に遁《に》げてしまったのだ！）

彼のために、思い切ってやった仕事が、あの子供っぽい青年の胸に、恐怖を植えつけたのに違いない。人殺しの押しかけ女房の許《もと》から逃げだしたのだ。もう会えないかも知れない、あの可愛い男に……。

悶《もだ》えに満ちた夜は、やがて明け放たれた。憎らしいほどの上天気だった。だが、内に閉じ籠っているあたしの気持は、腹立たしくなるばかりだった。幾回となく発作が起って、あたしは獣のように叫びながら、灰色に汚れた壁に、われとわが身体をうちつけた。あまりの孤独、消しきれない罪悪、迫りくる恐怖戦慄、――その苦悶《くもん》のために気が違いそうだ、恐ろしかった。あの重い鉄蓋が持ち上がるものだったら、あたしは殺した夫の跡を追って、井戸の中に飛びこんだかも知れない。

喚《わめ》き、悶え、暴れているうちに、とうとう身体の方が疲れ切って、あたしはベッドの上に身を投げだした。睡ったことは睡ったが、恐ろしい夢を、幾度となく次から次へと見た。――不図《ふと》、その白昼夢から、パッタリ目醒《めざ》めた。オヤオヤ睡ったようだと、気がついたとき、庭の方の硝子窓《ガラスまど》が、コツコツと叩かれるので、その方へ顔を向けた。

「ああ、――」あたしは、思わず大声をあげると、その場に飛んで起きた。なぜなら、庭に向いた窓の向うから、しきりに此方《こっち》を覗きこんでいる者があった。その円い顔――紛《まぎ》れもなく、逃げたとばかり思っていた松永の笑顔だった。

「マーさん、お這入《はい》り——。どうして昨夜《ゆうべ》は来なかったのさァ」

嬉しくもあったけれど、相当口惜《くや》しくもあったので、あたしはそのことを先《ま》ず訊《たず》ねた。

「昨夜は心配させたネ。でもどうしても来られなかったのだ、エライことが起ってネ」

「エライことッて、若い女のひとと飯事《ままごと》をすることなの」

「ソッそんな呑気《のんき》なことじゃないよ。僕は昨夜、警視庁に留められていたんだ。そして、いまから三十分ほど前に、釈放になったばかりだよ」

「ええッ、警視庁なの？」

あたしはハッと思った。そんなに早く露顕《ろけん》したのかなア。

「そうだ、災難に類する事件なんだがネ」と彼は急に興奮の色を浮べて云った。「実はうちの銀行の金庫室から、真夜中に沢山《たくさん》の現金を奪って逃げた奴があるんだ。そいつが判らない。その部屋にいる青山金之《あおやまきんの》進《しん》という番人が殺されちまった。——そして不思議なことに、その部屋に入るべきあらゆる入口が、完全に閉じられているのだ。穴といえば、その室《へや》にある送風機の入口と、壁の欄間《らんま》にある空気窓だけだ。空気窓の方は、嵌《は》めこんだ鉄の棒がなかなかとれないから大丈夫。もう一つの送風機の穴は、蓋があって、これが外せないことはないが、なにしろ二十センチそこそこの円形《まるがた》で、外は同じ位の大きさの鉄管で続いている。二十センチほどの直径のことだから、どんなに油汗を流してみても、身体が通りやしない。それだのに犯人の入った証拠は、歴然としているのだ。こんな奇妙なことがあるだろうか」

「現金は沢山盗まれたの？」

「うん、三万円ばかりさ。――こんな可笑《おか》しなことはないというので、記事は禁止で、われわれ行員が全部疑われていたんだ。僕もお蔭で禁足《きんそく》を喰《くら》ったばかりか、とうとう一泊させられてしまった。ひどい目に遭ったよ」

松永は、ポケットの中から、一本の煙草を出して、うまそうに吸った。

「変な事件ネ」

「全く変だ。探偵でなくとも、あの現場の光景は考えさせられるよ。入口のない部屋で、白昼のうちに巨額の金が盗まれたり、人が殺されたりしている」

「その番人は、どんな風に殺されているんでしょ」

「胸から腹へかけて、長く続いた細いメスの跡がある、それが変な風に灼《や》けている。一見古疵《ふるきず》のようだが、古疵ではない」

「まア、――どうしたんでしょうネ」

「ところが解剖の結果、もっとエライことが判ったんだよ。駭《おどろ》くべきことは、その奇妙な古疵よりもむしろその疵の下にあった。というわけは、腹を裂いてみると、駭くじゃないか、あの番人の肺臓もなければ、心臓も胃袋も腸も無い。臓器という臓器が、すっかり紛失していたのだ。そんな意外なことが又とあるだろうか」

「まア、――」と、あたしは云ったものの、変な感じがした。あたしはそこで当然思い出すべきものを思い出して、ゾッとしたのだ。

「しかし、その奇妙な臓器紛失が、検束されていた僕たち社員を救ってくれることになった。僕たちが手を下したものでないことが、その奇妙な犯罪から、逆に証明されたのだ」

「というと……」

「つまり、人間の這入るべき入口の無い金庫室に忍びこんだ奴が、三万円を奪った揚句《あげく》、番人の臓器まで盗んで行ったに違いないということになったのさ。無論、どっちを先にやったのかは知らないが……」

「思い切った結論じゃないの。そんなこと、有り得るかしら」

「なんとかいう名探偵が、その結論を出したのだ。捜査課の連中も、それを取った。尤《もっと》も結論が出たって、事件は急には解けまいと思うけれどネ。ああ併《しか》し、恐ろしいことをやる人間があるものだ」

「もう止しましょう、そんな話は……。あんたがあたしのところへ帰って来てくれれば、外《ほか》に云うことはないわ。……縁起直しに、いま古い葡萄酒でも持ってくるわ」

あたしたちは、それから口あたりのいい洋酒の盃を重ねていった。お酒の力が、一切の暗い気持を追払ってくれた。全く有難いと思った。――そしてまだ宵《よい》のうちだったけれど、あたしたちはカーテンを下ろして、寝ることにした。

その夜は、すっかり熟睡した。松永が帰って来た安心と、連日の疲労とが、お酒の力で和《やわら》かに溶け合い、あたしを泥のように熟睡させたのだった。……

——翌朝、気のついたときは、もうすっかり明け放たれていた。よく睡ったものだ。あたしは全身的に、元気を恢復《かいふく》した。

「オヤ、——」

隣りに並んで寝ていたと思った松永の姿が、ベッドの上にも、それから室内にも見えない。

庭でも散歩しているのじゃないかと思って、暫《しばら》く待っていたけれど、一向彼の跫音はしなかった。

「もう出掛けたのかしら……」今日は休むといっていたのに、と思いながら卓子《テーブル》の上を見ると、そこに見慣れない四角い封筒が載っているのを発見した。あたしはハッと胸を衝《つ》かれたように感じた。

しかし手をのばして、その置き手紙を開くまでは、それほどまで大きい驚愕が隠されているとは気がつかなかった。ああ、あの置き手紙！　それは松永の筆蹟に違いなかったけれど、その走り書きのペンの跡は地震計の針のように震え、やっと次のような文面を判読することが出来たほどだった。

「愛する魚子よ、——

僕は神に見捨てられてしまった。かけがえのない大きな幸福を、棒に振ってしまわなければならなくなった。魚子よ、僕はもう再び君の前に、姿を現わすことが出来なくなった。ああ、その訳は……？

　魚子よ、君は用心しなければいけない。あの銀行の金庫を襲った不思議の犯人は、世にも恐ろしい奴だ。あいつの真《まこと》の目標は、ひょっとすると此の僕にあったのではないかと考える。僕は……僕は今や真実を書き残して、愛する君に伝える。――僕はあいつのため、昨夜、あの隆々《りゅうりゅう》たる鼻とキリリと引締っていた唇と（自分のものを褒めることを嗤《わら》わないでくれ、これが本当に褒め納めなのだから）――僕はその鼻と唇とを奪われてしまった。あいつ以外の者に、こんな惨酷なそして手際のいいことは出来やしない。とにかく僕は夜中に不図眼《ふとめ》が醒《さ》めて、なんとなく変な気持なので、起き出したところ、はからずも君の化粧台の鏡の中に、世にも醜い男の姿を発見したのだ。これ以上は、書くことを許してくれ。

　そして最後に一言《ごん》祈る。君の身体の上に、僕の遭ったような危害の加えざらんことを。


松永哲夫《てつお》」


　この手紙を読み終って、あたしは悲歎に暮れた。なんという非道《ひど》いことをする悪漢だろう。銀行の金を盗み、番人を殺した上に、松永の美しい顔面を惨《むご》たらしく破壊して逃げるとは！

　一体、そんなことをする悪漢は、何奴《なにやつ》だろうか。手紙の中には、犯人は松永を目標とする者だと思うと、書いてあった。松永は何をしたというのだ！

「ああ、やっぱりあれだろうか？　そうかも知れない。……イヤイヤ、そんなことは無い。夫はもう死んでいるのだ。そんなことが出来よう筈がない」

そのときあたしは、不図《ふと》床の上に、異様な物体を発見した。ベッドから滑り下りて、その傍へよって、よくよく見た。それは茶褐色の灰の固まりだった。灰の固まり——それは確かに見覚えのあるものだった。夫がいつも愛用した独逸製《ドイッせい》の半練り煙草の吸い殻に違いなかった。

そんな吸い殻が、昨日も一昨日も掃除をしたこの部屋に、残っているというのが可笑《おか》しかった。誰か、昨夜《ゆうべ》のうちに、ここへ入って来て、煙草を吸い、その吸い殻を床の上に落としていったと考えるより外に途《みち》がなかった。そして松永が、そんな種類の煙草を吸わぬことは、きわめて明《あき》らかなことだった。

「すると、もしや死んだ筈の夫が……」

あたしは急に目の前が暗くなったのを感じた。ああ、そんな恐ろしいことがあるだろうか。井戸の中へ突き墜《お》とし、大きな石塊《せっかい》を頭の上へ落としてやったのに……。

そのとき入口の扉《ドア》についている真鍮製《しんちゅうせい》のハンドルが、独りでにクルクルと廻りだした。ガチャリと鍵の音がした。

（誰だろう？）もうあたしは、立っているに堪えられなかった。——扉《ドア》は、静かに開く。だんだん開いて、やがてその向うから、人の姿が現れた。それは紛れもなく、夫の姿だった。たしかに此の手で殺した筈の、あの夫の姿だった。幽霊だろうか、それとも本物だろうか。

あたしの喉から、自然に叫び声が飛び出した。――夫の姿は、無言の儘《まま》、静かにこっちへ進んでくる。よく見ると、右手には愛用の古ぼけたパイプを持ち、左手には手術器械の入った大きな鞄をぶら下げて……。あたしは、極度の恐怖に襲われた。ああ彼は、一体何をしようというのだろう?

夫は、卓子《テーブル》の上へドサリと鞄を置いた。ピーンと錠をあけると、鞄が崩れて、ピカピカする手術器械が現れた。

「なッなにをするのです?」

「…………」

夫はよく光る大きなメスを取り上げた。そしてジリジリと、あたしの身体に迫ってくるのだった。メスの尖端が、鼻の先に伸びてきた。

「アレーッ。誰か来て下さアい!」

「ふふふふッ」

と、夫は始めて声を出した。気持がよくてたまらないという笑いだった。

「呀《あ》ッ」

白いものが、夫の手から飛んで来て、あたしの鼻孔《びこう》を塞いだ。――きつい香りだ。と、その儘、あたしは気が遠くなった。

その次、気がついてみると、あたしはベッドのある居間とは違って、真暗な場所に、なんだか蓆《むしろ》のような上に寝かされていた。背中が痛い。裸に引き剝かれているらしい。起きあがろうと思って、身体を動かしかけて、身体の変な調子にハッとした。

「あッ、腕が利かない！」

どうしたのかと思ってよく見ると、これは利かないのも道理、あたしの左右の腕は、肩の下からプッツリと切断されていた。腕なし女！

「ふッふッふッふッ」片隅から、厭な忍び笑いが聞えてきた。

「どうだ、身体の具合は？」

あッ、夫の声だ。ああ、それで解った。さっき気が遠くなってから、この両腕が夫の手で切断されてしまったのだ。憎んでも憎み足りないその復讐心！

「起きたいらしいが、一つ立たせてやろうか」夫はそういうなり、あたしの腋《わき》の下に冷《つめた》い両手を入れた。持ち上げられたが、腰から下がイヤに軽い。フワリと立つことが出来たが、それは胴だけの高さだった。太腿部から下が切断されている！

「な、なんという惨《むごた》らしいことをする悪魔！　どこもかも、切っちまって……」

「切っちまっても、痛味は感じないようにしてあげてあるよ」

「痛みが無くても、腕も脚も切ってしまったのネ。ひどいひと！　悪魔！　畜生！」

「切ったところもあるが、殖《ふ》えているところもあるぜ。ひッひッひッ」

「殖えたところ?」夫の不思議な言葉に、あたしはまた身慄《みぶる》いをした。あたしをどうするつもりだろう。

「いま見せてやる。ホラ、この鏡で、お前の顔をよく見ろ!」

パッと懐中電灯が、顔の正面から、照りつけた。そしてその前に差し出された鏡の中。――あたしは、その中に見るべからざるものを見てしまった。

「イヤ、イヤ、イヤ、よして下さい。鏡を向うへやって……」

「ふッふッふッ。気に入ったと見えるネ。顔の真中に殖えたもう一つの鼻は、そりゃあの男のだよ。それから、鎧戸《よろいど》のようになった二重の唇は、それもあの男のだよ。みんなお前の好きなものばかりだ。お礼を云ってもらいたいものだナ、ひッひッひッ」

「どうして殺さないんです。殺された方がましだ。……サア殺して!」

「待て待て。そうムザムザ殺すわけにはゆかないよ。さア、もっと横に寝ているのだ。いま流動食を飲ませてやるぞ。これからは、三度三度、おれが手をとって食事をさせてやる」

「誰が飲むもんですか」

「飲まなきゃ、滋養浣腸をしよう。注射でもいいが」

「ひと思いに殺して下さい」

「どうして、どうして。おれはこれから、お前を教育しなければならないのだ。さア横になったところで、一つの楽しみを教えてやろう。そこに一つの穴が明いている。それから下を覗いてみるがいい」

覗き穴——と聞いて、あたしは頭で、それを急いで探した。ああ、あった、あった。腕時計ほどの穴だ。身体を芋虫のようにくねらせて、その穴に眼をつけた。下には卓子《テーブル》などが見える。

夫の研究室なのだ。

「なにか見えるかい」

云われてあたしは小さい穴を、いろいろな角度から覗いてみた。

あった、あった。夫の見ろというものが。椅子の一つに縛りつけられている化物のような顔を持った男の姿！　着ているものを一見して、それと判る人の姿——ああ、なんと変わり果てた松永青年！　あたしの胸にはムラムラと反抗心が湧きあがった。

「あたしは、あなたの計画を遂げさせません。もうこの穴から、下を覗きませんよ。下を見ないでいれば、あなたの計画は半分以上、効果を失ってしまいます」

「はッはッはッ、莫迦《ばか》な女よ」と、夫は暗がりの中で笑った。「おれの計画しているものはそんなことじゃない。見ようと見まいと、そのうちにハッキリ、お前はそれを感じることだろう」

「では、あたしに何を感じさせようというのです」

「それは、妻というものの道だ、妻というものの運命だ！　よく考えて置けッ」

夫はそういうと、コトンコトンと跫音をさせながら、この天井裏を出ていった。

それから天井裏の、奇妙な生活が始まった。あたしは、メリケン粉袋《こぶくろ》のような身体を同じところに横《よこた》えたまま、ただ夫がするのを待つより外なかった。三度三度の食事は、約束どおり夫が持って来て、口の中に入れてくれた。あたしは、両手のないのを幸福と思うようになった。手がないばかりに鼻の二つあり、おまけに唇が四枚もある醜怪な自分の顔を触らずに済んだ。

用を達すのにも困ると思ったが、それは医学にたけた夫が極めて始末のよいものを考えてくれたようだった。その代り、或る日、注射針を咽喉《のど》のあたりに刺し透されたと思ったら、それっきり大きな声が出なくなった。前とは似ても似つかぬ嗄《しわ》がれた声が、ほんの申し訳に、喉の奥から出るというに過ぎなかった。なにをされても、俘囚《ふしゆう》の身には反抗すべき手段がなかった。

鼻と唇とを殺《そ》がれた松永は、それから後どうなったか、気のついたときには、例の天井の穴からは見えなくなった。見えるのは、相変らず気味の悪い屍体や、バラバラの手足や、壜漬けになった臓器の中に埋《うず》もれて、なにかしらせっせとメスを動かしている夫の仕事振りだった。その仕事振りを、毎日朝から夜まで、あたしは天井裏から、眺めて暮した。

「なんて、熱心な研究家だろう！」

不図、そんなことを思ってみて、後で慌てて取り消した。そろそろ夫の術中に入りかけたと気が付いたからである。「妻の道、妻の運命」――と夫は云ったが、なにをあたしに知らしめようというのだろう。

しかし遂に、そのことがハッキリあたしに判る日が来た。

それから十日も経った或る日、もう暁の微光が、窓からさしこんで来ようという夜明け頃だった。警官を交えた一隊の検察係員が、風の如く、真下の部屋に忍びこんで来た。あたしは、刑事たちが、盛んに家探《やさが》しをしているのを認めた。解剖室からすこし離れたところに、麻雀卓《マージャンたく》をすこし高くしたようなものがあって、その上に寒餅《かんもち》を漬けるのに良さそうな壺が載せてあった。

「こんなものがある！」

「なんだろう。……オッ、開かないぞ」

捜査隊員はその壺を見つけて、グルリと取巻いた。床の上に下ろして、開けようとするが、見掛けによらず、蓋がきつく閉まっていて、なかなか開かない。

「そんな壺なんか、後廻しにし給《たま》え」と部長らしいのが云った。刑事たちは、その言葉を聞いてまた四方に散った。壺は床の上に抛《ほう》り出されたままだった。

「どうも見つからん。これア犯人は逃げたのですぜ」

彼等はたしかにあたしたち夫婦を探しているものらしい。あたしは何とかして、此処《ここ》にいることを知らせたかったが、重い鎖につながれた俘囚は天井裏の鼠ほどの音も出すことが出来なかった。そのうちに一行は見る見るうちに室《へや》を出ていって、あとはヒッソリ閑《かん》として機会は逃げてしまった。

それにしても、夫は何処に行ったのだろう。

「オヤ、なんだろう?」あたしはそのとき、下の部屋に、なにか物の蠢《うごめ》く気配を感じた。と、いきなりカタカタと、揺れだしたものがあった。

「あッ。壺だ!」

卓子《テーブル》の上から、床の上に下ろされた壺が、まるで中に生きものが入っているかのように、さも焦《じ》れったそうに揺れている。何か、入っているのだろうか。入っているとすると、猫か、小犬かそれとも椰子蟹《やしがに》でもあろうか。いよいよこの家は、化物屋敷になったと思い、カタカタ揺り動く壺を、楽しく眺め暮した。なにしろ、それは近頃にない珍らしい、活動玩具《おもちゃ》だったから。その日も暮れて、また次の日になった。壺は少し勢《いきおい》を減じたと思われたが、それでも昨日と同じ様にときどきカタカタと滑稽《こっけい》な身振《みぶり》で揺らいだ。

夫はもう帰って来そうなものと思われるのに、どうしたものか、なかなか姿を見せなかった。あたしはお腹が空いてたまらなくなった。もう自分に手足のないことも気にならなくなった。ただ一杯のスープに、あたしの焦燥が集《あつま》った。

四日目、五日目。あたしはもう頭をあげる力もない。壺はもう全く動かない。そうして遂に七日目が来た。時間のことは判らないが、不図下の部屋でカタカタする音に気がついて例の覗き穴から見下ろすと、この前に来たように一隊の警官隊が集っていた。その中でこの前に見かけなかったような一人のキビキビした背広の男が一同の前になにか云っていた。

「……博士は、絶対に、この部屋から出ていません。私はこの前に一緒に来ればよかったと思います。多分もう手遅れになったような気がします。あの銀行の、入口の厳重に閉った金庫室へ忍びこんだのもたしかに博士だったのです。そういうと変に思われるでしょうが、実は博士は僅か十五センチの直径の送風パイプの中から、あの部屋に侵入したのです」

「それア理窟に合わないよ、帆村君《ほむら》」と部長らしいのが横合いから叫んだ。「あの大きな博士の身体があの細いパイプの中に入るなどと考えるのは、滑稽すぎて言葉がない」

「ではいまその滑稽をお取消し願うために、博士の身体を皆さんの前にお目にかけましょう」

「ナニ博士の在所《ありか》が判っているのか。一体どこに居るのだ」

「この中ですよ」

帆村は腰を曲げて、足許の壺を指《ゆびさ》した。警官たちは、あまりの馬鹿馬鹿しさに、ドッと声をあげて笑った。

帆村は別に怒りもせず、壺に手をかけて、逆にしたり、蓋をいじったりしていたが、やがて、恭々《うやうや》しく壺に一礼をすると、手にしていた大きなハンマーで、ポカリと壺の胴《どう》中《なか》を叩き割った。中からは黄色い枕のようなものがゴロリと転《ころ》がり出た。

「これが我が国外科の最高権威、室戸《むろと》博士の餓死屍体です！」

あまりのことに、人々は思わず顔を背《そむ》けた。なんという人体だ。顔は一方から殺《そ》いだようになり、肩には僅かに骨の一部が隆起し、胸は左半分だけ、腹は臍《へそ》の上あたりで切れている。手も足も全く見えない。人形の壊れたのにも、こんなにまで無惨な姿をしたものは無いだろう。

「みなさん。これは博士の論文にある人間の最小整理形態です。つまり二つある肺は一つにし、胃袋は取り去って腸に接ぐという風に、極度の肉体整理を行ったものです。こうすれば、頭脳は普通の人間の二十倍もの働きをすることになるそうで、博士はその研究を自らの肉体に試みられたのです」

人々は啞然として、帆村の話に聞き入った。

「この壺は博士のベッドだったんです。その整理形態に最も適したベッドだったんです。ところで、こんな身体で、どうして博士は往来を闊歩《かっぽ》されたか。いまその手足をごらんに入れましょう」

帆村は立って、壺の載っていた卓子《テーブル》の上に行った。そして台の中央部をしきりに探していたがやがて指をもって、上からグッと押した。するとギーッという物音がすると、その卓子《テーブル》の中からニョキリと二本の腕と二本の脚とが飛び出した。それは空間に、博士の両腕と両脚とを形づくってみせた。

「ごらんなさい。あの壺の蓋が明いて、博士の身体がバネ仕掛けで、この辺の高さまで飛び出して来たとすると、電磁石の働きで、この人造手足がピタリと嵌《はま》るのです。しかしこの動作は、博士が壺の底に明いている穴から卓子《テーブル》の上の隠し釦《ボタン》を押さねばなりません。押さなければ、この壺の蓋も明きません。博士が餓死をされたのは、睡っているうちにこの壺が卓子《テーブル》の上から下ろされた結果です」

一座は苦しそうに揺《ゆら》いだ。

「しかし博士は、何かの原因で発狂せられた。そしてある兇行《きょうこう》を演じたのです。小さいパイプの中を抜けることは、その手足を一時にバラバラに外し、一旦向う側へ抜けた上、また元のように組立てれば、苦もなく出来ることです。それを考えないと、あの金庫の部屋に忍びこんだことが信ぜられない。これで私の説が滑稽でないことがお判りでしょう」

やがて帆村は一同を促して退場をすすめた。

「あの夫人はどうしたろう?」

と部長が、あたしのことを思い出した。

「魚子夫人はアルプスの山中に締め殺してあると博士の日記に出ています。さあ、これからアルプスへ急ぐのです」

人々はゾロゾロ室を出ていった。

「待って!」

あたしは力一杯に叫んだ。しかしその声は彼等の耳に達しなかった。ああ、馬鹿馬鹿! 帆村探偵のお馬鹿さん! ここにあたしが繋《つな》がれているのが判らないのかい。夫は、あの井戸の蓋の穴から逃げ出したのだ。呪いの大石塊は、彼に命中しなかったのだ。ああ今は、あたしには餓死だけが待っている。お馬鹿さんが引返して来る頃には、あたしはもう此の世のものじゃ無い。夫が死ねば、妻もまた自然に死ぬ！　夫の放言が今死に臨《のぞ》んで、始めて合点《がてん》がいった。夫はいつか、こんなことの起るのを予期していたのかも知れない。あたしもここで潔《いさ》ぎよく死を祝福しましょう！

# 人間灰

1

赤沢《あかざわ》博士の経営する空気工場は海抜一千三百メートルの高原にある右足湖畔《うそくこはん》に建っていた。この空気工場では、三年ほどの間に雇人《やといにん》がつぎつぎに六人も、奇怪なる失踪をした。そして今に至るも、誰一人として帰って来なかった。

ずいぶん永いことになるので、多分もう誰も生きてはいないだろうと云われているが、ここに一つの不思議な噂があった。それは彼の雇人が失踪《しっそう》する日には、必ず強い西風が吹くというのである。だから、雇人たちは、西風を極度に恐れた。

丁度この話の始まる日も、晩秋の高原一帯に風速十メートル内外の大西風が吹き始めたから、雇人たちは、素破《すわ》こそとばかり、恐怖の色を浮かべた。夜になると、彼等は後始末もそこそこに、一団ずつになって工場を飛び出した。彼等はこんな晩、工場内の宿舎に帰って蒲団《ふとん》を被《かぶ》って寝るほうが恐ろしかった。皆云いあわせたように、隣り村の居酒屋へ、夜明かしの酒宴《さかもり》にでかけていった。

後に残されたのは、工場主の赤沢博士と、青谷二郎《あおやじろう》という青年技師と、それから二人の門衛だけになった。そのほかに、構内の別館――そこは赤沢博士の住まいになってい た――に博士夫人珠江《たまえ》という、博士とは父娘《おやこ》にしかみえぬ若作りの婦人がたった一人閉じ籠っていた。

青谷技師も午後八時にはいつものように、トラックを運転して帰っていった。赤沢博士の自室には、まだ永く灯りがついていた。しかし十時半になると、その灯りも消えて、本館のほうは全く暗闇の中に沈んでしまった。門衛も小屋の中に引込《ひきこ》んでしまい、あとは西風がわが物顔に、不気味な音をたてて硝子《ガラス》戸や柵を揺すぶっていた。湖畔の悪魔は、西風に乗って、また帰ってきたのであろうか。

その夜も余程更けた。

この空気工場から国道を西へ一キロメートルばかり行ったところに、例の庄内村《しょうないむら》というのがある。そこには村でたった一軒の駐在所が、国道に面して建てられてあった。宿直の若い警官は伝説の西風に吹かれながら怪失踪事件のことを考えていた。この事件は例の伝説と共に、県の検察当局へ報告されたのであるが、そのうちに誰か適当な人物を派遣するという返事が来たきりで、あとは人も指令も来なかった。全く相手にされない形だった。これがすぐ死骸が出てくるとか、血痕が発見されるとかであれば、大騒ぎとなるのであろうが、地味な失踪事件に終っているために、犠牲者が六人出ても、何にも相手にされないのだと思うと、彼は庄内村の駐在所が大いに馬鹿にされていることに憤慨せずにはいられなかった。今夜こそ、もし何かあったら、それこそ彼は全身の勇を奮って、西風に乗ってくる妖魔と闘うつもりだった。

丁度午後十一時半を打ったときに交番の前を、工夫体《こうふてい》の一人の男がトコトコと来かかった。かの男は、立番の巡査の姿を認めると足早やにスタスタ通りすぎようとした。

「コラ、待てッ。――」

と巡査は叫んで、怪漢めがけて駆けだした。

長身の痩せ型の男は、巡査の大喝《たいかつ》を聞くと、そのまま足を止めた。そして難なく腕を捕らえられてしまった。

「お前は今ごろ何処へゆくのか。ちょっと交番まで一緒に来い」

男は素直に腕を取られたまま、駐在所のほうへ引張られた。巡査は帽子の下から光る一癖ありげな怪漢の眼から視線を外さなかった。しかし駐在所の灯りの所まで引いてきたときには、腰を抜かさんばかりに駭《おどろ》いた。

血！　血！

怪漢の帽子といわず、襟《えり》をたてたレーンコートの肩先といわずそれから、怪漢の顔にまで夥《おびただ》しい血糊《ちのり》が飛んでいた。大した獲物だった。

「神妙にしろッ。この人殺し奴《め》！」

腕力に秀でた巡査は、怪漢の手を逆にねじあげると、忽《たちま》ち捕縄《ほじよう》をかけてしまった。

「乱暴をするな、なぜ縛るんだ」

と怪漢は眉をピリピリ動かして云った。

「白っぱくれるな。なぜ縛られるんだか、云うよりは見るが早いだろう」

そういった巡査は、壁の鏡を外すと、見えるようにその怪漢の前に差出した。怪漢はハッと顔色をかえて、唇を噛んだ。

大獲物だった。西風の夜のこの獲物は、鴨《かも》が葱《ねぎ》を背負ってきたようなものだった。うっかり居睡《いねむ》りでもしていようものなら、逃げられてしまう筈《はず》だった。そうすれば、今夜も亦《また》、怪談だけで済んでしまうことだったろう。全く間一髪の出来事だった。遂に彼は血のついた怪しい男を捕らえた。夜が明ければ、空気工場へ自転車で行ってみよう。きっとまた誰か、今夜のうちに失踪しているに違いない。それは一体誰だろうか？

かの巡査は、だんだんと興奮してくる自分自身を感じながら、所轄のＫ町警察署へ、深夜の非常電話のベルを鳴らした。

## 2

殺人鬼捕らわる！

庄内村はひっくりかえるような騒ぎだった。中にも一番駭《おどろ》いたのは、所轄Ｋ町署員だった。血まみれの怪漢を庄内村の交番で捕らえたという報があったので、深夜を厭《いと》わず丘《おか》署長が先頭になって係官一行が駆けつけた。これを一応調べて、とりあえず臨時の調べ室を、丁度空いていた村立病院の伝染病棟へ設け（これはちょっと変な扱い方だった）怪漢をそのほうへ移す。そのうちに夜が明けてホッと一息ついたとき、そこへ電話が掛って来て、ゆうべ西風の妖魔が、空気工場から若き珠江夫人を奪っていったという悲報を伝えた。これは大変だというので、丘署長の一行は、徹夜をして血走った眼を一層赤くしながら、自動車を飛ばして問題の空気工場へ駆けつけねばならなかった。それにしても七人目の犠牲者は今までとはガラリと変わって、この空気工場の女王、珠江夫人だとは実に意外な出来事だった。

丘署長は、リウマチの気味で痛い腰骨を押さえながら、空気工場の門をくぐった。それは何という不気味な建物だったろう。本署の台帳によってみると、この空気工場の営業品目は、液体空気、酸素ガス、ネオンガスほか数種、それに気球ということであったが、その一風変わった営業品は、こんな奇怪なる建物から生まれるのかと思うと、気が変になった。

正面の本館というのを入って、応接室に待っていると、そこへ二人の人物が入ってきた。

「やあ、これはどうも……」

と、先に立った頤髭《あごひげ》のある土色の顔に分厚《ぶあつ》の近眼鏡をかけた小男が奇声でもって挨拶をした。それは工場主である理学博士赤沢金弥《きんや》と名乗る人物だった。

「私が技師の青谷二郎です。――」

続いて後に立っていたのが、こんな風に名乗りをあげたが、これは工場主とはちがって、すこし才子走《さいしばし》っているが、容姿端麗なる青年だった。

「一体どうしたのかネ」と署長は無遠慮な声を出した。「こう再三失踪者を出すということについては、君の責任を問わにゃならん」

そういわれた赤沢博士は、眼玉をギョロつかせて署長を睨《にら》み据《す》えた。

「三年来の失踪者が判らんのでは、わし達も警察の存在を疑いたくなりますよ。早く家内を探し出して下さい」

青谷技師は、その後方で一人気をもんでいる様子だった。

署長は「では何もかも言うのですぞ」と一喝しておいて、まず工場主から夫人失踪前後の模様を聴取した。

「わしは昨夜十時ごろまで工場にいました」と博士は口だけを動かした。「わしは調べものがあったから、本館二階の自室で読書をしていたのです。十時を回ったので灯りを消し、本館を出て、別館へ帰りました。そこはわしと家内との住まいに充《あ》てているのです。ところが家内は私を出迎えません。わしは家内の部屋に行ってみました。家内はそこにも見えません。いろいろ探しましたが影も形もありません。それからこっち、家内を一度も見掛けないのです。わしの知っているのは、それだけです」

「君は夫人がどうしていると思っていたのか」

と丘署長が尋ねた。

「はい、多分ベッドに寝ていることと思いました。しかしベッドはキチンとしていまして別に入った様子もありません」

「灯《つ》りは点いていたかネ」

「いいえ、点いていませんでした」

「女中かなんかは居ないのかネ」

「女中は一人いたのですが、前々日に親類に不幸があるというので、暇を取って宿下がりをしていました。だから当夜は家内一人きりの筈です」

「女中は何という名かネ。もっと詳しく云いたまえ」

「女中は峰花子《みねはなこ》といいます。別に特徴もありませんが、この右足湖を東に渡った湖口《ここう》に親類があって、そこの従姉が死んだということでした」

「君は夜中に夫人の失踪に気付きながら、なぜ人を呼ばなかったのだ」

「わしは青谷技師以外の者を頼みにしていません。それでこれを呼びたかったのですが、技師の家は湖水の南岸を一キロあまり、つまり湖口《うみぐち》なのですからたいへんです。昼間なら一台トラックがあるのですが、いつも技師が自宅まで乗って帰るので、その便もありません。それで夜が明けて出勤してくるのを待つことにしたのです。第一、わしはもう十年以上も、この工場から一歩も外へ出たことがありませんでナ」

丘署長はフーンと大きな息をして、赤沢博士の顔を見つめていたが、今度は青谷技師のほうへ向き直った。

「君は昨日、何時ごろ帰っていったかネ」

「八時ごろです」

「トラックに乗ってかネ」

「そうです」

「どこかへ寄ったかネ」

「どこへも寄りません。家へ真直《まっすぐ》に帰りました」

「夫人の失踪について心あたりは？」

「一向にありません」

署長はジッと青谷技師を見下ろしていたが、

「君は昨日からその靴を履いていたのかネ」といった。その靴には、生々しい赤土がついていた。この辺には珍しい土だった。

「はあ、……今朝工場の内外を探しに廻りましたので……」

丘署長はそれから二人に工場内の主なる室《しつ》を案内させた。大きな機械のある仕事場も動力室も検《しら》べた。倉庫や事務室もみた。一番よく検べたものは、赤沢博士の自室と、青谷技師の私室と、それから特別研究室の札の懸《かか》っている稍《やや》複雑した部屋とだった。特別研究室は博士と技師との二人だけが入ることを許されてあったもので、ここで大事な研究がなされた。いろいろと特別の戸棚や、機械や、台などが並んでいたが、別に血痕も見当たらなかった。結局、この工場の中には異変が認められなかったので、今度は別館の住まいへ行って検べた。このほうも博士の言葉を信ずるのに参考になったばかりで、夫人の遺書一つ発見されなかったのである。

「どうも相変わらず工場のほうは苦手だ」と署長は痛む腰骨を叩きながら云った。これは帰って、昨夜捕らえた血まみれ男を調べるほうが捷径《はやみち》に違いない。

一行は自動車で引き揚げていった。

3

「村尾《むらお》某《ぼう》の陳述。――」

と冒頭して鉛筆で乱雑に書きならべてある警察手帳をソッと開きながら、署長席の廻転椅子にお尻を埋めた丘署長はブツブツ独り言を云っていた。

「村尾六蔵《ろくぞう》、三十歳か、なるほど……なかなか面白い名前をつけたものだ。さてその日の足取りは……まず第一が……」

こんな風に、ゆっくり読みかえしてゆく丘署長の遅いスピードにはとてもついてゆけないから、次にその要点を述べる。血まみれの怪漢のこの足取り陳述の中には、この事件を解く重大な鍵が秘められてあったことは、後に至って思い合わされたことだった。

（一）村尾某は東丘村《ひがしおかむら》（東西に長く横《よこ》たわる右足湖の東の地を云う。湖口は東丘村が湖に臨《のぞ》むところを云う）から、右足湖を越えて、庄内村（右足湖の西の地を云う。空気工場はその湖水に臨む湖尻《うみじり》にある）へ入ろうとしたが途中、東丘村で日が暮れ、湖水にはまだ遠かったこと。
(二) 午後七時半ごろ、かなり湖水近くまで来たと思ったときに、一つの墓地に迷いこんだ。そこには、真新しい寒冷紗《かんれいしゃ》づくりの竜幡《りゅうはん》が二流ハタハタと揺《うご》めいている新仏《にいぼとけ》の墓が懐中電灯の灯りに照らし出された。墓標には女の名前が書いてあったが覚えていない。しかし墓は土をかけたばかりで、土饅頭《どまんじゅう》の形はまだ出来ていなかったこと。
(三) 墓のそばにはトラックの跡がついていたので、それについて行けば本道に出るだろうと思って辿ってゆくと、やがて一軒の家の前に出た。標札には『湖口《ここう》百番地　青谷二郎』と認《したた》めてあった。その家の前に湖水の水が騒いでいたこと。
(四) 湖水を渡るつもりで舟を探したところ小さいのが一艘《そう》あったので、これに乗って西へ西へと漕《こ》ぎ出した。西風はだんだん強くなって、舟はなかなか進まない。半分ぐらい来たところで、真っ正面に空気工場の灯りが見えた。元気を盛りかえして漕いでゆくうちに、風が急に変わったものと見え、舟が北岸《ほくがん》に吹き寄せられた。そのとき、ちょっと気がついたのは、たいへん冷たい雨が顔に降りかかったことだが、大汗かいているときなので気持がよかった。この雨はまもなくやんだ。それからは岸とすれすれに湖尻まで漕ぎつけたこと。
(五) 湖尻に上ったのが十時半ごろだった。空気工場の横を通ったがなんだか変に白いものが見えるので、懐中電灯で照らしてみると、構内に気球が三個、巨体を地上の杭《くい》に結びつけられて、風にゆらゆら動いていたこと、工場の中窓には灯りがついていないようだった。

（六）それから工場を後にし、大西ケ原《おおにしがはら》を横断して、庄内村の家つづきまで来たところで、駐在所の巡査に捕らえられたこと。

「……なるほどこいつは面白い」

と署長は一人で悦《えつ》に入《い》っていた。

「なにが面白いものか」

と署長の頭の上で、頓狂《とんきょう》な声がした。駭《おど》いて署長がうしろを向くと、そこには彼と犬《けん》猿《えん》の間にあるK新報社長の田熊《たぐま》氏が嘲笑《あざわら》っていた。彼は署長の手帳の中身をスッカリ藁《わら》半紙《ばんし》に書き写してしまってから、激しい地声《じごえ》でまくし立てた。

「手帳を展《ひろ》げるなら、こんなくだらんことを見せるのは止して、犯人の名を書いてあるところでも見せたがいいよ」

「オイ貴様、盗人《ぬすびと》みたいなやつだナ。そんな暇があるなら職務執行妨害罪というのを研究しておけよ」

田熊は咳払いと共に向うへスタスタ歩いていった。

「どうも彼奴《きやっ》は苦手だ。……そこで今のうちに――」

と署長は、周到に手帳を畳んで瞑想《めいそう》していると、そこへ庄内村の巡査が入って来て彼の机の前で挙手の敬礼をした。

「報告に参りました」

「ああ、君か。いや御苦労だった。あれはどうだったネ」

その巡査は、署長の命令によって、今朝から右足湖畔をめぐって捜索して来た者だった。

「御命令によりまして、第一に空気工場へ参りました。午前八時でしたが、気球は地面に四基だけ結んでありました」

「四個？」署長は手帳を拡げて首をかしげた。

「陳述によると、――懐中電灯ニヨリ三個ノ気球ヲ認メタ――とある。すると君の報告のほうが一つ多いね」

署長は鉛筆を嘗《な》め嘗《な》め、三個の横に4とかいた。

「第二の、湖尻で村尾某の乗りました舟を探しましたが見当たりませんので」

「舟が見当たらぬ？　そうか。湖水の中を探ってみるんだネ」

「それからトラックの跡が、墓場から青谷二郎の家までついていたという話でしたが、これはハッキリ見えませんでした。誰かが地均《じなら》しをしたような形跡は見ました」

「フン、フン」と署長はまた手帳へ書きこんで「それからあと、どうした」

「次は新仏のことですが、あれは確かにございました。峰雪乃《みねゆきの》の墓です。これは初産《ういざん》に気の毒にも前置胎盤で亡くなりましたので……。この墓については大体おっしゃった通りでしたが、ただ違いますことは、新仏の上は土が被《かぶ》せてあるというお話でしたが間違いで、もう既に綺麗な土饅頭《どまんじゅう》ができていました」

「ホホウ、そうか」と署長はまた鉛筆を嘗めた。「その次は……」

「もうそれきりです」

「うん、これは御苦労だった。では適宜に引取ってよろしい」

巡査は署長のほうへ向いてペコンとお辞儀した後、側《そば》を向いてもう一つお辞儀をし、廻れ右をして帰っていった。

「さあ、これだけ材料が揃えば、まずわしの面目も立つというものだ」

と署長は呟いた。途端にその背後で例のエヘンという咳払いが聞こえたので、署長は急に苦虫を嚙みつぶしたような顔になった。

「なんじゃ、これは一体」

とベタ一面に鉛筆を走らせた藁半紙を署長の鼻先につきつけたのは、もうとっくに帰ったものとばかり思っていたK新報社長の田熊だった。

「こんなまどろこしいことはやめろ。これでは殺人事件は何年たっても解けないぞ。号外だって、これまでに六遍も出しそこなった。犯人の血まみれ男はどうしたのだ。あいつをここへ引擦《ひきず》り出したまえ。一体あの怪漢を、こんどは厳重に囲って見せぬようだが、あれは一体何者だ。とにかくこの次来たときにも、手帳と睨《にら》めくらでは、いよいよ新聞で書きたてるぞ、いいか」

田熊は云うだけのことを云うと、またスタスタと向こうへ行った。

「知恵のない奴は、哀れなものだ」そう云ってニッと意味深い笑いを浮かべた署長は、

また村尾某陳述書を読みだしたが、

「そうそうこれを頼まれていた」

彼は電話機をひきよせると、番号を云ってK町の測候所を呼び出した。

「ああ、こっちはK署ですが。あのウ、右足湖を中心とする一帯の風速と風向きとを伺いたいのですが、昨夕から今朝にかけてです。……なるほど、……なるほど」としきりに感心していたが、「そうですか、昨夜九時半ごろまでは西風、そこで風向きが一変して南西風に変わった。ああそうですか」

署長はまた何やら手帳の中に丹念に書きこんだ。それから立ち上がるとそばの主任に自動車を命じた。

「わしはちょっと庄内まで行って、村尾某に会って、それから都合によって、空気工場へ廻るぞ」といって出かけた。

後で署員たちは、あの老衰署長が、こんどに限って、どうしてあのように威勢がよかったり、味な調べ方をやるのか不思議がった。

## 4

気短《きみじか》の田熊社長は、彼の社長室の床をドンドン踏み鳴らしていた。彼の脚のすぐそばには、菜葉《なつぱ》服《ふく》の工夫が三人ほど、社長の足が飛んでくるのをヒヤヒヤ気にしながら、しきりとなにか針金を床下から引張りだして接ぎ合わせていた。電話工事をやっているらしかった。

「オイいつまで懸《かか》るのだ」

「もうすぐです……」

丁度いい塩梅《あんばい》に、そのとき工事が完成した。工夫は受話器を耳にかけて、ラジオのような器械の目盛盤をいじっていたが、やがてニッコリ笑うと、受話器を外して社長へ薦めた。

「これで聞こえるのだナ。よオし、皆はやく部屋を出てゆけッ」

一同は足を宙に浮かせて、室《へや》を出ていった。

「さあ、これでアノ庄内村の調べ室の模様がすっかり判《わか》るんじゃ。犯人村尾某の供述を、警察がどんなに隠しても、わしには知れずにゃいないのじゃ。あとできっと丘先生、さぞや腰をぬかすことじゃろう」田熊社長は村尾某の監禁されている調べ室から秘密に電話線が引けたので、向こうの話を盗聴できるというので大変機嫌がよかった。

間もなく、待ちに待った調べ室の会話が、低音ながら聞こえてきた。

(どうも失礼しました) と聞きなれぬ声がした。

(いえ、なに……) といったのは、どうやら丘署長らしい。

(……そんな訳ですから……) と初めの声が言った。なんでも前からの話の続きらしい。

(私の推理はですナ、九分どおり実証の上に立っているのですが、惜しいかな後の一分のところが解らないために、結局仮定を出でないのです。その不満足なままで申し上げますと、さっきも説明しましたとおり、犯人はその夜強い西風が吹くということを確かめた上で、かの粉砕した屍体を携《たずさ》えて、気球の一つに乗ったのです。ロープを解くと気球はズンズン上昇します。風が真西から吹いていますから、ごらんなさい、この右足湖の中心線の上に気球は出ます）

田熊社長は、右足湖の位置の話がでたので周章《あわ》てた。見廻すと、社長室の壁に、右足湖を含むこの辺一帯の購読者分布地図が貼ってあったので、彼は盗聴器一式を両手で抱えて壁際へ移動した。

（……この右足湖の縦の中心線が、正しく東西に走っていることからして、気球を湖水の真中に揚げるには、西風の吹く日を選ぶよりほかに仕方がなかったのです。さてそれから、程よいところで、かの犯人は灰のようになった人体の粉末を、気球の上から湖上に向かって撒《ま》いたのです。西風にしたがって、この人間灰《にんげんかい》は水面に落ちますが、今申したように気球は中心線上にいるので、灰が多少南北に拡がっても、また西に流れても、うまく湖面の中に落ち、陸地には落ちないのです。悉《ことごと》くが水中に落ちてしまえば、いずれこれは魚腹の中に葬られることでしょう。そうすればかの屍体は完全に抹消されたことになります。なんと素晴らしい屍体処分法ではありませんか）

（なるほど、これア卓越した方法ですネ）

と丘署長の声が感嘆した。

（この方法で、六人の犠牲者はうまく片づけられたのです。当夜強い西風が吹いていたことは、署長のお持ちになった測候所の風速及び風向きの報告で証明されます。七人目の犠牲者も、同様に気球に載せられ天空高く揚げられたのでした。そして同様にして粉砕屍体は気球の上から湖面へ向けて撒かれたのです。しかし前の六回のときとは違って、二つばかりの誤算が入ってきました。それは犯人のために、実に不幸な出来事でありました。

二つの誤算――その一つは、撒いているうちに、それまで吹いていた西風が急に向きを南西に変えたことです。それがためどんなことが起ったかと云いますと、今まで真東へ飛んでいた人間灰は改めて北東へ流され、遂にその一部は、右足湖の北岸に墜落したのです。ごらんなさい。この壜に入っている異様な赤黒い物こそ今日私が北岸へ出かけて採集してきた七人目の犠牲者の肉片です）

田熊社長は、電話で話は盗めても、その人肉の入った壜を盗視できないことをたいへん口惜《くやし》がった。

（もう一つの誤算は……）と例の声は云ったが、そのとき思いがけない『呀《あ》ッ』という叫び声が聞こえた。（……こりゃ可笑《おか》しい。こんなところに変なものが……）とまでは聞こえたが、そのあとはガチャリという音を残して、何も聞こえなくなってしまった。

田熊社長は、惜しいところで盗聴器が聞こえなくなったので、顔を真っ赤にして口惜がった。すぐさま、再び工夫を呼んで直させたが、五分ばかりして彼等は、恐る恐る社長の前へ罷《まか》りでて、どもりながら云ったことである。

「社長さん、もういけません。向こうのほうで秘密送話器を切ってしまいました。この方法じゃ盗み聴きはもう駄目です」

社長は万事を悟って、苦笑いをした。

「じゃこれから、空気工場へ出かける」

道々田熊社長は腕組みをしながら、あの盗聴から得たさまざまの興味ある疑問について考えた。

「丘署長と話をしていたのは一体誰だろう。大分腕利きらしいが、あんな男がK署に居たかしら?」

どう考えても、そんな気の利いた人物は考え出せなかった。その疑問は預かりとしておいて、ほかにも疑問の種があった。

「話によると、どうやら犠牲者の屍体を粉々に砕いて、気球の上から撒くという仮定を考えているようじゃったが、一体そんなことは出来るのかしら?」

人間の死体をバラバラにした事件や、またコマ切れにした事件というのは聞いたことがあるが、この話のように、吹けば飛ぶ位のメリケン粉か灰のようにするという事件は未《ま》だ耳にしたことがなかった。どうすればそんなことが出来るのだろうか。——こいつは興味あることだったが、更に難問だった。考えてゆくうちに、

「——うん、これだナ」

と田熊社長は手を打った。あの男が、九分までは解けたが、一分だけ解けぬ問題があるといったのは、このことだと気がついた。あの男にも、どうして人間灰が出来るか、それが判っていないのだ。そう判ると、なんだかアベコベに痛快になった。

「それから、もう一つ電話を切られたところで、――二つの誤算のうち、一つは西風が途端に南西風に変わったという話だったが、もう一つの誤算は……というところで話が切れた。あれは一体どんなことを云うつもりだったろう?」

――こいつも考えたが判らない。しかしこのほうは、何だかモヤモヤと明るいとでも云ったように、なんだか大変判りそうであった。なんだか既に気がついていることがらの癖に、そいつがちょっと胴忘れをして思い出せないという形だった。そのうちに彼の乗った自動車は空気工場の前に来ていた。

5

彼は車を降りると、門を入り、玄関からズカズカ中へ入っていった。いつも行きつけているので、玄関脇の大きな応接室へ飛び込むと、そこには一隊の警察官を率いた先客の丘署長が居て、拙《まず》い視線をパッタリ合わせた。署長は顔に青筋を立てた。

「いよォ、――」と社長はひと声かけた。「いかんじゃないか。せっかくひとが聴いとるものを途中で切ってしまうなんて男らしくないぞ」

また先《せん》を越された署長は、ポカンと口を開いたまま、一言も云えなかった。

そこへ工場主の赤沢金弥と、青谷技師とが入ってきた。

「やあ、これは……」

と赤沢氏は、元気のない声で署長に挨拶をした。

「署長さんが必ずここへお出でになると思っていましたよ」

と、青谷技師のほうは愛想よく云った。

「今日は実は……」と署長は苦手のほうを気にしながら、来意を述べにかかった。「液体空気を一壜貰いにやってきたのです」

赤沢氏はますます泣き出しそうになりながら、幾度も肯《うなず》いた。赤沢氏は青谷技師に案内を命じたあとで、

「丘さん」と署長のほうに向いた。「どうですか、あの事件は。どの位お判りになりましたナ」とオズオズ尋ねた。

「いや、奥さんの敵《かたき》は、もうすぐ讐《と》ってあげますよ。犯人が屍体を湖水の中に投じたことは判明しました。この上は、犯人がどうして屍体を灰のように細かくしたかと云うことが判ればいいのです」

「ああ、そうですか」と工場主はブルブル震う手を自分の口に当てながら、

「すると犯人は誰ですか」

「それはまだ言明《げんめい》できません。しかしもう解っているも同様ですよ」

「オイ出鱈目《でたらめ》もいい加減にせんか」と社長がのさばり出た。

「このボンクラ署長に何が判っているものか。誰かに散々教授をうけていたくせに。つまらんことを喋るのを止して、早く任務を果したがよいじゃないか」

それを見ていた青谷技師は笑いながら、署長たちを工場のほうへ誘った。

工場はたいへん広く、器械は巨人の家の道具のように大きかった。強力なる圧搾器でもって空気を圧し、パイプとチェンバーの間を何遍も通していると、装置の一隅から、美しい空色の液体空気が、ほの白い蒸気をあげながら滾々《こんこん》と、魔法壜の中へ流れ落ちていた。

一方では、液体空気をボイラーに入れて、微熱を加えてゆくと、別々のパイプから、酸素ガスやネオンやアルゴンなどの高価なガスがどんどん出てきて、圧力計の針を動かしながら鉄製容器《ボンベ》の中へ入ってゆくのが見えた。

工場はあまりに広すぎた。署長の腰骨が他人のものとしか考えられなくなったころ、液体空気貯蔵室へ来た。

「君は幽霊じゃあるまいな」と早や道をしてその室《へや》に待っていた田熊社長が署長の顔を見ると皮肉を飛ばした。「わしはもう夙《と》くの昔、君がこの工場の一隅で八人目の犠牲者になっとることと思うて居ったわい」

丘署長はやりかえしたいのを、青谷技師の前だというので、懸命に我慢をした。

「さあ、液体空気を頒《わ》けてさし上げましょう」そういって青谷技師は、床の上から手ごろの魔法壜を台の上に引張りあげた。

「それから序《ついで》に、御注意までに、液体空気の性質を実験してごらんに入れましょう」

青谷技師は、そばの棚から、大きい二重硝子《ガラス》の洋盃《コップ》を下ろした。それは一リットルぐらい入るように思われた。次に彼は、床の上から魔法壜をとりあげて、洋盃《コップ》の上に口を傾けた。ドクドクと白い靄《もや》が湧いてくる中を例の美しい空色の液体が硝子の器の中に、なみなみと湛《たた》えられた。

「どうです、綺麗なものでしょう。広重《ひろしげ》の描いた美しい空の色と同じでしょう」

丘署長も田熊氏も感心して見惚《みと》れた。

「なにしろこの液体空気は氷点下百九十度という冷寒なものですから、これに漬けたものは何でも冷え切って、非常に硬く、そして脆《もろ》くなります。ごらんなさい。これは林檎《りんご》です。これを入れてみましょう」

技師は赤い林檎を箸の先に突きさして、液体空気の中にズブリと漬けた。ミシミシという音がして、液体空気が奔騰《ほんとう》した。その後で箸を持ち上げると、真っ赤な林檎が洋盃《コップ》の底から現れたが、空中に出すと忽ち湿気を吸って、表面が真っ白な氷で覆《おお》われた。

「さあこの冷え切った林檎は、相当硬くなりましたよ。小さい釘ぐらいなら、この林檎を金槌《かなづち》の代りにして、木の中に打ちこめますよ」

技師は小さな釘をみつけて、台の上につきさすと、その頭を、凍った林檎で槌代わりにコンコンと叩いた。釘は案にたがわず、打たれるたびに台の中へめりこんでいった。

見物の一同は、唖然とした。

「さあそこで、こんな硬い林檎ですが、これがいかに脆いかお目にかけましょう。ここにハンマーがあります。これで強く殴ってみましょう」

そういって技師はハンマーをとると、台上の冷凍林檎を睨《にら》んだ。

「エエイッ」

ポカーンと音がして、ハンマーは見事に林檎を打ち砕いた。あーら不思議、林檎はグチャリとなるかと思いのほか、一陣の赤白い霧となって四方に飛び散り跡形もなくなった！

## 6

「林檎が消え失せた！」

と署長が叫んだ。

「イヤ今に見えてきます。ほら、この台の上をごらんなさい。赤い灰のようなものがだんだん溜まってくるでしょう。飛び散ったのが、下りてくるのです。——これが粉砕された林檎の一部です。……」

丘署長はこのとき棒のように突っ立った。

「ああ判ったぞ。ああ、判ったぞ」

彼は胸を叩いて狂人のように喚《わめ》いた。

「ああ、人間灰事件の謎が遂に解けたぞ、七人の犠牲者は、いずれも液体空気の中に漬けられたのだ。そして氷点下百九十度に冷凍された後、鉄槌かなんかで打ち砕かれ、あの人間灰に変形されたのだ。よォし判った。犯人は確かに、この空気工場の中にいる！」

そう署長が叫んだとき、卓上の電話がチリンチリンと鳴った。青谷技師がそれを取上げようとするのを、興奮しきった署長は横から行って、ひったくるように取上げた。

「モシモシ。誰か来て下さい」

と、気違いのような悲鳴が聞こえた。

「君は誰だ。名乗りたまえ」

「ああ、近づいて来る。妻の幽霊だ。助けてくれッ。ああ、殺されるーッ。……」

異様な叫びと共に、電話は切れた、署長の顔は、赤くなったり蒼《あお》くなったりした。電話の主は、工場主の声に違いなかった。

「赤沢氏が幽霊に襲われ、救いを求めている。赤沢氏の室《へや》へ案内したまえ、早く早く」

「えッ、先生がッ。——」

青谷技師を先頭に、署長以下がこれに続いて、室外に飛び出した。階段をいくつか昇って、とうとう特別研究室に駆けつけた。

扉《と》を開いてみると、居ると思った筈の、赤沢博士の姿はどこにも見えなかった。しかし受話器の外れた電話機が、床の上に転がっていた。してみると只今の恐怖の電話は、この室《しつ》から掛けたものに相違ない。博士と幽霊とは一体どこに消えたのだろうか。

一同は顔を見合わせて、沈黙した。

「オイしっかりしろ署長」と田熊社長が叫んだ。「なんか変な音がするじゃないか」

「変な音?」

なるほどどこやらから、ピシピシプッツと、異様な音響が聞こえてくるのであった。

「うん、見つけたぞ」

青谷技師が室《しつ》の一隅へ飛びこんで行った。そこには青いカーテンが掛けてあった。技師はカーテンをサッと引いた。すると衣装室と見えたカーテンの蔭には、洋服は一着もなかった代りに、白いタンクが現れた。そこにある一つのハンドルに飛びついて、それをグングン右へ廻した。

「それは何だッ」と署長が叫んだ。

「これは液体空気のタンクです」と技師は云って、一同のほうへ険しい眼を向けた。

「あなたがた、注意をして下さい。その大きな机の後方へ出てくると、命がありませんよ」

「ナニ、命がないとは……」

恐いもの見たさに、一同は首を伸べて、大机の後方を覗きこんだ。

「いま開けてみますから……」

青谷技師は傍《かたわ》らの鉄棒をとって、床の一部を圧した。すると板がクルリと開いて、床の下が見えてきた。床下には普通の洋風浴槽の二倍くらい大きい水槽が現れた。その中を見た一同は、思わず呀《あ》ッといって顔を背けた。その水槽からは湯気のようなものが濛々《もうもう》と立ちのぼり、その下には青い液体が湛《たた》えられ、その中《うち》に一個の人体が沈んでいるのが認められた。引き上げてみると、それはほかならぬ赤沢博士の屍体だった。全身は真白に氷結し、まるで石膏像《せっこうぞう》のようであったが、その顔には恐怖の色がアリアリと見えていた。——青谷技師は、このハンドルを廻さなければ液体空気はなおドンドンこの水槽の中へ入って行く筈だと説明した。

「これは面白いことになってきた」K新報社長は喚きたてた。「これはテッキリ赤沢金弥が犯人じゃろうと思っていたが、赤沢は幽霊に殺されてしまったじゃないか。オイ丘署長、犯人は一体誰に決めるのだ」

丘署長は、この激しい詰問に遭って、顔を赤くしたり蒼くしたり、著しい苦悶の情を示した。しかし遂に決心の腹を決めたらしく、大きな身体をクルリと廻すやいなや、青谷技師に躍りかかった。

「さあもう欺《だま》されんぞ。君を殺人の容疑者として逮捕する!」

「これは怪しからん」

青谷技師は激しく抵抗したが、署長の忠実なる部下の腕力のために蹂躙《じゅうりん》されてしまった。彼の両手には鉄の手錠がピチリという音と共に嵌《はま》ってしまった。しかし署長以外の者は、意外というほかに何のことやら判りかねた。

「おうおう、派手なことをやったな。ただし君はまさか発狂したんじゃなかろうネ」とK新報社長がやっとひと声あげた。

丘署長はそれに構わず、技師を引立てた。

「署長さん。——」と青谷は恨《うら》めしそうに叫んだ。「これは何がなんでもひどいじゃないですか。どうして手錠を嵌《は》められるのです。その理由を云って下さい」

「理由?——それは調べ室へ行ってから、こっちで言わせてやるよ」

7

青谷技師は調べ室の真ん中に引きだされ、署長以下の険しい視線と罵言《ばげん》とに責められていた。彼は極力犯行を否定した。

「……判らなきゃ、こっちで言ってやる」と署長は卓《たく》を叩いた。「これは簡単な問題じゃないか。あの特別研究室に入るのは、博士と君とだけだ。床をドンデン返しにしておいて、その下へ西洋浴槽のようなものを据えてサ、それから一方では液体空気のタンクを取り付け、栓のひねり具合で浴槽の中へそいつが流れこむという冷凍人間製造器械は、君が作ったものに違いない。博士自身が作ったものなら、遺書も書かずに死ぬというのは可笑《おか》しい。幽霊に追われたとしても、自分の作ったものなら、そこへ逃げ込むのも可笑しいし、第一どんでん返しにならんように鍵でも懸けておきそうなものじゃないか。

だから君だけ知っていて、博士を脅《おびや》かして墜落させたものに違いない」

「署長さん、それはあなたの臆測ですよ」と青谷はアッサリ突き放した。「ちっとも証拠がないじゃありませんか。それに当時私はあなたのそばにいました。それでいて、墜落させたり、幽霊を出したり、そんな器用なことができますものか」

「ウン、まだそんなことを云うか。……夫人殺害のことでも君のやったことはよく判っているぞ。君はあの夜八時に帰ったということだが、それは確かとしても、工場の門は一度六時に出ているじゃないか。わしが知るまいと思ってもこれは門衛が証明している。そうしたと思ったら、忘れ物をしたというので、七時半ごろ再びトラックに乗って引き返してきた。そしてまた八時ごろになって、本当に帰ってしまった。君が引き返してきたときには、工場の中には自室で読書に夢中の博士と、別館には夫人が居ることだけでほかに誰も居ないと知っていたのだ。そして約三十分の間に、実に器用な夫人殺害と、屍体の空中散華《さんげ》とをやって、八時ごろなに食わぬ顔で帰ったのだ。どうだ恐れ入ったか！」

「それはこじつけです。私はそんなことをしません」

「夫人を殺害しないと云っても、それを証明することができんじゃないか。君に味方するものはおらん」

「そんなに云うなら、私は云いたいことがあります。これはあなたの恥になると思って云わなかったことですが……」

「ナニ恥とは何だ」署長は眼の色を変えた。

「恥に違いありませんよ。あなた方はあの晩湖水の上空から撒かれた人間灰が、珠江夫人のだと思いこんでいるようですが、それは大間違いですよ。湖畔で採取した人肉の血《けつ》型《けい》検査によるとO型だったというじゃありませんか。しかし夫人の血型はAB型です。これは先年夫人が大病のとき、輸血の必要があって医者が調べて行った結果です。O型とAB型――一人の人間が同時に二つの血型を持つことは絶対に出来ません。人肉の主と夫人とは全く別人です。あなたはこんな杜撰《ずさん》な捜索をしていながら、なぜ僕を夫人殺しなどとハッキリ呼ぶのですか」

「ウム。――」

署長はその瞬間フラフラと、脳貧血に陥《おちい》りそうになった。実は血型なんてハイカラなものは考えたことがなかった。今となってこんな痛いところを突かれるなんてあるだろうか。彼の威信はこの瞬間に地に墜《お》ちた。

「どうです署長さん」なおも青谷は苛責《かしゃく》の手を緩めなかった。「僕はそのことだけでも無罪の筈です。僕を苦しめてどうなるのです。それよりあの血まみれの容疑者をどうして責めないのです。あんな怪しい奴をなぜ……」

そのとき、背面の扉《と》がバタンと開いた。そして青谷の知らない男の声がした。

「怪しいとは僕のことですか」

ヌックリと青谷の前に立ったのは、長身の髭だらけの工夫体《てい》の男だった。作業服はヨレヨレながら、その声は気味の悪いほどしっかりしていた。

「僕こそ無罪ですよ。署長さんの云ったようにあなたには手錠が懸るのが本当です。しかしすこし事実の違っている点がありましたから、訂正しておきましょう。この話のほうが青谷君の腑に落ちるでしょうから」

「君は誰です?」

「私ですか。人間灰が湖上へ降り注いでいる真下を舟で渡った男です。やがて帽子から顔から肩先から、融《と》けた血で血達磨《ちだるま》のようになった男です。なるほどこの肉も血も、珠江夫人のではなかった。あなたの言うとおりにネ。血型O型の人肉は誰だったのでしょう。それはあなたの家から程近い墓場の下に眠っていた女のものでした。峰雪乃——ご存じですか、この名前を。たった今、その土饅頭を崩して棺桶の中を開いて来ましたが、中は空っぽです。あなたはあの晩、一度工場の門を出て墓場へゆき、闇に紛《まぎ》れてこの仏を掘りだし、工場へ引き返したのです。そして人肉散華をやりました。墓のほうは時間が無かったために、壊した土饅頭を作り直す暇がなく、上に土だけ被《かぶ》せておいたところを、はからずも通りかかった一人の男が見ました、つまりこの僕がネ」

髭男はニヤリと笑った。

「全くお気の毒でしたネ。人肉散華から再び帰って、あなたは土饅頭を作り、トラックの跡を消したが、それはもう遅すぎました。なぜこんなことをやったか。あなたはその夜かねての手筈で夫人に姿を隠させて、丁度夫人が失踪したようにみせたのです。そして万事は赤沢博士に嫌疑がかかり、そしていい加減なところで博士が自滅するように計画をたてたのです。ところが署長のため不意に手錠をかけられてしまったので、狼狽《ろうばい》のあまり、血型のことなど持ち出して、即座に手錠を解かせるつもりでした。永く手錠をかけられていることはあなたの大不利ですからネ」といって髭男はジロリと青谷の顔を見た。「なぜ大不利か？　手錠をかけられていることが永いほど、純潔らしいあなたの顔形が曇ってゆくからです。これまで六回にわたってあなたが犯してきた変態殺人が、そのままに露見せずに終わるとはあなたも考えないでしょう。あなたは全く許すべからざる趣味の人です。あなたは神を忘れている。科学者が神を忘れたときは、いつでもあなたのようになりやすいものです。こうしているうちにも、湖底に潜《くぐ》った潜水夫が、六人の犠牲者の遺物を捜しあてて持ってくるかもしれません。……手錠を早く外してもらいたいために、あなたは反証なんかを挙げて署長を駭《おどろ》かせたが、あなたは自らの罠にかかったのです。珠江夫人は本館内のあなたの室《へや》に隠れていました。夫人は一旦あなたの誘惑にかかりはしたものの前非を悔いて、実は博士の室《しつ》へ打ち明けに出たところを、博士は幽霊だと駭いたのです。そしてとうとうあなたの仕かけておいた罠に陥ってあの最期です。僕もあのときは、もっと上等の扮装《なり》をして一行に加わっていたので、『幽霊』という言葉と、かねて血型の相違についての疑問とによって、夫人の生存していることを悟りました。そして一足お先に、夫人と共にこっちへ帰っていたのです。逢いたければ夫人をここへ連れてきましょうか」

一座の駭きのうちに、青谷は観念の眼を閉じた。しかし暫《しばら》くするとまた頭を上げて云った。

「するとあなたは一体誰ですか」

「僕ですか」と髭男が云った。「僕はこの右足湖畔の怪を調べるために、東京から派遣されたこういう者です。犯人を捜す便宜のため、署長さんに永く隠して貰っていたのです」

そういって、青谷技師の手錠の上に一枚の名刺を置いた。それには「私立探偵帆村荘六《ほむらそうろく》」とあった。

# 匂いの交叉点

1

　さきごろの大椿事《だいちんじ》で、しづ子が行方不明になってしまって以来、僕と加代子《かよこ》との関係が日一日と深間《ふかま》になってゆくのは、どう考えても実にいまいましいことだった。

　きょうもきょうとて、加代子は日曜日だというので、朝から僕のアパートへつめかけている。そしてまるでフラウ気取りで、僕の身のまわりの世話をやいたり、卓子《テーブル》のうえに艶《つや》ぶきんをかけたり、どこからか遣《つか》いのこりのココアの缶をだして来て、香りのぬけたのをおかまいなしに熱い湯にとかしてすすめたり、いやはや蒼蠅《うるさ》いのを通り越して悲鳴をあげたいくらいのものだった。知らない人が、もし僕たちのこの生活を覗《のぞ》いたとしたら、きっとその人は僕たち二人が、夫婦生活を営んでいるのだと結論するにちがいない。

　ちょうどその日は、例の事件に関し、友人の帆村荘六《ほむらそうろく》という探偵がうちを訪ねてくるはずになっていた。帆村が来るのは、実は僕の方から頼んだことである。例の大椿事の原因もまだ一向に明かにされていないし、そのうえしづ子の行方については、まだ全然手懸《てが》りがないので、僕はこれまでの行き懸りからして、出費はもう覚悟のうえで、帆村に真相を調べてもらうことにしたのである。その帆村がやがて訪ねてきたとしたら、彼の眼に、加代子のことがどううつるであろうかと考えると、冷汗三斗《れいかんさんと》の思いがする。

そうかといって、加代子に帰ってくれというのもちょっといいかねる。血色はよく、でくでく肥えて、小さい目に近眼鏡をかけたインテリ女史加代子の身体つきは、どうにも好きになれないが、さりとてしづ子も居ない今日、彼女に帰られてしまうことはなんとなくたまらない寂寥《せきりょう》を呼びおこしたし、第一、客が来たとき、茶を出す女手がないことは不便にちがいなかったので、僕は気がすすまぬながら、加代子に帰れともいいかねていた。

いまいましいような、面映いような、妙な気持で、加代子が、座敷中にまきちらす体臭を気にしているところへ、表の扉《ドア》を、こつこつと叩く音が聞えた。

「あーら、誰方《どなた》でしょ?」

加代子は、小さな瞳をきらりと光らせて、僕の顔を見た。

(ちぇっ、面ほどになく、おどおどしているじゃないか!)

と、僕は肚《はら》の中で快哉を叫んだ。――が、それは表にださずに、

「ああ、友人の帆村探偵かもしれません。きょう来ることになっていましたのでね」

「探偵? まあ、――」

加代子はびっくりしたらしい。

「探偵なんか、お呼びになって、どうなさるの」

「いやなに、例の事件について、友人の意見を聞きたいのですよ。すみませんが、加代子さん、ちょっと扉《ドア》をあけてみてくれませんか」

扉が明くと、果して長身白皙《はくせき》の帆村荘六が、大きな唇をぐっとへの字に曲げて入ってきた。彼の眼は、ぎょろりと無遠慮に加代子のうえにうごいたが、間もなくぬからぬ顔にかえって、

「おい大竹《おおたけ》君。お邪魔じゃないのかね」

と、ちょっと腰を曲げて叩土《たたき》から、こっちをのぞきこんだ。

「邪魔どころか、さっきから待ちくたびれていたところさ。さあ、上ってくれ」

「ほんとうに、邪魔じゃないのだね」

「へんなことは云っこなしさ。こちらは」といって加代子の方に僕は頤《あご》をしゃくり、

「こちらは、君知っているんじゃないか。理学博士富永《とみなが》加代子女史だ。そして例のしづ子さんの同級生で、仲善し友達なんだ」

「ああ富永加代子博士でしたか。これはこれは――」

帆村は、急に四角ばって、加代子に他所《よそ》ゆきの挨拶を始めた。僕はまた、帆村に対し、加代子さんは気のおけない人だから、あまり堅くふるまってくれるなと解説しなければならなかった。

座が決ってから、加代子のついで出す紅茶を啜《すす》りながら、僕は早速事件の話にうつっ

た。

「例の件なんだが、その後なにか有力な聞込みかなんかは無いかい」

「おい大竹。その話を、ここでしていいのかい」

帆村は加代子に対し遠慮しながら、それとなく僕の注意をひいた。

「なあに、いいとも。加代子さんは、例の事件以来、僕と同じにしづ子さんの身の上をたいへん心配しているんだ。そしてきょうも、そのことで僕のとこへ聞きに来られたというわけだ」

僕は、つい言訳じみた言葉を口にした。

## 2

「じゃあ、なんでもお喋りするがね」と帆村は、次の間で菓子皿をことこと音をさせている加代子の方へちらと視線を走らせながら口を切った。「例の爆発事件の原因については、まだ当局にもどうということがはっきり分っていない。それからしづ子さんの行方に関しては、これもはっきりした証拠はないけれど、何処かに潜伏しているという説がやや有力だ」

「ふふん、そうかね」

問題の事件というのは、新聞にも大きく出たから、誰でも知っていると思うが、要約していうと、こうだ。

この僕の家から四丁ほど離れたところにあるやはり同じ高円寺《こうえんじ》町《まち》の森田《もりた》しづ子化学研究室が、去る十六日――というと今から十日前になるが――その午後五時三十分ごろ、一大音響をあげて爆発し屋根は天空にふきあげられ、同時に火事となったのである。なにか特殊の薬品にでも引火したものと見え、火力は実に物すごく――或る消防手の話によると、エレクトロン焼夷弾が爆発したのにちがいない。火事の中心のところで撚えさかる火の色が異様に白く且つ黄いろを呈していたという――水もてんでうけつけようとしなかった。それからはじまって、附近の民家を十四五軒も焼きはらい、近来稀《まれ》なる大火災とはなったのであった。

ここに奇怪なるは、爆発した研究室の主人公森田しづ子博士の行方であった。

一体この森田しづ子化学研究室というのは、小さいながら独立した研究所であって、しづ子がうけついだ遺産四十万円をもって設立したもので、会社でござれ、軍部でござれ、どこからなりと依頼された化学上の問題をひきうけて研究するという新時代的な研究請負業をいとなんでいた。これはまだ繁昌するというところまでは行かなかったが、目下のところともかくも彼女を退屈させないほどの一人分の仕事は充分にあったのである。

この研究室には、彼女ただ一人が住んでいた。ときどきは研究室に鍵をかけて外出することもあった。夜や日曜などは、しばしば僕の家へ遊びに来て、レコードをたのしんだり、手土産の甘い菓子を僕と一緒に食べてにこやかに話をしたり、実際は三十ちかい女性ながら、研究室外のその生活はまだ肩あげのとれぬ吾儘《わがまま》育ちのお嬢さんと変らなかった。僕は、有りていにいうと、しづ子に対してかなり深い愛着をもっていた。彼女の博士号や、この無邪気な生活ぶりを勘定外とするも、しづ子は男をひきつけるに足る美貌の持主でもあった。

そのしづ子の行方が、爆発事件の日以来、全く不明なのであった。

検察当局は、消防手と協力して、現場を入念に捜索した。現場に、もしやしづ子の屍体が発見されはせぬか、或いはまだ腕一本とか着衣とか、その他しづ子が現場にいあわせたことを証拠だてる何物かが存在せぬかとおもい、捜査を開始したのであるが、現場からはついに壊れた骨片すら見出されなかった。

この捜索に協力した消防手は、支那事変に出征した経歴のある人だったそうであるが、現場を見て、次のようなことをいったという。

「――これはよほど強烈な爆薬によったものと思われますよ。これでは現場附近にたとい人間がいても、文字どおり粉々に粉砕してしまって、全く綺麗に煙になってしまうのですよ。なにしろ戦地では、一発の迫撃砲弾にやられても、跡方もなくなってしまうのですからねえ。それにこの恐ろしい高温度の燃焼ぶりでは、鋼鐵《はがね》であろうと金であろうと鎔けて逃げちまわないではいないでしょう」

この言葉からして結論すると、現場にしづ子がいたかどうかは、この現場の有様からは判断がつかないということになる。果してしづ子は、そこにいたかいなかったか、それは他の方法を見つけて、証明するよりほかなかったのである。

「おい大竹君。きょう君は、僕になにか新しい陳述をするとかいっていたが、それはどんなことだい」

帆村探偵は、菓子の方に手をだしながら、口を切った。

「うん、そのことだが――」

と、僕はいったが、後を口籠《くちごも》った。隣室でしきりに活躍している加代子のことが、どうも目ざわりになっていけない。

「あのう、大竹さん。あたくしお邪魔になるようですから、ちょっとそこらを歩いてまいりますわ」

加代子が、自発的に座を外そうといいだした。

「いや、そうでもありませんよ。貴女《あなた》はしづ子さんの無二のお友達ですから、そこで聞いていていただいてさしつかえありません」

僕という人間は、実に吾ながら呆れかえった男である。気が弱いというか、こんな風に加代子から出てゆくといわれると、ついそれを停めなければいられない性質だ。僕の舌はそうして加代子を停めながら、それでいて心の中《うち》では、加代子よ、早く出ていってくれと手をあわせて祈っているという呆れた男だ。

「じゃあ、こっちでお話を伺っていることにして、お林檎《りんご》でもむきますわ」

加代子は腰をあげて、いそいそと勝手元へ消えた。

## 3

「それで、どうしたというのか。早く喋れ」

と、帆村はやや軽蔑の色をうかべて、僕の顔を見た。

そうなると僕は、もう決心しないわけにゆかない。以下、夢中といってもいいくらいの状態で喋りだしたものである。

「うん、その話はこういうことさ。実はあの日、爆発に先立つこと十五分か二十分前に、僕はしづ子の姿を見たんだよ」

「なんだ。しづ子さんの姿を、君が見たというのか。爆発前十五か二十分前に見たのか。ふーん、そいつは重大な手懸りだ。そんな重大なことを、なぜ今まで黙っていたんだい」

「いや、あまりの騒ぎに、気が顚倒していたんだ。今日になって、やっとそれを思いだしたのだ。気が落ちついてきたというわけだろうと思う」

「それで、しづ子さんを何処で見かけたというのか」

「省線電車の中さ。但し同じ電車の中ではない。僕の電車は新宿からこの高円寺の方へ向っている。ところがしづ子は、反対に新宿の方へ向う電車に乗っていたのさ」

「どこでそれを認めたのかしらぬが、そんなことが解るか」

「解るとも。それは大久保駅のホームに、こっちの電車が入りかけたときだった。丁度それと反対に、ホームから滑りだしてくる電車があって、何気なくその中を見たとき、しづ子の姿を認めた」

「認めたというが、しづ子さんのそのときの服装をいってみたまえ」

「蛍《ほたる》色のコートに、黒貂《くろてん》の襟巻《えりまき》をしていた。見覚えのある赤い寿《ことぶき》の字の風呂敷包をもっていた」

「そんな服装の女は、他にいくらもあるだろうのに」

「いや、他にない。今どき蛍色のコートなんてものを着ているのは、しづ子くらいのものだ。しかし服装だけを見て、僕はしづ子だと断定しているのではない。赤い寿の字の風呂敷は彼女が買物にゆくときに、きっと持って出る風呂敷だ。それから頭髪《あたま》はパーマネントだったし、眼も見た。もっとも顔半分はマスクをかけていたがね」

「そうかね」と帆村は首をひねったが「まあそれはそれとしておいて、外《ほか》にもうなにかないか」

「もう一つ有るんだ。こいつはさっき思い出したことなんだが、すっかり胴わすれしていたんだ。もっとも、この方はあまり変なことで、事件には関係ないかとも思うが、僕としてはたいへん奇妙に感じたことなので報告しておきたいのだ。それは、あの爆発直前、五分か十分前だったと思うが、僕は高円寺駅を下りて、駅の前の道を、うちの方へ歩いていった。君も知ってのように、三つ股の辻《つじ》のところから、僕のうちは左へ入りこむのだが、反対に右に曲れば、二三軒先がしづ子の研究室の建物だ。僕はそのとき辻をとおりぬけて、うちの方へ左へ曲ろうとしたとき、思いがけなくも馥郁《ふくいく》たる鰻《うなぎ》のかば焼の匂いを嗅いだ。どうだ、変じゃないか」

　僕は、自慢ではないが、人に勝《すぐ》れて、嗅覚《きゅうかく》が鋭敏である。これについては、これまでにいろいろのエピソードがあるが、たとえば円タクを呼びとめて、乗りこんだ刹那《せつな》に、僕の前にどんな種類の人が乗っていたかをずばりといいあてることができたり、また友人などが僕の部屋に入ってくると、その直前にどういう行状をしていたかをその友人の身体から発する匂いでもって云いあてることができたり、ときには吾れながら恐くなることさえあった。この日の鰻のかば焼の匂いなどは、後に証明せられたように、事件の解決上にたいへんな手柄をたてたのであった。

「なんだ、鰻のかば焼の匂いがした。その三つ股の辻でかね。それがどうしたのか」

　さすがの名探偵も、このときは僕の突拍子もない話題に、目をぱちくりするばかりだった。

「こんなところに鰻の匂いなんか持ちだして、意味がないと思うだろうけれども、現象としては、実際奇妙なんだ」

「どこが奇妙なのか、それを語れ」

「君も気がついているだろうが、僕のうちの方へはいりこんでゆくあの三つ股の左の道だが、入った途端に大きな理髪舗がある」

「うん、ある。矢来バーバーという店だろう」

「そうだ。あの矢来バーバーから、いつもふんだんに匂いの高い香料が流れいでて、道ゆく人の鼻をうっている。あれは一つは理髪舗ここにありという宣伝手段だと思うがね」

「で、鰻のかば焼の匂いは？」

「うん、そこで鰻のかば焼の匂いの話になるんだが、当日僕はあの辻で、香料の匂いの代りにふと例の鰻のかば焼の匂いをかいだんだ。それがおかしいことに、ほんの瞬間の感覚なんだ。こんなところにどうして鰻が匂っているのだろうと思った」

「どうも話が下らんね。近所に鰻屋があるのじゃないか」

「そう思うのは尤《もっと》もだが、そこが一層おかしいんだ。附近に鰻屋はただの一軒もないんだ。ほんの瞬間にしろ、鰻屋がなくて鰻の匂いがしたというのは、どう考えてもおかしい。が、僕は不思議に思いながらも、そのまま辻をとおりすぎて、理髪舗の前をどんどんうちの方へ歩いていった。そして家の格子に手をかけた途端に、あの爆音をきいたのだ。この間、駅から歩いて六七分の後の出来ごとだった」

「なるほど、鰻屋もないのに鰻の匂いがしたとは、面白くないこともないねえ」

　帆村は放心したように、廂《ひさし》から冬空を見上げた。

# 4

「おい大竹君。なにか理髪舗から、鰻のかば焼の匂いに似た香料を流していたというわけじゃあるまいね」

帆村は、煙草を口にくわえながらいった。

「冗談じゃない。そんな生ぐさい香料があってたまるものか。理髪舗の使っている香料はいつも決っているよ。ローズとか、ベーラムとかアカシヤとか――」

「ふん、なるほど。それでなにかい、君はそのとき理髪舗から流れだす香料の匂いも嗅いだ記憶があるのかね」

「あるとも、ふんだんに嗅いだ。よく覚えているよ。なにしろ唐突《だしぬけ》にとびこんできた鰻の匂いで、大なる疑惑をもったときだったから、念入りに気をつけた。たしかに安香料の匂いが、ぷんぷんしていたよ」

「じゃ間違いなしのことなんだね」

と帆村探偵は、やっと納得したように見えた。

「ねえ大竹君。それなら、君は、あのとき辻から右の方へ歩いてみなかったのかね」

「ええ、なんだって」

「つまりあの時、君はしづ子さんの研究室のある方の道、辻から右の方へ入ってゆく道だね、そっちを歩いてみなかったのかね」

「いや歩かなかった。なぜ、そんなことを聞くんだい」

「だって君は、突然鰻のかば焼の匂いがしたのでたいへん愕《おどろ》き且つ怪しんだというから、右の方の道を歩いて、異臭がしているかどうか嗅ぎはしなかったかとおもったから、一寸聞いてみたのさ」

帆村は、急に熱心に目を輝かしながら、僕の面をじっと見据えた。

「いや、そこまではやってみなかったよ」

僕は応えながら、なるほどそこまで確めて見る手があったのに、やらなかったことを遺憾におもった。

「なんだ、そこまでは確めなかったのか」

帆村は一寸がっかりしたようであった。

「しかし大竹君。これはひょっとすると面白い結論を誘導するかもしれない。いいことを話してくれた。研究問題としていずれ取上げてみよう」

僕の話したかったことは、そのへんで尽《つ》きた。

「どうだ帆村君。しづ子は生きているのだろうか死んでしまったのか、君はどっちだとおもうか。君だけの考えを聞かせてくれたまえ」

僕は、帆村の答を、非常に緊張して待った。帆村はそこら中を煙草の煙《けむ》だらけにしながら、

「さあ、――」

と煮えきらぬ返事をして、後をいわない。

「なんだ、君にも分らないのか」

「いや、全く恥かしい話だ。だがねえ大竹君。君はしづ子さんを省線電車の中で見かけたというが、そのしづ子さんは、いまだに君のところへ帰ってこないね」

「答えるまでもなく、そのとおりさ」

「で、何かい、あの事件の頃、しづ子さんは君にお別れの意味をこめた挨拶でもしたろうか」

「断じて、そんな言葉はきかない」

「そうか。それはちと変だね。君としづ子さんの中で、挨拶ぬきにどこかへいってしまうというのは、どうも腑に落ちないじゃないか。君は何かしづ子さんをひどく怒らせはしなかったかい」

「そんなことはない」

「そうか。それなら――」

といいかけて、帆村はふと口を噤んだ。

加代子がさらさらと衣ずれの音をさせて入ってきた。彼女は両手に、菓子盆をささげている。

「ちょっと表通まで出ましたら、たいへんおいしそうなパイがございましたものですから、どうぞお一つ」

加代子は眼鏡の底から、ちらと帆村の顔を見た。

「それから、あのう帆村先生。あたくし、いま表通りのこのお菓子屋さんで、耳よりなことを聞いてまいりましたのよ」

加代子が突然帆村に呼びかけたのである。

「はあ、貴女も情報班なんでしたか。これはどうも」

「だって、しづ子さんはあたくしにとって姉妹以上の仲善しだったんですもの。あたくしだって、早くしづ子さんの行方を知りたいとおもっていますわ」

「そりゃもうよく分っています。で、どうしたというのですか、その菓子屋は?」

加代子は、待っていましたという風に、

「それなんですのよ。お菓子屋さんのお内儀《かみ》さんが申しますのには、あの爆発事件のあった三十分ほど前、しづ子さんは店へ来て買物をなすったそうです。洋菓子の二円の折をお買いになったんですって」

「ほほう、第二の証人というわけですね」

「お内儀さんの話では、しづ子さんは赤い寿印の風呂敷にその菓子折を包んでお持ちになったそうです。なんでもそのときは蛍光色《けいこうしょく》のコートに、黒貂の襟巻をして、マスクをかけていらしたといいますわ」

「なに、蛍色のコートに黒貂の襟巻、そしてマスクをかけ、赤い寿印の風呂敷――うん、これは大竹君の証言とぴったり合うじゃないか。するとしづ子さんは、やっぱりあの爆発事件の直前、省線電車にのって出かけたというわけかな。いやこれは、非常に重大な鍵が見つかったものだ。僕は貴女に感謝いたしますよ」

帆村探偵はパイにも手をつけず、そそくさと腰をあげた。

「おい大竹君。僕はもう帰る。いずれ改めてまた報告にくる」そういった後で、彼は加代子の方をふりむき、「どうもありがとうございましたお蔭ですこしは事件解決の見当がつきました。そのうち、ぜひとも貴女の御助力を仰ぐことになろうと存じますが、どうぞよろしく」

そういって帆村は、帰ってしまった。

加代子は、すぐ僕の傍に崩れるように坐って、パイの皿へ手を出した。

5

それから五日ほど経って、夕刻僕が帰宅したところへ帆村から速達の手紙がとどいた。

「先日は失礼。加代子さんが教えてくだすったしづ子さんの買物については、その後お菓子屋のお内儀に訊《たず》ねて、全くそのとおりであることが分った。なお、今日は僕がちょっとした実験をやるについて、君の力をぜひ借りたいからすぐ事務所まで来てもらいたい。加代子さんも、一緒に誘って来てくださると僕は一層うれしい」

加代子は、もちろん僕の傍にいて、顔をよせてこの速達をよんだ。

「どうします。行ってやりますか」

「さあ、――」と加代子はあまり乗り気でもないような声であったが「ええ、あたくしお供するわ。断然お供するわ」

と承諾した。

帆村の事務所へついたのは、もう八時をまわっていたころだった。

「おお、よく来てくだすった。どうぞこっちへおあがり」

と、帆村は想像していた以上の喜び方で、僕たちを二階へ案内した。

「なあんだ。これはやけに寒い部屋じゃないか」

僕は寒む寒むとした十坪ばかりの板張りの室《へや》へスリッパをはいて入って、ぶるぶると慄《ふる》えた。

「いや、どうも済まない。わざと室内を温めないでおいたんだよ。この部屋でやる実験の都合上、その方がいいんだ」

そういって帆村は、大きな卓子《テーブル》の上に置いた装置を指して僕たちの顔を見た。その卓上には、小さいストーヴ用の二本の煙突が、V字型に寝かしてあり、そして煙突の交《まじわ》ったところには小さな蓋《ふた》がしてあり、その煙突の開いた端は、それぞれ石油缶らしいものにつながっていた。なんだか変な仕掛であった。

「なんだか分るかい」

そういって帆村は、にやにや笑っていた。

「一向に分らない。よくない趣味だというほかない」

「そうだ。まさにそのとおりだ。これから実験をはじめるが、そうなるといよいよ君は、こいつはよくない趣味だというだろうよ。でも仕方がないんだ。我慢をして、しばらくつきあってくれたまえ。君たちは、この蓋の前あたりに腰をかけてみていてもらおうか」

帆村は、用意してあった二つの椅子を指さして、加代子と僕とにすすめた。

加代子は、さっきからなんにも云わないで部屋の隅に立っていたが、このとき云われたとおりに僕の隣の椅子へ腰をおろした。

「どうも済みませんねえ。では早速実験をはじめますが、これは手品の一種ですよ。手品の仕掛は、この二つの石油缶の中にあります。まず甲の缶の仕切りをとって煙突につなぎます。そこで蓋をとってみますよ」

帆村は、甲と称する缶の中で、なにやらごとごとと壜の音らしいものをさせていたが、やがて煙突の交ったところにかぶせてある蓋をとった。すると煙突の中が見えた。そのとき僕は、

「おや、この匂いは?」

と、思わず叫んだ。匂いだ、匂いだ。煙突の蓋をとると、ぷーんと激しい化粧品の匂いが鼻をうったのである。

「どうだ、大竹君、なつかしい匂いだろう。これは君のところの近所の理髪舗がまきちらしている安い香料の匂いさ。どうだ、分るか」

「あっ、そうか。なるほど、いつもあの辻のところで嗅がされる香料の匂いだ」

僕は愕きもし、同時に、帆村が一体何の考えがあって、こんなことを始めたのかを訝った。

「そう分ってくれれば嬉しい。では実験の第二段として、この香料の匂いを、今度は鰻のかば焼の匂いに変じて見せる」

「ほほう、そんなことができるのか」

「まあ、嗅ぎわけてくれたまえ。さっきは甲の缶の中からだけ、匂いを送った。今度は、もう一つの乙の缶の仕切りを開いて、両方の匂いを交ぜあわせたものをそこへ出す。いいかね、面白いことになるよ」

帆村は、得意然として、乙の缶にすすみよると、缶の中でマッチをすった。ぽっと音がして、どうやらその缶の中で、瓦斯口《がすぐち》に火がついたようである。瓦斯火などをつかって、一体なにを温めようというのであろうかと、僕が不審に思っているうちに、ぷうんと異香が鼻をうった。

「おお、これは本当に鰻のかば焼の匂いだ！　おい帆村君、これは一体どうしたことか」

僕はびっくりして、思わず椅子から立ちあがった。

そのとき僕は、帆村がさっきとは全く別人のような硬い表情をしているのを発見して、胸がどきんと波うった。

「おい帆村。一体これはどうしたのか。早く説明しろ」

帆村は、すこしひきつったような声で、

「大竹君。ここへ来い。説明をしてやることがある」

僕は、子供のように、胸を躍らせながら、駆けよった。

帆村は乙の缶を開いて、中を指した。果してそこには瓦斯《がす》火が青白く燃えていた。上に小さな金網がある。その上に、なにか異様な塊が焦げついている。

「これが焦げつく匂いを、交ぜたんだよ。つまりはじめは香料の匂いだけだ。そこへこれを交ぜた結果、君は、あのとおり鰻のかば焼の匂いだといった」

「この網のうえで焦げているものは何物か。鰻の頭か」

「飛んでもない」と帆村は強くうちけし「ここに焦げているものは、某病院から貰って来た人肉だよ」

「人肉?」

「そうだ、人間の肉だ。おどろいたか」といって帆村は僕の肩に手をかけ「いいかね。匂いの通る二本の道がある。一方よりは理髪舗の香料の匂い、他の一方よりは人肉の焦げる匂いだ。その二つの匂いの交叉点において、俄然鰻のかば焼の匂いとなる」

「ええっ、それでは――」

「つまり、鰻のかば焼だと感じた匂いを分析すると、安い香料の匂いと、そして人肉の焦げる匂いとになるんだ。どうだ、分るか」

僕は目の前が真暗になったように感じた。

「すると――するとあのとき人肉の焦げる匂いが、しづ子のうちの横丁から流れていたというのだね。あのとき焦げていた人肉！　その人肉は、一体誰の人肉なのか、早くいってくれたまえ」

「そいつは、まだよくは分らん」

と帆村は軽くつっぱなして、

「だが大竹君。うしろを見たまえ。いつの間にか加代子さんがいなくなっているじゃないか。加代子さんは、真青な顔をして、さっきこの部屋を出ていったのだよ。なぜだろうか。こういうことがいえはしないだろうか。いくらインテリ女であっても女は女だ。愛慾は一時的にひどく道徳心を盲目にする。恋敵の女に油断のあったのを見て、つい殺す気になった殺されてもまだ美しい恋敵の女の顔を、ストーヴの中で焼かなかったとはいえまい。おそろしい心の盲人だ。爆薬を仕掛けるときには、彼女は後悔にあえぎながらも、インテリのインテリたる処置法をとり死体を粉砕することによって高速度にこれを片づけようとしたのだろう。恐ろしいインテリだ。インテリの悪用だ。それだけではない。彼女はさらに念入りの手段を講じた。それは恋敵に変装して、わざわざ街頭で買物をして、自分の殺した女がさも外出したように見せかけようとした。マスクを用いたり、蛍光色のコート、赤い寿印の風呂敷、黒貂の襟巻などと目につきやすいものを身につけて、街頭をしゃあしゃあと歩いたのだ。あまりにも念の入った手段だ。あまり念入りすぎて、反《かえ》って僕に早くから疑惑を生ぜしめたともいえないでもない」

「ああ加代子。憎い女だ。八つ裂きにしても足りない。ああどこへ逃げた」

「まあ待ちたまえ。今いっているのは、これは皆僕の想像だ。今のところ妄想の新体詩の程度だ。しかし、もし今に彼女が、あのとき持ちだした蛍光色のコートなどに、遺書などをつけて小包郵便で送って来たら、そのときはじめてこのたどたどしい舌たらずの新体詩が捜査報告書にかわるのだ。いいから、君はまあ、もうすこし落着きたまえ」

　そういって帆村探偵は、僕の肩に手をおいた。

# 「探偵作家コンクール」より

問題提起（小栗虫太郎）
名探偵帆村（海野十三）

## 問題提起（小栗虫太郎《おぐりむしたろう》）

荒天《しけ》がおさまった。しかし、亜欧《あおう》汽船の濠州通《がよ》いの四阿丸《あずままる》はパプア島の西海岸ちかくで自然分解に陥ろうとしている。この老船を、船舶法の限界まで使いきろうとした会社の我利《がり》政策が、とんだ惨事《さんじ》を招いたのだ。

火箭《ロケット》があがる。汽笛と、無電の危急信号もなんの効《かい》もなかった。一隻ずつ、舷窓《げんそう》の灯が水に呑まれてゆき、やがて両舷からの波が船橋《せんきょう》を洗いはじめる。混乱、まっ蒼な顔、船員の怒号。

しかし、救助作業は手際《てぎわ》よく運ばれて、まだ今のところ一人の犠牲者も出ていない。すると、拳銃を手に阿修羅《あしゅら》のように指揮している山路《やまじ》一等運転手を、ずるずるっと通路に引きいれたものがある。

「なにをする、オイ、離せ。」

しかし相手は非常な力で、彼を船室の壁に押しつけたまま微動《みじろぎ》もさせない。

「誰だ。この火急時《かきゅうじ》に、なぜ邪魔をする。」

「俺だよ、三等の松野《まつの》だ。」

いやに落着いた声でその男がいった。いわれて、山路はハッとした。この船客の顔には、焼きつけられたような記憶がある。それは、真珠採取夫出身らしいこの老人が、年配、顔だちといい、社長の関《せき》にそっくりなのだ。そういえば、社長も若い頃はセレベス島にいたたし、なんだかそれやこれやでこの老人には、一種の気味悪さを感じていたのである。

「なんだ？　落着いてくれ。きっと、お客さんは助かると思うから、興奮せんでくれ。」

「そんなこっちゃねえ。手前《てめえ》から、一言聴きたいことがあるんだ。それはな、船員の奴らは坐礁《ざしよう》したといっているが、そうじゃあるめえ、自然分解だろう⁉　生命《せいめい》を、三百も積むのに老朽船を使いやがる。畜生……」

「いや、そんなことが、君、大変な誤解だ。」

「嘘を吐け。白《しら》を切るなら……どうだ。こうか、貴様、こうか！」

ついに、山路の頸《くび》が力なげに縦にふられた。すると、松野は捨台詞《すてぜりふ》のように、また、社長の関を知っているような口吻《くちぶり》で、

「そうだろう。関の我利我利《がりがり》なら、やり兼ねねえこった。俺《おら》あ、大きな声で怒鳴《どな》ってやるぞ。」

しかしその間に、最後のボートは出、船客としては、松野一人がポツンと残されてしまった。と間髪を入れず、船首を先に四阿丸が沈みはじめた。船具《ふなぐ》が、甲板《かんぱん》を奔湍《ほんたん》のよ

うに転げてゆく。それをみたとき、山路はなにかに打ちつけられ、それなり気を失ってしまった。

やがて、それから何時間後のことか、気が付いた山路の耳へ原地人の太鼓の音が流れいってくる。下は砂、上はちりばめたような美しい星月夜《ほしづきよ》。

＊

「ねえユミちゃん、あんた、お父さまのお妾《めかけ》さん知っている?」

或る省の、課長に嫁《かた》づいている姉の駒子が、いかにも探るような眼で妹のユミにいう。あの、南海の惨劇があってから三年ばかり後に、社長の関が大阪で急死したのである。その遺骸《いがい》へ、駒子、ユミに、秘書の高野が附き添い、いまその貸切車が東京へと上りつつある。しかし、ユミはきょとんとなって、

「あたし、お妾さんなんて、一向に知らないわよ。第一、お父さまの性格にないこったわ。」

「そう思うでしょう。だけど、どんな男にもこれだけは油断がならないのよ。お父さまが、毎月訳のわからない相当な金を、こっそり社から持ちだしていたんですって……」

「まあ、そうするとお妾さんなのかしら……」

「しっかりしてよう、ユミちゃん。例えば、どう⁉　ここへ、関の旦那様のお世話になりましたなんて、突然男の子でも抱いた芸者上りがあらわれたら、どう⁉　お父さまの、遺産が滅茶苦茶《めっちゃくちゃ》になってしまうわよ。あたしは、まだお父さまがこれほどでない時分嫁《かた》

づいたんだから仕方がないし、ユミちゃん一人が得しちまう訳ならいいけど……。これが縁も由縁《ゆかり》もないものに掻き廻されるんだったら……、断念《あきら》めるにも、ねえ。」

そのとき、列車が沼津《ぬまづ》の駅に着いた。すると一人の中老紳士が、秘書の高野に導かれてこの車室にはいってきた。それが、いまは退いている一等運転手の山路だった。

彼は、一目でもいいからお世話になった社長の死顔《しにがお》を見たいと言った。やがて、棺の蓋《ふた》が開けられた途端、山路はあっと驚きの声をあげた。

## 名探偵帆村《ほむら》（海野十三《うんのじゅうざ》）

小栗虫太郎め、また僕を窘《いじ》めて悦《よろこ》ぶつもりらしいが、この出題を見ると、一番癪《しゃく》にさわるのは、山路一等運転手（円タクじゃあるまいし、汽船に運転手はないでしょう！）なる人物が、棺の蓋があいた途端にあっと愕《おどろ》いていることだ。海千の壮漢があっと愕くなんて、よほどの異変が棺の中に存在しなければならない。死んだ関社長とも大して昵懇《じっこん》でもない彼が、社長の死骸を見てあっと驚くなんて一体どうしたことだ！

虫太郎の註によれば、「社長の遺骸異変は自由に想像せよ、たとえば屍体が紛失していたとか、耳のつけ根に黒子《ほくろ》がないとか云々《うんぬん》」とあったが、そんなばかばかしいことが取上げられるものか。わが神聖なる国鉄に屍体紛失事件なんかあろうはずはなし、黒子がないくらいであっと愕くようなそんな人相見めいた山路運転手ではないのだ。山路をあっと愕かすにはもっともっと大した異変をもってこなければならない。

こう書いてくると、いよいよ僕もここで何か名答案を出して虫太郎と編集子《し》にぶつけてやりたくなった。さてはついに敵兵どもの術中に陥ったかな。

皆さん、お聞きなさい。海千山路が愕くのも無理はなかったのである。社長の屍体は咽喉《のど》から頤《あご》のところにかけ、ぐるぐると多量の繃帯が巻いてあったのだ。しかもその繃帯の隙間から、社長の頤から下が真二つに赤くひき裂かれているのが見えたのである。これなら山路でなくとも、虫太郎でも愕くにちがいない。

さあ、この大した惨虐《ざんぎやく》なる傷はどうしたわけか。日数の余裕があれば、これを虫太郎に出題して逆に窘めてやりたいのだが、そんなことをしていると本誌の締切におくれるので残念ながら自問自答とゆく。

そういう繃帯のやり方と傷口とは、ただ一つ死体を解剖した後にのみ起りうるのである。くだけていうと、関社長の死体は解剖に附されていたのである。

なぜ解剖されたかというと、この関社長は大阪で急死したので、死因疑わしとなって裁判医の手で腹を裂き、内臓などはぐちゃぐちゃに切りきざまれたのである。

社長の横死《おうし》については、かねて山路も今日《こんにち》あるやもしれずと心配していた。というのは社長そっくりの三等船客松野（おい松野一夫《かずお》画伯よ、お前の名が使われているぜ。）という怪人物がいて、その大将は沈没直前の船上で社長のことを盛んに怒っとった。これじゃと山路はうなずき、さっそく執刀《しっとう》した裁判医小栗氏に連絡した。ところが奇怪にも小栗氏は行方不明となって目下大騒ぎの最中だという返事である。いよいよ驚天動地の大事件とは相成った。

さすが海千の山路も、ここへ来て、これではとても自分一人の手にはおえないと、有名なる私立探偵帆村荘六《そうろく》の協力をもとめた。因《ちな》みに帆村探偵は山路の細君の兄ぐらいのところである。

いよいよ名探偵帆村荘六の登場だ。連載小説なら、この辺へ来て俄然売行部数が四五万増加するであろう。頼まれた帆村は、さすがに名探偵だ。すぐさま火葬場へ連絡して、今まさに火を入れようとする棺桶をおさえる。

　そしてその筋と立会で秘密裡《り》に社長の死体の腹を、も一度開くのである。この辺なかなか凄味《すごみ》たっぷりに書く。帆村は裁判医小栗がばらばらにした内臓を一々かきあつめて再点検をする。彼は内臓の一つかなにかが紛失でもしていやしないかと改めたが、案に相違して全部そろっている。彼はがっかりしたが、最後になって偉大な発見をする。それは真珠採取夫によく寄生する虫を見つけたのだ。その結果、社長の屍体と思われていたのは、実は三等船客の松野の死体であることを名探偵帆村が喝破《かっぱ》する。

　しからば本物の社長は何処に潜《ひそ》んでいるか。彼はどうやら松野のため永い間脅迫されて困っていたらしく、(毎月の持出し金はこのため) ついに松野を殺害したものと思われる。そこでいよいよ名探偵の決死的追跡となり、これに美しき姉妹駒子、ユミの二人が搦《から》んで事件は一大佳境に入るというところでお定まりの以下次号——となるわけだが、全部読切主義のオール讀物故《ゆえ》、此の辺で……。

# 断層顔

# 事件依頼人

昭和五十二年の冬十二月十二日は、雪と共に夜が明けた。

老探偵帆村荘六《ほむらそうろく》は、いつものように地上室の寝床の上に目をさました。美人の人造人間のカユミ助手が定刻を告げて起こしに来たからである。

「――そして先生。今日は人工肺臓をおとりかえになる日でございます。もうその用意がとなりの部屋に出来ています」

カユミは、そういって、本日の特別の了知事項を告げた。

老探偵はむっくり起上《おきあが》った。すっかり白くなった長髪をうしろへかきあげながら、壁にかかっている鏡の前に立った。

血色はいい。皮膚からは血がしたたりそうであった。

探偵は片手をのばして、鏡の隅についている釦《ボタン》を押した。

するとその瞬間に、鏡の中の彼の姿は消え、そのかわりに曲線図があらわれた。

その上には七つの曲線が入《い》り交《まじ》っていた。そして、十二月十二日の横座標の上に七つの新しい点が見ている前で加えられたが、それは光るスポットで表示された。——その七つの曲線は、彼の健康を評価する七つの条件を示していた。脈搏《みゃくはく》の数と正常さ、呼吸数、体温、血圧、その他いくつかの反応だった。鏡の前に立てば、ほとんど瞬間にこれらのものが測定され、そしてスポットとして健康曲線上に表示される仕掛になっていた。

「ふうん、今朝はこのごろのうちで一番調子がよくないて。そろそろ心臓も人工のものにとりかえたが、いいのかな」

——いや、こんなことを一々書きつらねて、彼の昭和五十二年に於《お》ける生活ぶりを説明して行くのは煩《わずら》わしすぎる。あとはもうなるべく書かないことにしよう。特別の場合の外《ほか》は……。

帆村が、人工肺臓もとりかえ、朝の水浴びをし、それから食事をすませて、あとは故郷の山でつんだ番茶を入れた大きな湯呑《ゆのみ》をそばにおいて、ラジオのニュース放送の抜萃《ばっすい》を聞き入っているとき、カユミ助手が入って来て、来客のあるのを告げた。そしてテレビジョンのスイッチをひねった。

映写幕の上に、等身大の婦人の映像があらわれた。

ハンカチーフで顔の下半分を隠している。その上から覗いている両眼に、きつい恐怖の色があった。

服装は、頭に原子防弾のヘルメットを、ルビー玉の首飾《くびかざり》、そしてカナダ栗鼠《りす》の長いオーバー、足に防弾靴を長くはいている。一メートルばかりの金属光沢をもった短いステツキを、防弾手袋をはめた片手に持っている。

要するに、事件にまきこまれて戦慄《せんりつ》している若い女が訪れたのだ。特に教養があるというわけでもなく、さりとてうすっぺらな女でもなさそうだ。

老探偵は、その女客を迎えて、応接間に招じ入れた。

女は毛皮のオーバーを脱いだ。その下から真黄色《まつきいろ》なドレスがあらわれた。黄色いドレスと紅いルビーの首飾と蒼ざめた女の顔とが、ロマンのすべてを語っているように思った。探偵は、自分の脳髄の中のすべての継電器《リレー》に油をさし終った。

「どうぞお気に召すままに……。で、どんなことでございますかな、あなたさまがお困りになっていることは……」

帆村は、黄金のシガレット・ケースを婦人客にすすめた。

「困りましてございます」客は煙を一口吸っただけだった。「……あたくし、恐ろしい顔の男に、あとをつけられていまして……。なんとか保護していただきたいのですけれど」

「それはお困りでいらっしゃいましょう」

恐ろしい顔の男につけられている、保護を頼みたい――と、女客はいう。古めかしい事件だ。五千年前のエジプト時代――いや、もっと大昔のエデンの園追放後にはもう発生したその種の事件だった。それが今も尚、こと新しくおい茂るのだ。

「で、その男をどう処置すれば、ご満足行くのでございますか、奥様」

探偵は、このとき始めて奥様と呼んだが、それはこのまだ名乗らない婦人にとって正《まさ》に図星だった。

「あたくしをつけ廻さないように……あたくしの眼界から完全に消えてしまうように、きまりをつけていただきたいのでございます」

「その男に約束させるか、その男を殺すかですね。奥様はどっちを……」

老探偵は、声の調子を変えもせず、すらすらとその言葉を口にした。

「あのう、お金なら多少持っていますの」

婦人は低い声で桁の多い数字を囁《ささや》いた。

「——しかし事は完全に処置されることを条件といたします」

「彼に死を与えるか、それとも完全に約束させるかのどっちかですが、果して彼が完全に約束を守るような男かどうか——おおそれに、一体かの男は奥様とどういうご関係の人物であるか、それについてお話し願いたいのですが……」

探偵は、機会が到来したと思って、始めから知りたかった問題にとりついた。が、その結果は香《かんば》しくなかった。

「今までに何の関係もなかった男なんでございますの。これまで全然見たこともなかった人でございますの。あんな醜い歪《ゆが》んだ顔の人を、これまでに一度でも見たことがあれば、忘れるようなことはございませんもの。それなのに、あたくしは今、あの化物みたいな男にしょっちゅうつけ狙われているんでございます。ああ、いやだ。おそろしい。

気が違いそう……」

「そういう次第なら、警察へ訴えて、かの男に説諭《せつゆ》して貰うという方法が、この際もっとも常識的かと思われますが」

「ああ、何を仰有《おつしや》います。警察があたくしたちのために何程のことをしてくれるものでございましょうか。ただ、徒《いたず》らにかきまわし、あたくしたちをいらいらさせ、そして世間へいっとき曝《さら》しものにするだけのことで、あたくしの求めることは何一つとして得られないのです。ごめんですわ。あたくしは直線的に効果ある方法を採るのです。それが賢明ですから。あなたさまは、事件の秘密性をよく護って下さる方であり、ほんのちょっぴりしかお尋ねにならないし、そして思い切った方法で解決を短期間に縮めて下さる。その上に常に事件依頼者の絶対の味方となって下さる方だと世間では評判していますので、それで依頼に参ったわけですわ。この世間の評判は、どこか間違っているところがございまして」

「過分のお言葉でございます。とにかく早速ご依頼の仕事にとりかかることといたしまして、只一つお伺いいたしますことは、甚《はなは》だ失礼でございますが、御つれあい様とのご情合はご円満でございましょうか」

女客は嘲笑の色を浮《うか》べたが、それは反射的のものらしく、すぐさまその色は消えた。

「はあ、至極《しごく》円満……つれあいはあたくしを非常に愛し、そして非常に大切にしてくれて居《お》ります」

「あなたさまの方は如何《いかが》です、おつれあい様に対しましまして……」

帆村は一つの機微にも神経質になることがあった。

「それは……」と女客は明らかに口籠《くちごも》ったがしかしおっかぶせるように「それはあたくしの方も、つれあいを愛していています。それはたしかでございます」

帆村は、ある瞬間、硬くなったように見えた。しかし彼はすぐ次の問で追いかけた。

「おつれあい様とご一緒におなりになりましたのは何年前でございましたか」

帆村は、客が案外短い年月をのべるだろうと予期した。

「三ヶ月前でございました」

ほう、それは予期以上に短い。この二十四、五歳になる婦人としては、つれあいを持つには遅すぎる。しかもあの通り麗《うる》わしい女人なのに。

「失礼ながら、たいへん遅く御家庭を作られたものですな。その前に、別の方とご一緒であったことはございませんでしたか」

女客は明らかに憤《いきどお》りの色を見せ、つんと顔を立てた。

「あたくしのつれあいは碇曳治《いかりえいじ》でございます。桝形《ますがた》探険隊の一員でございますわ。そう申せばお分りでもございましょうが、桝形探険隊は今から六年前の昭和四十六年夏に火星探険に出発しまして、地球を放《はな》れていますこと六年あまり、今年の秋に地球へ戻ってまいりました。これだけ申上げれば、あたくしがこんど始めて家庭を持ったことを信じていただけると存じますが、いかがでございましょう。実際あたくしは、あの人と知り合ってから六年間という永い間を孤独のうちに待たされたのでございます」

「イカリ、エイジと仰有いましたね」

探偵の質問は、燃えあがる女客に注いだ一杯の水であった。だが帆村としては、そんなつもりでしたことではない。桝形探険隊については興味があって、普通人以上の知識を持っていたのであるが、碇曳治なる隊員のあることを知らなかったので、それを尋ねたわけだ。

「ええ、碇曳治ですわ。宇宙の英雄ですわ。あたくしのつれあいは、ロケット流星号が重力平衡圏《ニュウトラル・ゾーン》で危険に瀕《ひん》したとき、進んで艇外へとび出し、すごい作業をやってのけたんでございますのよ。その結果、流星号はやっと危険を脱れて平衡圏を離脱し、この大探険を成功させる基《もと》を作りましたのです」

「なるほど、なるほど。……それでは数日間の余裕を頂きまして、この事件の解決にあたりますでございます。もちろん解決が早ければ、数日後といわず、直《ただ》ちに御報告に伺います。では、私の方で御尋ねすることは全て終りましてございます。そちらさまからお尋ねがございませんければ、これにて失礼させて頂きとうございます」

「それではここに手つけの小切手と、あたくしの住所氏名を。しかしこの件についてはつれあいにも秘密厳守で進めて頂きますから、そのおつもりで」

谷間《たにま》シズカ女は椅子から立上った。

## 甥《おい》の蜂葉《はちは》助手

女客を送出した帆村が、読書室へしずかに足を踏み入れたとき、窓ぎわに立っていた青年がふりかえった。

「おじさま、お早うございます」

「やあ、ムサシ君か」

甥の蜂葉十六《じゅうろく》、十六だからムサシだとて帆村は彼をムサシという。しかしこの古い洒《しゃ》落《れ》は今どきの若い者には通じない。

「僕はみんな聞いていましたがねえ」と蜂葉は壁にはめこみになっている応接室直通のテレビジョン装置を指《ゆびさ》し、「おじさんは今の女に惚れているんですか」

物にさっぱり動じない老探偵ではあったが、彼の甥だけは老探偵の目をむかせる特技を持っていた。――帆村は目を大きくむいて失笑した。

「惚れているとは……よくまあそんな下品な言葉を発し、下品なことを考えるもんだ。今の若い者の無軌道。挨拶の言葉がないね」

「だって、そういう結論が出て来るでしょう。おじさまは今のお客さんから当然聞き出さなくてはならない重大な項を、ぼろぼろ訊き落としています。なぜ名探偵をして、かの如く気を転倒せしめたか。その答は一つ。老探偵――いや名探偵は恋をせり、あの女に惚れたからだと……」

かね」

「というのが君の推理か。ふふん。で、私がいかなる重大事項を訊き落としたというの

「たとえば、ええと……あの婦人がなぜその男を恐れているのか、その根拠をはっきり
ついていませんね」

「恐怖の理由は、あのひとがはっきり説明して行った。その男の顔がたいへん恐ろしい
んだそうな。それがいつもあのひとをつけねらっていると思っている。それだけの理由
だ」

「それはあまりに簡単すぎやしませんか。恐怖の理由をもっと深く問《と》い糺《ただ》すべきでした
ね。真の原因は、もっともっと深いところにあると思う」

「君はわざわざ問題を複雑化深刻化しようとしている。それはよくないね。物事は素直
に見ないと誤りを生ずる」

「でも、それではおじさまの判定は甘すぎますよ。これはすごい大事件です」

「そうかもしれないが、とにかくあの婦人の立場においては、あれだけのことさ」

「僕は同意が出来ませんね。おじさま。あの婦人が恐怖しているその男はどんな顔の男
か。それを訊かなかったじゃないですか。こいつは頗《すこぶ》る大切な事項なのに……」

「そんなことは訊くまでもないさ。これから行って、あのひとにまといついているその
男の顔を実際にわれわれの目で見るのが一番明瞭で、いいじゃないか」

「呑気だなあ」

「ムサシ君。事件依頼者からは、なるべくものを訊かないようにするのがいいのだよ。こっちの手で分ることなら、それは訊かないに越したことはない」

「そうですかねえ」

甥の蜂葉十六は不満の面持だ。

「君も一緒に行ってくれるだろう。私はあと五分で出掛ける。もちろんあの恐ろしい顔の男を見るためにだ」

「僕はもちろんお供しますよ、おじさま」

甥は急に笑顔になった。

水銀地階区三九九——が谷間シズカと碇曳治との愛の巣の所在だった。

老探偵は甥と肩を並べて、その近くまでを動く道路《ベルト・ロード》に乗って行き、空蝉《うつせみ》広場から先を、歩道にそってゆっくり歩いていった。

このあたりは五年ほど前に開発された住宅区であったが、重宝《ちょうほう》な設計のなされているのに拘《かかわ》らず、わりあいに入っている人がすくなかった。それは場所が、最も都心より離れていて、不便な感じのするためであったろう。しかし時間の上からいえば、高速度管道を使えば、都心まで十五分しかかからないのであったが……。みんな性《せっ》かちになっているんだ。

探偵は、ゆるやかな坂道をあがっていった。この坂の上が三九九の一角で、そこにアパートがあるはずだった。最近のアパートは目に立たぬ入口が十も二十もあって、人々は自分の好む通路を選んで入ることが出来る。――それだけに探偵商売には厄介だった。「来たね。ふうん。これはあのあたりから入りこむのがいいらしい」

老探偵の直感は、多年みがきをかけられたものだけに凄いほどだった。甥は、いざとなれば、すぐ伯父の前へとび出して、相手を撃ち倒すだけの心がまえをして、しずかについて行く。

地中に眼鏡橋が曲ってついている――ような通路がついて、奥の方へ曲って入りこんでいる。が、天井にはガス放電燈が青白い光を放って、視力の衰えた者にも十分な照明をあたえている。

老探偵が、急に立停った。心得て甥が伯父の背越しに頤《あご》をつき出す。

「七つ目のアーチの蔭《かげ》に――ほら、身体を前に乗り出した」

「見えます、僕にも。ああッ。……実にひどい顔！」

「ううむ」老探偵も携帯望遠鏡を目にあてたまま呻《うな》る。「ああいう畸形にお目にかかるは始めてだ。胎生学の原則をぶち壊している。傾壊しかかった家のようじゃないか」

「おそろしい顔があったものですね」

前につき出した顔や、後に流れたような顔は、それほどふしぎではない。その他のおそろしい顔であっても、まず原則として、顔のまん中の鼻柱を通る垂直線を軸として、左右対称になっているものである。おそろしい大関格のお岩さまの顔であっても、腫物《はれもの》のためなどで左右の目がやや対称をかいているが、全体から見ると顔の軸を中心として左右対称である。——ところが今見る顔はそうでない。第一、鼻柱が斜めに流れている。そして全体が斜めに寝ている。ふしぎな顔だ。その上に、腫物のあととも何とも知れぬ黒ずんだ切れ込みのようなものが顔のあちこちにあって、それが彼の顔を非常に顔らしくなくしている。唇も左の方に、かすがいをうちこんだようなひきつれが縦に入っている。こんな曲った顔、こんな気味の悪い顔は、畸形児図鑑にものっていない。いびつな頤は見えるけれど、いびつである筈の頭蓋は茶色の鍔広《つばひろ》の中折帽子のために見えない。

老探偵は、いつの間にか相手を小型カメラの中におさめていた。

「おいムサシ君。これからあの人物に、面会を求めてみる」

「逃げ出すようなら取押えましょうか」

「いや、相手の好きなままにして置くさ。機会はまだいくらでもある」

その言葉が終るが早いか、老探偵は通路の角からとび出した。甥はそれを追いかけるようにして進む。

が、老探偵の歩調は、だんだん緩くなっていった。彼の口には、いつの間にかマドロス・パイプが咥《くわ》えられていた。煙草をすっかりやめた彼にも仕事の必要からして代用煙草のつまったパイプを嘗《な》めることもある。彼はゆっくりした歩調で、怪漢の前に近づいた。そして遂に足を停めた。

「失礼ですが、谷間シズカさんという方の住居が、このへんにございませんでしょうか」

突然話しかけられて怪漢はびっくりしたらしく、奇怪な顔が更にひん曲ってふしぎな面になったが、男はすぐ手袋をはめた両手で、自分の目から下の顔を蔽《おお》った。彼ははげしく左右に首を振った。

「左様で。ご存じありませんか。それは失礼を……。へんなことを伺いますが、あなたさまは前に船に乗っていらっしゃらなかったでしょうか。わしも永いこと船乗りだったんですが、わしはあなたさまを何処かでお見受けしたように思いますがな……」

すると相手は、獣のような叫び声をあげた。そして老探偵をその場へつきたおすと自分は素早くばたばたと逃げ出した。甥の蜂葉が、ピストルを構えた。老探偵が「射つな」と叫んだ。怪漢は、ひどい跛をひきながら、蝙蝠《こうもり》が地面を匐《は》うような恰好で逃げていった。そして坂の途中で、アパートとは反対の左側の壁へとびこんでしまった。

## 愛の巣訪問

「おじさま。駄目ですね」

帆村を抱き起して、服についた泥を払ってやりながら、甥っ子は思ったことをいった。

「なにが駄目だい」

「まずいじゃありませんか。いきなりあの男に、谷間シズカさんのことを聞いたりして……。あれじゃ彼は大警戒をしますよ」

「あれでいいんだよ。わしはちゃんと見た。あの男にとっては、谷間シズカなる名前は、さっぱり反応なしだ。意外だったね」

「ははあ、そんなことをね」

蜂葉青年は、ちょっと耳朶《みみたぶ》を赭《あか》く染めた。

「船乗りだったろうの方は反応大有りさ。そこでわしを突倒《つきたお》して逃げてしまった」

「どうして船乗りだと見当をつけたんですか」

「それはお前、あの帽子の被《かぶ》り方さ。暴風帽《サウエスター》はあのとおり被ったもんだよ」

「ははあ。それで彼が船乗りだったら、この事件はどういうことになるんです」

「それはこれから解くのさ。彼が船乗りだというこの方程式を、われわれは得たんだ」

「関連性がないようですねえ」

「いや、有ると思うね。彼が船乗りだということが分ると、そのことがこの事件のどこかに結びつくように感じないか」

「さあ、……」

甥は、脳髄を絞ってみたが、解答は出なかったので、首を左右に振った。

「あんまりむずかしく考えるから、反《かえ》って気がつかないんだねえ」

老探偵は笑って、オーバーのポケットへ両手を突込んだ。

「さて、ちょっと谷間夫人を訪問して行くことにしよう」

「正式に面会するんですか」

「いや略式だよ。君に一役勤めて貰おう。こういう筋書なんだ」

老探偵はその甥に何かを低声《こごえ》で囁いた。甥はいたずら小僧みたいな目をして、悦《よろこ》んでそれを聞いていた。

たしかに碇曳治と谷間シズカの名札のかかったアパートがあった。甥は呼鈴を押そうとした。

「待った。計画変更だ。この家にはテレビジョン電話が入っている。電話で呼出せばいいよ。君は新聞社から電話をかけていることにするんだ」

帆村はポケットから紐のついた器械をとり出して、玄関の壁へ匐《は》いこんでいる電線に、重ねた。そしてしばらくそれをいじっていたが、間もなく甥の方へ振返って合図をした。蜂葉は、替ってその器械を受取った。そして低声で電話をかけだした。

「……碇さんのお宅ですね。奥さんでいらっしゃいますか。こちらはサクラ新聞社です。御主人いらっしゃいますか。いらっしゃいましたら、ちょっと電話に出て頂きたいんです」

かの谷間シズカ夫人は、蒼ざめた顔を一層険悪にして、テレビ映写幕から蜂葉を睨んだ。

「どういう御用でしょうか。おっしゃって頂きます」

「実は御主人のファンから手紙とお金が届いているんです。つまり御主人が火星探険隊員として大きな殊勲をたてられたことに対して一読者から献金して来たんですがね、そのことについて一寸《ちょっと》お話したいんです」

この申入れは、てきめんの効果があった。シズカ夫人はたちまち表情を一変して、得意の笑顔となり、別室へ碇を呼びに行った。帆村は、側路に取った別の小型の映写幕装置へ両眼をぴったりあてていた。これは相手の顔が見えるだけで、帆村の顔は先方へ電送されない。

碇曳治の憤った面が、幕面にとび出して来た。

「折角だが、そんな金は貰いませんよ。送り返して下さい。僕はそんなに礼讃される男じゃない。放っておいてください。そして僕のことを探険隊員として新聞でよけいな報道をすることはもうよして下さい。甚だ迷惑だ」

碇が電話を切ろうとしたのを、傍にいたシズカ夫人がその手をおさえて、代りに電話に出た。

「どうも何とも申訳ありません。あのひとは非常な謙遜家《けんそんか》でございまして、このごろでは自分を英雄として宣伝されることをたいへん嫌って居りますんですのよ。新聞社の方へは、あたくしが代りに伺いまして、お詫びやらお礼を申上げますから、どうかお気を悪くなさらないように」

「いや、気は悪くしてはいませんが、ファンの手紙と金は受取って下さい。じゃあ郵便でそっちへお送りしましょう」

老探偵の合図によって、テレビ会見は終幕となった。器械をしまって、足音を忍んで、アパートの前を立ちのいた。

下りの坂道にかかったとき、蜂葉はもう辛抱が出来ないという風に、無言行《むごんぎょう》の伯父に呼びかけた。

「今の僕のやり方でよかったですか」

「結構だった」

「そんならいいが……しかしおじさま、あれだけでは碇に怒鳴りつけられただけで、さっぱり収穫はないじゃないですか」

「君はそう思うかね」老探偵は唇をぐっとへの字に曲げた。「私はいろいろと新しいことを知った」

「え、新しいことをですか。どんなことです。それは……」

「君にも分っていると思うんだが、あの二人は正《まさ》に同居していたこと」

「そんなことなら僕だって分る……」

「それからシズカ夫人は碇氏を誇りとしていること。ところが碇氏はそうでなくて、探険隊員のことで宣伝されるのを厭《いや》がっていること――このことが私には最も大きな収穫だった。それによって私は、これからすぐに訪問しなければならない所が出来た」

「面白いですね。どこへでもお供します。しかしおじさま。事件の本筋を離れるんじゃありませんか。だって碇氏の方のことを調べたって、シズカ夫人につきまとう恐ろしい顔の男の方は解決されないでしょうから……」

「まあ、私について来るさ。とにかく何でもいいから、腑に落ちないものが見つかれば、それをまず解決して行くのがこの道の妙諦《みょうたい》なんだ。案外それが、直接的な重大な鍵を提供してくれることがあるんでね」

「またおじさまの経験論ですか。それは古いですよ。統計なんておよそ偶然の集りです。確率論で簡単に片附けられる無価値なものですよ」

「条件をうまく整理すれば、そんなに無価値ではなくなる。まあ、行こうや」

## 記録秘録

桝形探険隊事務所では、帆村たちを、防弾天井越しに青空の見える円天井広間へ招じ入れた。

桝形隊長は、帆村とは前々から或る仕事に関して同僚であったことがあり、しかもその当時帆村の並々ならぬ尽力によって、彼が危機を救われたこともあって、帆村に対しては最大級の礼をもってしなければならない立場にあった。だが、彼が心の底から帆村に感謝しているかどうか、それは分ったものでない。こういう場合、世間では先《せん》に自分を救った者を煙ったく思って敬遠したり、又ひどい例では、隙があらば恩人の足をすくって川の中へ放り込もうとする者さえある。

桝形は、五十がらみの、でっぷり肥《ふと》ったりっぱな体軀の男だったが、帆村たちの待っている青空の間へ足を踏み入れると、急ににこにこ顔になって、親しげな声をかけた。

「きょうは、この前の火星探険のことについて少しく教えてもらいたくてね」

　帆村は、ぶっきら棒にいった。

「何だ、仕事かい。まさか新しい利益配当の提訴事件じゃないんだろうね。もう隊には、儲けはちっとも残っていないんだから」

「そんなことじゃない。或る探険隊員について知りたいのだ。碇曳治という人がいたね。新聞やラジオで、宇宙の英雄ともちあげられた男だ」

「ははあ、又縁談の口かね。あの男ならもう駄目だよ。七年越しの岡惚れ女と今は愛の巣を営んでいるからね」

「谷間シズカという女のことをいっているんだね」

「おや、もうそれを知っているのか。それでないとすると、どういう事件だい」

「僕の仕事は依頼者のために秘密を守る義務を負わされているのでね。……ところであのときの記録綴《つづり》を見せて貰いたいんだ。いつだかもすっかり見せて貰ったが、書庫へ行った方が、少しは君たちの邪魔にならなくていいだろうね」

　桝形は苦《に》がり切っていた。図々しい探偵の要求をはねつけることはむずかしい。

「隊員といえども閲覧禁止という規定にしてあるんだが、まあ君だからいいだろう。こっちへ来給え」

　書庫は地階十三階にあって、隊長室の後隣の部屋になっていた。桝形は帆村たちの傍から一秒間も目を放そうとしなかった。

「どうも変だね。始めの方には、隊員名簿の中に碇曳治の名がない、途中から以後には彼の名がある。これはどういうわけかね」

「ははは。そんなことかい。名探偵にそれ位のことが分らないのか」

「最初の隊員総数三十九名。帰還したときには四十名となっている。碇曳治は、始めっけ落されている。なぜだろう。隊長たる君が勘定から洩《も》らしている隊員。ああ、そうか碇曳治は密航者なんだ。そうだろう」

「もちろん、そういうことになる」

桝形は冷静を装って、事もなげに言った。帆村はそれには目もくれず、立上って別の書類を棚から下ろして来た。それは「航空日誌」であった。彼は最初の頁《ページ》から、熱心に目を落として行った。

「有った。〇八月三日（第三日）総員起シノ直前、第五倉通路ニ於テ密航者ヲ発見ス。随分簡単な記載だ。それから後は……」

帆村は頁の上を指先で突きながら、先をさぐって行った。同じ日の終りの方に、もう一つ記事があった。

「各部長会議ハ食糧、空気、燃料等ノ在庫数量ヲ再検討シタル結果、隊員ヲ今一名増員可能ト認ムル者五名、不可能ト認ムル者四名トナリタリ。（数字抹消）事ハ決マリタリ。抽籤《ちゅうせん》ノ結果、碇曳治ヲ隊員第四十号トシテ登録スルコトヲ、本会議ハ承認セリ。余事ハ交川《まじりかわ》博士ニ一任シ、処理セシム。――なるほど、三日目に碇は隊員の資格を得たんだ。そして定員は三十九名から一名増加して四十名になったんだ」

桝形の目が、凍りついたように帆村の横顔を見ている。帆村は相変らずそんなことには無礼者だ。（彼の甥が、忠実なる監視燈の役目をつとめて、情報を靴の音で知らせている）

「この日誌の文句は写して置こう」

と、帆村は手帖の中に連記する。

「桝形君。ここのところに抹消されたる文字があるが、これはどう読むんだろう」

「抹消、すなわち読まなくていい文字だ」

「だってこれを読まないと文章が舌足らずだぜ」

「文芸作品じゃないからそれでもよかろう」

「記録文学の名手が、ここでだけ跛をひくのは変だね。とにかくこの碇洩治が密航者としての処断を受けないで一命を助かり、隊員に編入せられたのに彼は大感激し、あとで大冒険を演じ流星号の危機を救い、一躍英雄となった――というわけなんだね」

「そのとおりだ。実際彼の活躍ぶりは……」

と、桝形は俄《にわ》かに雄弁になり、あの当時のことを永々と喋り出した。帆村はふんふんと、しきりに感心している。しかし彼の手は、別冊の頁をしきりに開いていた。それは交川博士の手記にかかる「通信部報告書」だった。同じ八月三日の記載に、次のような文句があった。

「……密航者一名ヲ法規ニ照ラシテ処理ス。二十三時五分開始、同五十五分終了。」

それからその欄外に鉛筆書で「23XSY」〝畜生、イカサマだ云々〟、「要警戒勝者」と、三つの文句が横書になっている。帆村の顔は硬《こわ》ばった。

「密航者は一名かと思ったら、そうじゃなく、二名居たんだね」

帆村は叫んだ。

「君の解釈は自由だ」

桝形は太々《ふてぶて》しく言い放った。

「ちゃんとここに書いてある。この『通信部報告書』に。これは交川博士の筆蹟《ひっせき》だ」

帆村は「密航者一名ヲ法規ニ照ラシテ処理ス云々」のところを指した。そのとき別の書類が、欄外の鉛筆書きの文字を隠蔽《いんぺい》していた。それは偶然か故意か、明らかではない。

「これを読んでから、もう一度『航空日誌』に戻ると、密航者が二名あったことがはっきり推定される。なかなか狡《ずる》い――いや、巧妙な記載だね」

桝形は帆村の言葉を聞き流している。

「抽籤で、碇曳治が流星号の中に残されることとなった。そして他の一名は、法規に照らして交川博士の手により処理された。それに違いない。――他の一名は何者か。どういう処理をしたのか。説明して貰えないかしら」

「その判断は君の常識に委《まか》そう」

「分っていることは、姓名不詳の密航者は流星号の中に停ることを許されず、その日の二十三時に、外へ追放されたんだ。そうだね。それは死を意味するのかね」

「艇外のことについて、僕は責任を持っていないんだ。だからどうなったか知らない」

「それはどうかと思うが、しかし今君を糾弾《きゅうだん》するつもりはない。僕の知りたいのは、姓名不詳氏がどう処理されたかということだ。交川博士に聞けば分るんだが、博士は今何処《どこ》に——」といいかけて帆村は突然電撃を受けたようにぶるぶると慄《ふる》えた。「……交川博士は探険の帰途、不慮の最期を遂げたんだったね」

「君は何でも知っているじゃないか」

「いずれ全部を知るだろう——。しかし今は知りつくしていない。——博士と話をすることが出来ないなら、通信部の誰かに会って訊いてみたい。紹介してくれたまえ」

「もう解散してしまって、誰も居ないよ。通信部は完全に解散してしまったのだ」

「そうか。それは残念だ。しかし名簿は残っているだろうから、それを手帖へ控えて行こう」

## 深夜の坂道

帆村は甥と共に、そこを引揚げて彼の事務所へ戻った。

若い甥は、帆村をそっちのけに昂奮《こうふん》していた。帆村はそれをしきりになだめながら順々に仕事をつづけていった。

「こうなれば、谷間シズカ夫人の事件なんか後まわしにするんですね」

蜂葉は、そうするように伯父へ薦めたい一心から、そんな事をくりかえし口走った。

帆村は何とも応えなかった。

いつの間か夜は更けた。

「おい、出掛けるよ。ついて来るかい」

「行きますとも。ですが、一体どこへ?」

帆村の目あては、例のだらだら坂だった。厳冬であるが、ここは地下街のことだから、気温は二十度に保たれている。

帆村は確信に燃えているらしく、その坂をさっさと昇っていった。

坂を昇り切ろうとしたとき、帆村は甥に合図をした。

二人は突然足を停めると、左へ向きをかえた。蜂葉が、あたり五メートル四方が満月の下ほどの明るさになる照明燈を点じた。帆村の姿も蜂葉の姿も、光の中にむきだしであった。蜂葉の手に光っているピストルまでが……。

「静かに、静かに。あなたが逃げなければピストルは撃ちません」

老探偵は、圧しつけるような調子で、自分に向い合っている醜怪なる顔の男に呼びかけた。彼は壁の奥に貼りつけられたようになっている。汚い帽子の鍔《つば》の下から、節穴のような両眼を光らせ、歪んだ口を引裂けるほど開いて歯をむき出している……。

「木田健一《きだけんいち》さん。あなたのことはよく知っていますよ。無電局23XSYの技師の草加《そうか》君から、みんな聞きましたよ。あなたの不運と不幸に心から同情します」

老探偵のこの言葉に、その男の醜怪な顔は、奇妙な表情に変った。感情が動いたのである。

「私たちはこれからあなたと御一緒に、この上の家へ参りたいと思います。そして私たちは、徹頭徹尾、あなたの味方として、あなたにお手伝いしたいと思うのです。承知して下さるでしょう」

歪んだ顔の男は、一時呆然《ぼうぜん》となっていた。だがようやく老探偵のいうことを理解したらしい。

「あなたがた、どういう人です」

かすれた声で、怪人はたずねた。

帆村は正直に名乗った。

怪人は、帆村たちが警察の命令を受けて彼を逮捕に来ているのでないことをいくども確めた後、始めて同行を承諾した。

「しかし相手に会っても、あなたの恨みを述べるだけになさい。暴力をふるうことはよくありません。それはあなたがその筋の同情を失うことにもなりましょうから」

老探偵は、小さい子供にいってきかせるように言った。

三人は歩き出した。

だが蜂葉は気が気でなかった。

「おじさま、いいんですか。もし万一のことがあったなら……」

彼は低声で伯父に注意した。この怪人を谷間シズカ夫人に会わせたとき、怪人はかっとなって夫人の頸《くび》を締めるようなことはないであろうか。もしそんなときには、帆村は事件依頼人に対してどういって申訳けをするのだろう。

だが、帆村は、心配しなくていいという意味の合図を甥に示しただけで、歩調を緩めようともしなかった。大した自信だ。

三人が、アパートの入口へ続いた通路へ二足三足、足を踏み入れたとき、突如として奥から銃声が響いた。十数発の乱れ撃ちの銃声だった。

「しまったッ」

老探偵はその場に強直して、舌打ちをした。かれの顔は、驚愕《きょうがく》にひきつっていた。

「行ってみましょう！　何事が――」

「待て、ムサシ君。もう遅いのだ」

帆村の声は平常に戻っていた。

「なにが遅いというのです」

「射殺されたのだよ。あの男が……」

「あの男とは？」

「碇曳治が射殺されたんだ」帆村はそれから木田の肩へ手をおいた。「木田さん。あなたが恨みをいいたかった人は、一足違いで、死骸になってしまったらしいですよ。あなたは不満かも知れないが、約束ごとと思って諦めて下さい」

木田は奇声をあげて、身体をがたがた慄《ふる》わせている。老探偵は、木田をなだめながら彼を抱えるようにして、アパートへ入っていった。

帆村の推察は当っていた。

裏口のところに、碇は全身朱《あけ》にそまって死んでいた。軽機を抱えた特別警察隊員が集合していた。その隊長は、帆村と面識のある江川警部だった。

「ああ、帆村さん、殺してしまいましたよ。反抗したものですからね」

警部の話によると、交川博士殺しの嫌疑で碇曳治を緊急逮捕に向ったところ、彼はいきなりピストルを二挺とりだして反抗をしたので、それから双方の撃ち合いとなり、遂にここで彼を撃ち倒したのだという。

「夫人はどうしました」

と、帆村は尋ねた。

「夫人は見えないのです。それから手廻り品なども見えないし、衣類戸棚も空っぽ同様なんです。夫人はどこかへ行っているらしいですね」

「おお、そうですか」

帆村は、ほっと小さい吐息をもらした。それから、甥に護られて暗がりの中にしょんぼり立っている木田のところへ行き、

「木田さん。もうこれ位でいいでしょう。さ、もう引揚げようではありませんか。そしてあなたはおさしつかえなくば、私たちと一緒にぜひ私の家へ寄って下さいませんか。今夜はあなたをお客さまにしたいのです」

## 意外な再生

蜂葉は、それから数日経って、久しぶりに伯父とゆっくりと語る機会を迎えた。彼は待ちかねていた木田と碇の事件の結末を知りたいと伯父にいった。

「碇も木田氏も共に船員仲間だったんだね。桝形探険隊の出航の話を聞くと、二人で謀議して密航を企てた。そして三日目に見つかってしまった。君も知っているとおり、隊では検討の結果、あと一人だけ収容できるが、もう一人はだめと分った。そこで二人のどっちが残るかを抽籤で決めた。すると碇が勝籤《かちくじ》を引いた。木田氏は負けたのさ。そして法規により木田は密航者として艇外へ追放されることになったが、彼を迎えるものは死であった。なぜといって地球を出発してから三日も経っているんだから、落下傘を身につけたところで、とても生きて地上には降りられないわけさ。

木田の処理は交川博士に命じられた。博士は流星号の機械関係の最高権威なのだ。博士は木田を落下傘で下ろすかわりに、別の方法を取ろうと考えた。それは博士がかねて研究した人体を電気の微粒子に分解して電送することだ。これは百パアセント成功するとは保証されていなかったが、落下傘を背負って暗黒の天空へ捨てられるよりは、余程生還の可能性が大きかった。このことは博士から木田に対して密談的に相談せられ、木田は同意した。そしてそれはその夜午後十一時から始められることになり木田と博士は、艇内の人々から完全に離れて博士の機械室にとじ籠った。

そのうちに木田が狂いだした。彼は碇と共にさっき運命の抽籤をしたが、それはトランプでやったんだが、このときになって木田は、碇が前にトランプ詐術の名手であったことを思出したんだ。そこで今日の抽籤も、碇が手練の詐術によって勝札をつかんだものと思ったんだ。そこで狂ったように碇を呪い、抽籤のやり直しを博士に訴えたんだが、これはもうどうにもならぬことだった。果して碇が詐術を使ったかどうか、証拠がないのだから、それに処置命令はもう出ている。博士は彼をなだめて、遂に仕事にかかった。博士は相手局としてかねて連絡のついている23ＸＳＹ無電局を呼び出し、木田の身体を電気的に分解してその局あて電送したのだ。この作業がすんだのが午後十一時五十五分で、五十分かかったわけだ。序《ついで》だからいうが、私はこれを『通信部報告書』で読んだが、そのときにこれが一つの手懸りであるのに気がついた。なぜといって、もしも木田に落下傘をつけさせて艇外へ放出するのなら、こんなに五十分間もかかるはずはない。だからこんなに手間取ったのは、それではない処理がとられたのに違いない。一体それは何だろうという疑いになり、それから報告書の欄外にある博士の鉛筆書きの文字に注意を向けたのだった。

23XSYという記号は、すぐ無電局名だと分った。〝いかさまだ〟というのはよく分らなかったが、これはこんど木田氏から親しく話を聞くことが出来た。『要警戒勝者』という文字からは、気の毒な博士の最期のことを連想させた。これは私の勘だがね。君の軽蔑するあれさ。それはともかくも、私はこれに気がついたので、これは大変な事件だと思いその筋へ報告して置いたんだが、あの日私たちが一足遅れになってしまった。

木田氏の身体は23XSY無電局で受信せられ、再び身体を組立てられたが、不幸にも送信機と受信機の調子が完全に合わなかったことと、運悪く当夜強い空電《くうでん》があったために、再生の木田氏は、あんなに断層のある醜い顔、いびつな身体になってしまったんだ。しかし木田氏が生命を失わなかったことは祝福すべきだ。その木田氏は身体が恢復《かいふく》すると碇曳治に恨みをかえさないではいられなかった。これは誰にでも了解できることだろう。彼は醜い顔ゆえに、極力人目をさけながらも、碇の行方を探し、そして遂に探しあてて彼の身辺を狙うようになったんだ。それをシズカ夫人が誤解して、夫人自身が怪人につけ狙われていると感じたんだ。――そのあとは、君の知っているとおりだ。うん、それからもう一つ、シズカ夫人のことだが、あの夫人は昔、碇と木田の両方から想われていたんだそうな、そして始めは木田の方が好きだった。ところが木田は行方不明になる。それから碇の方は探険から帰って来て英雄だとはやされる。その碇がシズカ夫人につきまとう。そんなだんどりで二人は同棲することになってしまったという。このことについて、私はおせっかいながら一つの結末を考慮中だ」

老探偵が何を考慮中だったのか、それは後になって、谷間シズカが端麗な若者と結婚したのによって知れる。

その若者は、旧知の人々からは「永らく行方不明を伝えられた木田健一が、ひょっくり戻って来て、昔の恋仲の谷間シズカと結婚した」といわれている。

これについて老探偵のやったおせっかいというのは、例の無電局の草加技師に頼み込み、木田の身体をもう一度分解して空間へ電波として送り出し、それを別の局で受信してもう一度木田氏の身体を組立て直したのであった。そのとき草加技師の並々ならぬ努力によって、木田の顔面と身体の歪みを直すと共に、混入していた空電をすっかり除去した。その結果、木田は若々しい美青年に戻ることが出来たそうである。

昭和も五十何年だから、こんなことが出来る。三十年前には、夢にも思いつかなかったことだ。そうではないか。

# 科学探偵帆村

筒井康隆

◆筒井康隆（つつい・やすたか）
一九三四年生。『朝のガスパール』で日本SF大賞、『わたしのグランパ』で読売文学賞。『モナドの領域』『カーテンコール』など著書多数。

ポーレットが妊娠に気づいたのは、チャーリイとの共演で「モダン・タイムス」を撮影し終えたばかりの時期だった。二人は結婚していず、以後も正式な結婚はしなかったのだったが、避妊していたにもかかわらずの受胎はチャーリイを喜ばせた。事実彼らは夫婦同然の生活を送っていたし、誰もがポーレットを、これは正式の妻たちであったミルドレッド、リタに次ぐチャーリイの三人目の妻と認めていたのである。チャーリイはポーレットが受けていた数本の映画の出演依頼をすべて断らせ、出産に備えて胎児の成長に専念するよう彼女に厳命した。

ポーレットが産んだ赤ん坊はモンゴロイドだった。チャーリイは激怒した。だがポーレットはいかに問いつめられても身に覚えがないと繰り返し、逆にチャーリイに向かって、あなたの陰謀に違いないと責め立てたのである。というのも、チャーリイがコーノと呼んで重宝している日本人の運転手を秘書に取り立て、経理や護衛までを任しているのに対してポーレットは、もとから東洋人には差別意識を持ち、コーノがポーレットの浪費癖をチャーリイに忠告した時には憤激して、コーノをとるかわたしをとるかとチャーリイに迫ったほどだったからだ。そのためチャーリイはコーノを辞めさせなければならなかったのだった。だから赤ん坊がコーノの子供である筈はなかった。日本人の優秀さを知ったチャーリイはこの時期ほとんどの使用人を日本人にしていたくらいであり、だからこそポーレットは、東洋人嫌いの自分を改めさせようとしてチャーリイが何らかの方法でモンゴロイドの胤《たね》を孕《はら》ませたのだと主張したのだった。

ふたりの口論はいつまでも続かず、原因不明の天災として彼らは仲直りした。それほどのことがあってもこの頃ふたりは互いを必要としていたのである。「場合によっては闇から闇に葬ってもよい」という二人の言葉と共に赤ん坊は日本人の家政婦に委ねられた。その後この子がどうなったかは誰にもわからない。映画界に復帰したポーレットは「モダン・タイムス」の二年後にリチャード・ウォーレス監督「心の青春」に助演で出演し、翌年には「猫とカナリヤ」でボブ・ホープと共演し、さらにその翌年は「チャップリンの独裁者」でチャーリイとの二度目の共演を果している。

ローレンは妊娠した。彼女はハワード・ホークス監督の「脱出」で映画に初出演しボギーと共演したばかりだったのだが、この時にはもうボギーと熱烈な恋愛関係にあり、ボギーは妻のメイヨとまだ離婚していなかった。ボギーとの恋愛はプラトニックの段階だったから、十九歳のローレンは苦悩した。いったい、処女懐胎などというものがあり得るのだろうか。自分はユダヤ教徒ではあるが、さほど熱心な信者でもない。既成事実を作ろうとしてボギーが何か画策したのだろうか。いえいえ。ボギーはそんなことする人じゃない。彼女はマネージャーであり親しい友人でもあるチャーリイ・フェルドマンに妊娠を打ち明け、相談した。フェルドマンはローレンがどう言おうとそれがボギーの子供でない筈はないと確信し、いずれボギーの離婚が成立すればローレンと結婚するであろうことを知っていたので、一も二もなく堕胎をすすめた。ボギーがメイヨとまだ離婚していない今、子供を産むのはどう考えてもまずいし、ハワードによる二人の共演第二作「三つ数えろ」が準備されている時期でもあったからだ。

ローレンはフェルドマン以外の誰にも話さぬまま、彼が紹介した医師の手でひそかに堕胎した。さいわいこれがボギーに知られることはなく、やがてメイヨとの離婚が成立したボギーと、晴れて結婚することができたのだった。子供も男女一人ずつ授かったのだったが、しかしあの最初の子供はいったい誰の子供だったのかという疑問は彼女の心にいつまでも残った。まさか、本当にあれが処女懐胎というのであれば神の子ということになる。聖女でもない自分の身にそんなことが本当に起ったのだろうか。なんて不思議なことだったのだろう。

砂田野洲子《すなだやすこ》はその夜も自宅の庭に出て、婚約者の利雄《としお》を待っていた。屋外は少し寒かったが、この時代、いかに婚約者同士といえども男女が屋内の一室でふたりきりになることは許されず、しかも野洲子の両親はそうしたことに厳しかったのだ。屋外の芝生。ほんの一時間ほどの婚約者との逢瀬。それだけが現在のふたりの楽しみであった。都内の住宅として庭の芝生はずいぶん広かった。晴れていて、星がいくつも見え、庭の二方を囲む木木は黒いシルエットだ。

星を見上げていた野洲子の眼にとても星とは思えぬ明度と大きさを持った物体が飛び込んできた。あっ。空飛ぶ円盤。野洲子が思わず口にしたその言葉に呼応するかのようにその飛行物体は彼女のいる芝生の上空へ滑らかに移動した。野洲子は恐慌に襲われた。キャッと叫んだもののそのまま身動きもできないままでいた彼女は、真上に静止している物体の下部から迸《ほとばし》り出たオレンジ色の光線によって身体を射し貫かれた。野洲子が倒れたのはその強烈な光線に眼がくらんだからでもあり、性の体験がまったくなかった彼女にその光線が初めての性的恍惚感を、それが性的恍惚感であるともよく知らなかった彼女に与えたからでもあったのだ。

起きあがれば、すでに飛行物体の姿形は上空のどこにもなく、瞬く星の輝きの中にそれを求めても飛び去っていく姿は認められなかったのである。今の現象は何だったのか。その不思議な体験のことを、しかし野洲子は両親に話さなかった。信じてはもらえないであろうし、からだに負傷させられたわけでもなく、何よりもあのなんとも言えぬ恍惚感を得たことが恥ずかしくて、話す気が起らなかったのである。その一か月ほどのち、すでに利雄と結婚していた野洲子は自分が妊娠していることを知った。指折り数えればその胎児が利雄の子である筈はないと彼女は思ったのだったが、では誰の子なのかと野洲子は考え込んでしまう。処女懐胎だなんて、そんなことがあり得るのだろうか。あの空飛ぶ円盤に乗っていた異星人が禍《まが》まがしいオレンジ色の光線によって自分を妊娠させたのだろうか。そうであったとしても、なんと好都合な折の受胎であったろう。夫も家族たちもその子を夫の子であると疑いを持たぬタイミングの妊娠だったのである。聖母マリアの告知された受胎もこのような都合のいいタイミングだったのだろうか。あのオレンジ色の光線に照射されたことを誰にも言わなくて本当によかった。野洲子はそう思い、もはや誰の子でもいい、どんな子であろうと自分の子だと思い、いったいどんな子が生まれるのだろう、ただの平凡な子供である筈はないと、今はもう出産を待ち望む心境になっていたのである。

大天使ガブリエルの受胎告知もなかったのにわたしは妊娠した。男を知らぬ熱心なカソリック教徒であるわたしに、なぜこんな不幸が舞い込んだのか。カソリックの園幼稚園で子供たちにイエスの教えを説いてきたこのわたしに。子供たちから慕われていたこのわたしに。ああ。わたしは誰に相談することもできず、そしてわたしはこの幼稚園を去らなければならないだろう。妊娠していることがはっきりわかるようになって、つまり大きなお腹が目立つようになってから、厳しいイタリア人の園長先生にふしだらを叱責され、同僚たちから白眼視されて園を去るよりは、すぐにでも辞めた方がいい。カソリック教徒でありながら堕胎をしなければならないことになるが、それもこの幼稚園を去ってからでなければ不可能なことだ。

露木《つゆき》朋子《ともこ》二十三歳。親もとを離れ、この大都会で就職でき、独立できたというのに、なんという不幸だろう。神の試練か。こんな試練があっていいものだろうか。そしてわたしは今さら親もとには戻れない。こんな身重になって、とても帰郷できたものではない。ではどうすれば。この都会で堕胎ができたとしても、それからどうすれば。やはり普通の男性を見つけ、あるいは見つけてもらい、通常の結婚をするしかないのだろうか。さいわいわたしは若く美しく、だからこそ園児たちにも慕われていたのだったけれど、結婚相手なら選り取り見取りとも言えるだろう。堕胎をさえ秘密にしておけば。そう。堕胎をさえ秘密にしておけば。ああ神様。わたしの不信仰をお咎めにならないでください。こうする以外にないのです。イエス様。わたしをお助けください。わたしをお護りくださいい神様。今までの信仰に免じて、どうかどうかお助けください。大好きな子供たち、わたしが愛した可愛い園児たち。わたしを許して。さようなら。さようなら。


昭和五十二年の冬十二月十二日は、雪と共に夜が明けた。

老探偵帆村荘六《ほむらそうろく》は、いつものように地上室の寝床の上に目をさました。

美人の人造人間のカユミ助手が定刻を告げて起こしに来たからである。

「——そして先生。今日は人工肺臓をおとりかえになる日でございます。もうその用意がとなりの部屋に出来ています」

右の一文は海野十三《うんのじゅうざ》「断層顔《だんそうがん》」の冒頭部分である。これを読んで奇異に感じられる読者もおられよう。昭和五十二年にこんなに精巧な人造人間がいる筈はないし、人工肺臓もできてはいるまいに。さらに昭和の探偵小説に詳しい読者なら、「地中魔」が書かれた昭和八年、すでに丸の内に事務所を構えていた帆村荘六ならば、なるほどこの頃ならば六十五歳前後の老探偵になっているだろうと納得はできるものの、しかし作者の海野十三が享年五十一歳で死んだのは昭和二十四年であった筈だがと不審にも思われるだろう。然《しか》り。作者海野はこの小説を未来科学探偵小説として書いたのである。だからこの作品の中には平成の現代となってもまだ実現していない火星探検や人間電送なども出てくるし、実現しているのはテレビ電話くらいなのだ。したがって帆村荘六が「断層顔」以後に活躍するという設定のこれ以後の話は、もうひとつの現実として、いや、どちらもフィクションなのだから、もうひとつのフィクションとしてお読みいただきたい。尚、以後の十数行は「断層顔」における文章をほとんど踏襲、継承した内容となっている。

昭和五十五年の初夏の朝、ベッドから起きあがった老探偵帆村荘六は、すっかり白くなった長髪をうしろへかきあげながら、壁にかかっている鏡の前に立った。血色はいい。探偵は片手をのばして、鏡の隅についている釦《ボタン》を押した。するとその瞬間に、鏡の中の彼の姿は消え、そのかわりに七つの曲線が入り交った図形があらわれた。そして六月二十九日の横座標の上に七つの新しい点が見ている前で加えられたが、それは光るスポットで表示された。その七つの曲線は彼の健康を評価する七つの条件を示していた。脈拍の数と正常さ、呼吸数、体温、血圧、その他いくつかの反応だった。鏡の前に立てば、ほとんど瞬間にこれらのものが測定され、そしてスポットとして健康曲線上に表示される仕組みになっていた。

「ふうん。今朝はこのごろのうちで一番調子がよくないて。そろそろ心臓も人工のものにとりかえるか」

　帆村が人工肺臓もとりかえ、朝の水浴びをし、それから食事をすませて、あとは故郷の山でつんだ番茶を入れた大きな湯呑をそばにおいてラジオのニュース放送に聞き入っているとき、カユミ助手が入ってきて来客を告げた。そしてモニターのスイッチをひねり、応接室の内部を映し出した。ソファに掛けた客は恰幅のいい初老の男性で、上品そうな顔立ちをし、上等の背広を着ている。帆村が身支度を整えて応対に出ると、男は顔に血の気を浮かびあがらせて立ちあがった。

「これは帆村荘六先生。お眼にかかれて光栄です。少年時代からの憧れだった名探偵の帆村さんにこうしてお会いできるとは」言いながら彼は「順心学園理事長　名賀秀之」という名刺を差し出した。しかし椅子に戻ってからも彼はなかなか用件を言わず、子供っぽく興奮して昔からの帆村の業績を褒めたたえるばかりだ。「そう言えばネオン横丁殺人事件の頃は新宿あたりでよくお飲みになっていらっしゃいましたが、蠅男事件の頃には自分は甘党だと言っておられますね」

「お詫しいことで」いささか辟易しながら帆村は答える。「まあ、探偵ですから、警戒すべき相手に酒を勧められたら断ることもあります」

「なるほど、そういうことでしたか」名賀氏はそんなことにまで感服して大きく頷き、好奇心に眼を光らせてまた身を乗り出す。「そういえばあの蠅男事件がきっかけで結婚された奥様は、お元気でいらっしゃいますか」

「いや。家内は四年前に死にました」

「これは心ないことを伺ってしまいました」名賀氏は年齢相応の常識を取り戻し、表情をこわばらせた。「お眼にかかれた嬉しさで、つい馴れ馴れしくあれやこれやを申しあげてしまいました。申し訳ございません」

「いや。いいんです。いいんです」苦笑しながら帆村は言う。「ところで、そろそろご用件の方を伺いましょうかね」

「あっ。これまた失礼を」名賀氏はちょっと身を浮かせ、深く頭を下げてから、話しはじめた。「実は私どもの順心学園と申しますのは、比較的豊かなご家庭の子女をお預かりしております小中高一貫校なのですが、最近奇妙な事件、と申しますか、不祥事と申しますか、それが一時に三つも起りましてね」

　中学三年の、同じクラスの女生徒が三人、前後して妊娠したというのだった。両親や教師たちが相手の男性のことを問いつめても、まったく身に覚えがないと言い張るのだと言う。実際その三人は素行もよく、成績も優秀で、家庭的にも恵まれていて、男と関係するような不良行為に走る生徒ではないと理事長自身も断言するのだ。

「親たちはうろたえきっておりまして、世間に知られぬうちにと大慌てで堕胎させたのですが」

「堕胎させたのですか」帆村は思わず大声を出した。「三人ともですか。その胎児は処分してしまったんですか」

「はい」理事長がよく知っている口のかたい産科医によって、三人を前後して堕胎させ、胎児を処分したのだと言う。

気落ちして帆村は吐息をついた。「それは困りましたね。胎児を処分したのでは、DNA型鑑定ができないじゃないですか」

「それは何ですか。血液型鑑定のようなものですか」

「DNAというのはデオキシリボ核酸のことで、その検査をすることで個人を識別することができるんです。日本ではまだ一般的ではありませんが、わたしは独自に研究しております。この遺伝子鑑定はいずれ犯罪捜査や親子など血縁の鑑定に利用されることになる筈です」

「どうも早まったことをしてしまったようですなあ」名賀氏は済まなそうに帆村を見た。

「なんとか帆村さんに、胎児の親、つまりその男を、あるいは男たちを特定していただきたいと思っていたのですが」

「でも娘さんたちは、絶対に身に覚えがないと言っているわけでしょう。あまり追い込むのもどうでしょうね」帆村はしばらく考え込んだ。「その娘さんたちの写真はお持ちでしょうか」

「おお。そう言われるかと思って、三人の写真を持ってきました」名賀理事長は内ポケットから大きな札入れを取り出し、大事そうに三枚の写真を帆村の前に並べて見せた。

「ふうん。この子たちねえ」帆村は興味深げに写真を見比べたのち、じろりと名賀氏を上目で見て言った。「この子たち、似ていると思いませんか。いずれも真面目そうだし、男っぽくて気が強そうですね。もっと言うなら簡単に男に身を任せるようには見えない。むしろ男勝りに見えますよ。負けず嫌いの」

名賀氏は大きく頷いた。「おお。まさにその通りの娘さんたちなんです」

順心学園から正式の依頼を受け、甥の蜂葉十六《はちはじゆうろく》という中年男の助手と手分けして帆村荘六は調査を開始した。帆村自身は堕胎した三人の女生徒と対面し、いろいろと話を聞き、さまざまな質問をした。彼女たちは帆村のおだやかな人柄とその老齢に安心したのか、すらすらと何でも答えるのだった。質問の中には学園内に仲の好い男子生徒はいるか、また自分を好きだという男子生徒は、という質問もあった。それに対して三人はそれぞれ、二人いる、話したことはないけど三人、わたしと友達になりたがっている子が四人などと答えたのだったが、三人の話に共通して出てきたのは堀越良和という同級生の名前だった。その理由として三人は可愛いから、いつも自分をじっと見つめていて気になるから、おとなしくて話が面白いからと答えた。ここで帆村は三人からの聴取を打切り、堀越良和の調査にかかることとなる。

一方の蜂葉十六には学内の担任その他教師たちに対する聞込みをやらせた。調査を始めて二日目の夜、帆村が蜂葉と互いの調査結果を自宅の食堂で突きあわせている時、蜂葉はこんな報告をしたのだった。「女生徒たちの妊娠の噂はもう学内に拡がっていて教師の全員が知っていました。今日話を聞いたのは音楽教師の和泉加奈子《いずみかなこ》という女性なんですけどね、実はこの人、自分も男とのつきあいがまったくなかったにもかかわらず、妊娠した経験があると言うんですよ。つい四か月前のことらしいんですがね。急いで堕胎したらしいんですが、だから生徒たちの妊娠は信じられるって言うんです」

「その人は三人の女生徒たちのクラスを教えているのかね」

「そうです。担任ではないんですが、音楽だけを」

「彼女はどんな人だったね。もしかして真面目で、男っぽくて、気が強そうではなかったかね。負けず嫌いで男勝りの」

「驚いたな。その通りですよ」

「よし。わしがこの人に逢ってみよう。君はこの、堀越良和君について調べてくれ給え」

翌日の昼過ぎ、帆村荘六は他に誰もいない音楽室で和泉加奈子と対面する。昨日蜂葉にした話を彼女から繰り返し聞いた帆村は、彼女に訊《たず》ねた。「あの子たちのクラスに、堀越良和という生徒がいるんですが、憶えておられますか」

和泉加奈子はくすくす笑いながら言った。「ええええ。知ってますとも。あの子なんだかわたしが好きみたいなんですよ。いつもわたしを熱っぽい眼で見るんです。歌はあまり巧くないのに、コーラス部にも入ってきてます。わたしに逢いたいんでしょうかね。あっあの、だからと言ってわたしがあの子にちょっかいを出して悪戯というか、悪いことをしたなどとは思わないでください。何しろ相手はまだ十五歳、わたしはもう二十七歳、まともに好きになったりすることは絶対にないのですから」

蜂葉十六からはまた、とんでもない報告が齎《もたら》された。「堀越良和の家へ行って、お母さんに逢ってきました。野洲子さんっていうんですが、驚くべきことを聞かされましたよ。彼女のご主人、つまり良和君のお父さんは裕福な実業家で堀越利雄っていうんですが、まだ婚約中にこの野洲子さん、処女懐胎した経験があるそうなんです。それからすぐ結婚したので、その子は利雄さんの子として産んだそうなんですが、それがつまり良和君です。彼女は良和君のことを、天から授かった子だと信じているようですがね。勿論このことは家族にも他の誰にも言わないでくれと頼まれました。まあ、たとえ誰に知られようと誰も信じないだろうけどなどと言っておられましたなあ」

帆村の眼が光る。「もっと詳しい話を、わたしが明日行って聞かせてもらおう。それからその家族三人のＤＮＡ型鑑定だ」

堀越野洲子は帆村荘六のことをよく知っていた。彼の来宅の目的が遺伝子鑑定にあるという予想もしていて、夫である利雄の煙草の吸殻や息子良和と自身の唾液も用意してくれていたのだ。そして彼女はあの不思議な空飛ぶ円盤と遭遇した夜の話を詳細に語ってくれたのだった。

「ねえ先生。先生は処女懐胎についてどんなお考えをお持ちでしょうか。聖母マリアは本当に処女懐胎をして、その子供であるイエスは本当に神の子であったとお思いなのでしょうか。わたし自身が処女懐胎を体験していますから、それについては疑いを持たないのですが、わたしには受胎告知というものがなかったのです」

「今日戴いたものを分析して親子鑑定をした結果がどう出るかわからないのですが、もし貴女が本当に処女懐胎の結果良和君を産まれたのであるとすれば、彼のDNAは極めて興味ある事実を教えてくれることになると思います。それからわたし自身の考えですが、わたしは本来科学者なので神の存在について明確な考えは持っておりません。勿論高名な科学者が熱心なキリスト教徒であったりもするわけですが、それとは別に、宇宙の意志というものは確実に存在すると思っています。マリアの許へ受胎告知に訪れた大天使ガブリエルに相当する、貴女が遭遇された所謂《いわゆる》空飛ぶ円盤が即ち宇宙の意志であるというのではなく、人類が破綻の局面にある時、それを地球外から何らかの方法で助けてくれる存在があったとすれば、それはやはり宇宙の意志によって助けに訪れたのだろうと想像することはできます。つまりそれが人類以上の存在であることは明らかだと言えるからなんです。ああ。こんなことを申しあげていても始まりませんな。一両日中に親子鑑定の結果は出せますので、すべての判断はそれからということになります」

それから二日間、帆村は自宅の研究室で堀越家の親子三人から得たＤＮＡの分析に打込んだ。結果、息子良和は母親野洲子の子供であることは判明したものの、父親が誰であるかはわからなかった。また良和が単為生殖によって、つまり野洲子が単独で作った子供でないことも確かだった。そこには野洲子以外の何者かのＤＮＡも見られたからである。ただ良和が父親利雄の子供でないことだけははっきりした。利雄の息子であることを示すＤＮＡはまったく見られなかったからだ。父親が特定できなかったのは、この時代まだヒトゲノム・プロジェクトは完成していず、データベースもなかったからである。

蜂葉十六が、またしてもとんでもない情報を持ち帰ってきた。「良和君がどんな子供だったかを調べるため、過去に遡《さかのぼ》ってその時、その時の担任の先生たちからいろいろと話を伺いました。さらには幼稚園時代にまで遡って、彼が通っていたカソリックの園幼稚園にまで行って、当時良和君の担任だった先生にお会いしようとしたのですが、露木朋子というその先生は幼稚園を退職されて、今は結婚されています。そこで彼女の家まで行って朋子さんにお目にかかり、いろいろお話を伺いました。彼女は良和君のことを記憶していましたよ。とても可愛い、利発な子だということでした。で、ここまでなら他の先生たちとさほど変らぬ内容のお答えだったんですが、わたしがふと、なぜ幼稚園を退職されたのかと伺ったところ、いやはや驚いたことにはこのかたもまた処女懐胎なさっていたんです」

帆村はしばらく啞然とする。「だって良和君はその時まだ五、六歳だろう」

「そういうことですね」

さらに蜂葉十六の報告を聞きながら、帆村はついに、堀越良和、もはやただの人間に非ずという結論へと導かれはじめていた。

いよいよ帆村が堀越良和と対面する日が来た。その日の夕刻、ふたたび堀越家の邸宅に赴いた帆村は、応接室で良和とふたりきりになった。堀越良和はどことなく人間離れした大きな眼で、何の警戒心も示さずに帆村を見つめた。整った顔立ちの利巧《りこう》そうな少年だ。しばらくはどうでもいいような質問をしたのち、帆村は問いかけた。「君はカソリックの園幼稚園にいた時代、露木朋子という先生にイエス様のことを教わっていただろう」

「よく憶えています。とても綺麗な先生でしたから」

「最近、その先生のことを思い出しながら、君は自慰に耽《ふけ》りはしなかったかね」

「はあ。何でしょうか」さすがに少年は少しもじもじした。

「自慰、自瀆、オナニー、せんずり、マスターベーション、いろいろに言われているが、あの行為のことだよ。君がいつ頃からそれを憶えたのかは知らんが、まあ少年なら誰でもやることだし、恥ずかしがることではない。また大人が子供に対して禁じるようなことでもないとわたしは思っている」

少年は抑圧の膜がはじけたように眼を輝かせた。「だったら、確かに何回か、去年あたりからあの美しかった露木朋子先生のことを思い出しながらやりました。だけどなんでそんなことを」

帆村が核心の質問に移る。「君には自分が通常の人間なら持たない筈の能力を持っている自覚があるのかね。つまりだ、君が好きになった同級生の女の子三人、君はただ自慰をしただけなのに彼女たちは妊娠した。同級生だけではなく、音楽の和泉先生もだ」

「和泉先生も妊娠したんですか」良和少年は驚きの中にも喜びのような感情を交えてそう叫ぶ。「皆が騒いでいるから、あの子たちに何かがあったんだろうとは思っていたけど、でもまさか和泉先生までそんな。ぼくは何もしてないのに不公平ですよ」

「自慰はしただろう。露木先生も妊娠なさったんだよ。そのためにカソリック教徒でありながら堕胎しなければならなくなり、幼稚園をお辞めになった」

「えっ。だってぼくがせんずりやりながら想像していた露木先生は、もう十年ほど昔の、若いときの露木先生ですよ」

「つまり君の能力というのは、自慰をしただけで君が脳裡《のうり》に描いた女性を妊娠させるというだけではなく、それは過去の女性たちにも及ぶということなんだ」彼のその能力がどこから齎《もたら》されたものなのかを、帆村は教えなかった。父利雄が真の父親でないことを少年が知ることは、家庭の平和を乱すことに繋がりかねなかったからである。

「ああ。困ったことだなあ。ぼくはどうしたらいいんだろう」少年はとうとう頭を抱え込んでしまった。「なんでそんな能力が、このぼくだけに。じゃあ、ぼくはせんずりもできないんですか」

帆村は笑いながら言った。「その若さで自慰ができないというのは困るだろう。しかしその行為が君の好きな女性たちに大きな迷惑を及ぼす以上、何か他の方法を考えなければならないだろうねえ」

少年が伶俐《れいり》の眼でそっと帆村を窺《うかが》う。「では、どうしたら」どうやら十五歳の彼にとっては、圧《お》し潰されるほどの自分の大きな能力への悩みよりは、自慰ができなくなる心配の方が大きいようだ。

「いいものを持ってきた」帆村は携えてきたスポーツバッグを卓上に載せ、中から次つぎとビデオテープを取り出した。「これはすべて昔の外国映画だ。主演している女優さんたちは当然みな君より年上で、君は年上が好みのようだし、いずれの女優さんも男っぽく、男勝りで気が強く、むろんすべて君好みの美人ばかりだ。この映画を見てこれらの女優さんたちを相手にせいぜい自慰に耽ることだ。妊娠させられる女優さんたちにはまことに気の毒だが、いずれもすでに死んでいたり、今やたいへんな高齢だったりする。そして何より好ましいことには、ここが大事なところだが」帆村はにやりと笑った。「この女優さんたち、東洋人の子供を産んだからといって特にスキャンダルを起してはいない」

「そりゃそうでしょう。だってぼくはまだ」

言いかけた良和少年に、帆村はうなずきかけた。「まだ自慰をしてもいないのに、と言いたいわけだね。だけど歴史は不変なんだ。わかるかな。君が過去の女優さんたちを妊娠させたために歴史が変るということはないんだ。つまり彼女たちが東洋人の子供を妊娠したという歴史は厳然としてすでに存在しているんだよ」

帆村がビデオで持ってきた映画のタイトルと主演女優の名を主なものだけ列記すれば、次のようなものとなる。

「ハリウッド・レヴィユー」ジョーン・クロフォード
「オペラハット」ジーン・アーサー
「大平原」バーバラ・スタンウィック
「モダン・タイムス」ポーレット・ゴダード
「風と共に去りぬ」ビビアン・リー
「黒水仙」デボラ・カー
「脱出」ローレン・バコール
「ならず者」ジェーン・ラッセル
「河の女」ソフィア・ローレン
「素直な悪女」ブリジット・バルドー
「真昼の決闘」グレース・ケリー
「刑事」クラウディア・カルディナーレ

良和少年と別れるとき、帆村はくれぐれも彼に頼む。「君にやってほしくないことは、同時代の日本人女性を自慰の対象にすることだ。それを続けていると、いかに内密にしていようといつかは世間の知るところとなり、君は社会から糾弾されることになる。だって父親不明のままで生まれたその子たち、成長すればみんな君に似てくるんだからね。いいかい。君自身のためだ。くれぐれも自制してくれたまえ」

それから六年の歳月が経過した。帆村に貰ったビデオを次つぎと眺めながら快感と共にいずこへともなく送り届けた子供たち。射精しながらもまったく精液が残らないのは不思議なことだと思っていたのだが、それこそが超能力の証明であったのだ。それは実は単なる自慰ではなくテレコイトスとでも言えるものであったのか。今、堀越良和は大学生である。彼は最近何者かに責められ続けていて、日ごと夜毎に聞こえてくるその幻聴は何ゆえ使命を果さぬかと言っているようなのだ。わが使命とは何か。この国に起っていることを知るにつれその使命の何たるかが良和には次第にわかりはじめている。父には内緒で母がそっと打ち明けてくれたところによると、帆村荘六が母に宇宙の意志というものの存在を教え、母が語る彼女の身に起った出来事によって自分はその宇宙の意志の遺伝子を継いでいるらしいから、それが自分にこのような使命を与えたに違いない。だとすれば、と、良和は思うのだ。それは即ちこの国の少子化を解消させるためだったのではないか。ならば自分のような産まれかたをした能力者は他にも大勢いるに違いない。多くの同類の存在とその行為が騒ぎにならないのはたいていの女性が突然の妊娠に驚いて堕胎してしまうからでもあろうか。あるいは自分のように同時代の女性に迷惑をかけぬような何らかの方策を講じているからでもあろうが、しかしそれは使命に反することだ。

帆村荘六は一年前に世を去った。ならば自分にはもう、彼との約束を守る義理はないのだ。使命に忠実に、同時代の多くの女性を妊娠させればいいのだ。特に避妊などしていない女性、生殖能力があるかどうかもわからぬ若い女性、おお、そんな女性ならいっぱいいるではないか。テレビを見れば自分の好みに合う若い女の子が単独で、またはグループで大勢出演している。選り取り見取りではないか。この子たちを片っ端から妊娠させてやろう。わが母の如くそれを天からの贈り物として、あるいはまた堕胎の時期を失って、彼女たちはあちこちで父親のわからぬ子供を産むだろう。それらはすべてわが子であり、同胞が多く存在するとすればすべて同胞であり、その子たちがさらに多くの子供を産むと少子化は解消される。現実の女性を直接抱きたいという欲望があまりないのはまさにその使命ゆえではないだろうか。なあに難しいことを考える必要はない。好きにやればいいのである。それこそがわが使命なのだ。あはははははははははは。

# 振動魔

1

僕はこれから先《ま》ず、友人柿丘秋郎《かきおかあきろう》が企てた世にも奇怪きわまる実験について述べようと思う。

柿丘秋郎と云ったのでは、読者は一向興味を覚えないだろうと思うが、これは無論、僕が仮《か》りにつけた変名であって、もしもその本名を此処に真正直《ましょうじき》に書きたてるならば、それが余りにも有名な人物なので読者は呀《あ》っと驚いてしまうだろう。それにも拘《かかわ》らず、敢《あ》えてジャーナリズムに背《そむ》き、彼の本名をここに曝露《ばくろ》しない理由《わけ》は——と書きかけたものの、僕は内心それに言及することに多大の躊躇《ちゅうちょ》を感じていることを告白せねばならない——彼の本名を曝露しない其《そ》の理由は、彼の妻君である柿丘呉子《くれこ》を、此後《このご》においても出来得るかぎり苦しめたくないからなのである。呉子さんは野獣的な今の世に、まことに珍らしいデリケートな女性である。それをちょっと比喩《たと》えてみるなれば、柔《やわらか》い黄色の羽根がやっと生えそろったばかりのカナリヤの雛仔《ひな》をそっとわが掌《て》のうちに握ったような気持、とでも云ったなら、仄《ほの》かに呉子さんから受ける感じを伝えることができるように思われる。庭の桐《きり》の木の葉崩れから、カサコソと捲《ま》きおこる秋風が呉子さんの襟脚《えりあし》にナヨナヨと生え並ぶ生毛《うぶげ》を吹き倒しても、また釣瓶《つるべ》落《お》ちに墜《お》ちるという熟柿《じゆくし》のように真赤な夕陽が長い睫《まつげ》をもった円《つぶ》らな彼女の双《そう》の眼《まなこ》を射当てても、呉子さんの姿は、たちどころに一抹の水蒸気と化して中空に消えゆきそうに考えられるのだった。ああ僕は、あだしごとを述べるについて思わず熱心でありすぎたようだ。

このような楚々《そそ》たる麗人を、妻と呼んで、来《きた》る日来《きた》る夜を紅閨《こうけい》に擁《よう》することの許された吾が友人柿丘秋郎こそは、世の中で一番不足のない果報者中の果報者だと云わなければならないのだった。若《も》し僕が、仮りに柿丘秋郎の地位を与えられていたとしたら——おお、そう妄想したばっかりでも、なんという甘い刺戟《しげき》に誘われることか——僕は呉子さんのために、エジプト風の宮殿を建て、珠玉を鏤《ちりば》めた翡《ひ》翠色《すいいろ》の王座に招じ、若し男性用の貞操帯というものがあったなら、僕は自らそれを締めてその鍵を、呉子女王の胸に懸け、常は淡紅色《たんこうしょく》の垂幕を距《へだ》てて遥かに三拝九拝し、奴隷の如くに仕えることも決して厭《いと》わないであろう。しかしながら友人柿丘秋郎の場合にあっては、なんというその身識《し》らずの貪慾者《どんよくもの》であろう。彼は、もう一人の牝豚《めぶた》夫人という痴《し》れものと、切るに切られぬ醜関係を生じてしまったのだった。

その牝豚夫人は、白石雪子《しらいしゆきこ》と云って、柿丘よりも二つ歳上の三十七歳だった。だが、その外貌に、それと肯《うなず》く分別臭さはあっても、凡《およ》そ彼女の肉体の上には、どこにもそのように多い数字に相応《ふさ》わしいところが見当らなかったのだった。とりわけ、頸筋《くびすじ》から胸へかけての曲線は、世にもあでやかなスロープをなし、その二の腕といわず下肢《かし》といわず、牛乳をたっぷり含ませたかのように色は白くムチムチと肥え、もし一本の指でその辺を軽く押したとすると、最初は軟《やわらか》い餅でも突いたかのようにグッと凹《くぼ》みができるが、軈《やが》てその指尖《ゆびさき》の下の方から揉みほぐすような挑んでくるような、なんとも云えない怪しい弾力が働きかけてくるのだった。それにまだ一度も子供を産んだことのない牝豚夫人は、この数年来生理的な関係か、きめの細《こまか》き皮膚の下に更に蒼白い脂肪層の何ミリかを増したようだった。夫人が急に顔を近付けると、彼女のふくよかな乳房と真赤な襦袢《じゅばん》との狭い隙間から、ムッと咽《むせ》ぶような官能的な香気がたち昇ってくるのだった。

柿丘秋郎が、こんな妖花《ようか》に係《かかわ》るようになったのは、彼の不運ともいうべきだろう。柿丘でなくとも、どのような男だって、雪子夫人のような女に出遭うと、立《た》ち竦《すく》みでもしたかのように彼女から遠のくことが出来なくなるだろう。だが柿丘秋郎を永らく、雪子夫人の肉体への衝動を起させることなしに救っていたものは、実に柿丘秋郎にとって彼女は、恩人の令夫人だったからである。

僕は柿丘秋郎の奇怪な実験について述べると云って置きながら、あまりに永い前置きをするのを、読者はもどかしく思われるかも知れないが、実はこれから述べるところの、一見平凡な事実が、後に至って此《こ》の僕の手記の一番大事な部分をなすものなのであるからして、そのお心算《つもり》で御読みねがいたい。

さて、柿丘秋郎が恩人とあがめるという、いわゆる牝豚夫人の夫君《ふくん》は、医学博士白石右策《うさく》氏だった。白石博士は、湘南《しょうなん》に大きいサナトリューム療院を持つ有名な呼吸器病の大家だった。一般にサナトリューム療院といえば、極《ご》く軽症の肺病患者ばかりに入院を許し、第二期とか第三期とかに入ったやや重症の患者に対しては、この療法が適しないという巧みな口実を設けて、体《てい》よく患者を追払うのが例だった。だが吾が白石博士の場合にかぎり、どんな重症の患者も喜んで入院を許したばかりではなく、博士独得の病竈《びょうそう》固化法によって、かなり高率の回復成績をあげていたのだった。それは世間によく知られているカルシウム粉末を患者の鼻の孔《あな》から吸入させて、病巣に石灰壁《せっかいへき》を作る方法と些《いささ》か似ているが、白石博士の固化法では、病竈の第一層を、或る有機物から成る新発明の材料でもって、強靭《きょうじん》でしかも可撓《かとう》な密着壁膜をつくり、その上に第二層として更に黄金の粉末をもって鍍金《ときん》し、病菌の活躍を封鎖したのだった。

この白石博士を、柿丘秋郎は恩人と仰いでいると、曩《さき》に誌《しる》したが、柿丘も実は博士のこの新療法によって、更生の幸福を摑《つか》んだ一人だった。そして柿丘が、もう一ヶ月遅く博士の病院の門をくぐるか、乃至《ないし》はもう一ヶ月速く博士の診断を仰いだとしたら、彼は更生の機会を遂に永遠に喪《うしな》ったことだろう。それと云うのが、博士がこの新療法に確信を得たばっかりのところへ柿丘は馳《か》けつけたことになり、いわば博士の公式の第一試術患者となったわけで、また一面において柿丘の病状は第三期に近く右肺の第一葉をすっかり蝕《むしば》まれその下部にある第二葉の半分ばかりを結核菌に喰いあらされているところだったので、若しもう一と月、博士の門をくぐるのが遅かったとすると、流石《さすが》の博士もその回春《かいしゅん》についていて責任がもてなかったのだった。

ここに一寸《ちょっと》だけ、柿丘秋郎の輪廓《りんかく》を読者に示さねばならぬ羽目になったけれど、柿丘秋郎は彼の郷里の岡山《おかやま》に、親譲りの莫大な資産をもち、彼の社会的名声は、社会教育家としてはたまた宗教家として、年少ながら錚々《そうそう》たるものがあり、殊《こと》に青年男女間に於《おい》ては、湧きかえるような人気がある人物だった。ちょうど病気に倒れる直前には、その宗教団体の選挙があって、彼は猛烈なる運動の結果、その弱年にも拘《かかわ》らず、非常に重要な地位に就いた。凡《およ》そ宗教家とか社会教育家というものほど、奇怪な存在は無いのであって、彼等のうちで、真に神に仕え世の罪人を救うがためにおのれの一命をも喜んで犠牲にしようという人物は、たいへん稀《まれ》であって、彼等の多くは、たまたま職業を其処《そこ》にみいだしたのであって、それから後は無論のこと職業意識をもって説教をし、燃えるような野心をもって上役の後釜を覘《ねら》い妙齢の婦女子の懺悔《ざんげ》を聴き病気見舞と称する慰撫《いぶ》をこころみて、心中ひそかに怪しげなる情念に酔いしれるのを喜んだ。柿丘秋郎の正体もつきつめて見れば、此の種の人物だったが、割合に小胆者《しょうたんもの》の彼は、幸運にも今までに襤褸《ぼろ》をださずにやってきたのだ。これは僕が妬《ねた》みごころから言うのではない。

柿丘が、あの病気に罹《かか》ってその儘《まま》呼吸《いき》をひきとってしまったら、彼の競争者は、たちまち飢えたる虎狼《ころう》のごとくに飛びかかって、柿丘の地位も財産ものこらず平らげてしまい、その上に不名誉な背任のかずかずまで、有ること無いことを彼の屍《しかばね》の上に積みかさねたことだったろう。柿丘秋郎はその間の雰囲気を、十二分に知っていた。

（もうこれは駄目だ。最後の覚悟をしよう）とまで、決心した彼だった。そのような危機《ピンチ》を、白石右策博士は見事にすくったのだった。柿丘にしてみれば、博士に救われたのは、病気ばかりではなく、彼の社会的地位も、彼の家庭も、彼の財産も、ことごとく博士の手によって同時に救われたことになるのだった。博士のサナトリューム療院から退院するという日、柿丘は博士の足許《あしもと》にひれふして、潸然《さんぜん》たる涙《なみだ》のうちに、しばらくは面をあげることができないほどだった。

柿丘秋郎と白石博士との両家庭が、非常に親しい交際《つきあい》をするようになったのは、実にこうした事情に端《たん》を発していた。

## 2

この二組の夫婦は、しばしば一緒になってお茶の会をしたり、その頃流行《はや》り出したばかりの麻雀《マージャン》を四人で打ったり、日曜日の午後などには三浦三崎《みうらみさき》の方面へドライヴしてはゴルフに興じたり、よその見る眼も睦《むつま》じい四人連れだった。しかしながら、博士と雪子夫人と、柿丘と呉子さんとの関係は、いつまでもそう単純ではあり得なかった。

そのことを始めて僕が知ったのは、或る夏の終り近い一日だった。雪子夫人には、博士との間にどういうものか子種がなかった。それで多量の閑暇《かんか》をもてあましたらしい夫人は、間もなく健康を恢復《かいふく》して、更生の勢いものすごく、社会の第一線にのりだして行った柿丘秋郎の関係している各種の社会事業に自らすすんで世話役をひきうけたのだった。その夏は、海岸林間学校が相模湾《さがみわん》の、とある海浜にひらかれていたので、柿丘夫妻は共にその土地に仮泊《かはく》して、子供たちの面倒をみていた。一方雪子夫人は、東京の郊外を巡回する夏期講習会の幹事として、毎日のように、早朝から、郊外と云っても決して涼しくはない会場に出向いてはなにくれと世話をやいていたのだった。

そこで僕自身のことを鳥渡《ちょっと》お話して置かねばならないが僕は元来、柿丘と郷里の中学を一緒にとおりすぎてきた、いわゆる竹馬《ちくば》の友《とも》というやつで、僕は一向金もなく名声もない一個の私立中学の物理教師にすぎなかったのであるが、幼馴染というものはまことに妙なもので、身分地位のまるっきり違った今日でも真の兄弟のように呼びかけたり、吾儘《わがまま》を云いあうことができるのだった。僕は、この有名なる富める友人のお蔭で、その邸《やしき》に出入しては、自分の財布に相談してはいつになっても得られないような御馳走にありついたり、偶《たま》には独身者の鬱血《うっけつ》を払うがために、町はずれの安待合の格子をくぐるに足るお小遣を彼からせしめたこともあった。彼が呉子さんを迎えてからは、そう大ぴらに、せびることもできなかったが、彼の代りに出版の代作をしたり、講演の筋を書いたりして、その都度《つど》学校から貰う給料に匹敵するほどの金を貰っていた。呉子さんはこの辺の事情を、うすうす知ってはいたのであろうが、生れつきの善良なる心で、僕をいろいろと手厚く歓待してくれたのだった。

僕は、柿丘邸の門をくぐるときには、案内を乞わずに、黙って入りこむのが慣例になっていた。柿丘が呉子さんを迎えてからは、この不作法極まる訪問様式を、厳格に改めたいと思ったのではあるが、どうも習慣というのは恐ろしいもので、格子にちょいと手がかかると、僕はいつの間にやらガラガラとやってしまって、気のついたときには、茶の間の座蒲団の上にチョコナンと胡坐《あぐら》をかいているという有様だった。しかし僕は、柿丘邸の玄関と茶の間と台所と彼の書斎と、僕が泊るときにはいつも寝床をとってもらうことになっている離座敷《はなれざしき》との外《ほか》には、立ち入らぬ様にきめている。しかし、たった一度、眼も醒《さ》めるような紅模様《べにもよう》のフカフカする寝台の並んだ夫妻のベッド・ルームを真昼《まっぴる》のことだから誰も居ないだろうと思って覗きに行き、しかも失敗したことはあるが、まあそのような話は、遠慮した方がいいだろう。

さて、その夏の或る日のことだった。

僕は講習会で、つまらぬ講義をすませてから、(その講習会は、例の牝豚夫人が参加していたことは云うまでもない)その夜のうちに、一寸読んで置きたい本があったので、その本が柿丘の書斎にあることを兼ねて眼をつけておいたものだから、今日は行って借りてこようと思い、麻布本村町《あざぶほんむらちょう》にある彼《か》の柿丘邸に足を向けたのだった。

玄関をガラリと開けると、僕はいつも履物を見る習慣があった。並んでいる履物の種類によって、在宅中の顔触れも知れ、その上に履物の主の機嫌がよいか、それとも険悪かぐらいの判断がつくのであった。その日の玄関には、一足の履物も並んで居なかった。では、おん大《たい》始め夫人まで、まだ海辺《かいへん》から帰っていないのだと思ったことだった。

それから、ソッと上りこんで、茶の間で昼寝をしているかも知れない留守女中のお芳《よし》を吃驚《びっくり》させてやろうと思って、跫音《あしおと》を盗ませて入っていったのだった。ところが茶の間にはお芳の姿が見えなかったばかりか、勝手元までがピッシャリ締めてあり、座蒲団の位置もキチンと整頓していて、シャーロック・ホームズならずとも、お芳は相当長時間の予定で、外出したらしいことがわかった。だが、それにしては、何という不用心なことだ。現に僕という泥棒がマンマと忍びいったではないか。

だが、このときだった。ボソボソいう声がどこからともなく聴えたように思った。耳のせいかしらと疑いながら、じッと耳を澄ませていると、いやそれは空耳《そらみみ》ではなかった。たしかに人声がするのだ。しかもそれは此の家の中から洩《も》れ出《い》でる話し声だった。

柿丘夫妻はもう帰っていたのだったか。僕は立ちあがるとその声のする方へ、二、三歩踏みだしたのだったが、およそ人間が、こういう機会にぶつかることがあったなら、十人が十人（悪いこととは知りながら）と言訳《いいわけ》を吾れと吾が心に試みながら、そっと他人の秘密を盗みぎきするものなのである。僕の場合に於ても、たちまち全身を好奇心にほてらせながら、小さい冒険の第一行動をおこしたことだった。ああ、しかしそれは何という大きい衝動を僕にあたえたことだったろう。話し声の一人は柿丘秋郎にちがいなかったけれど、もう一人の話し相手は呉子さんではなく、なんとそれは白石博士夫人雪子女史だったではないか。

勝手を知った僕は、逸早《いちはや》く身を飜《ひるがえ》して、書斎のカーテンの蔭にかくれることに成功しるのだった。そこからは隣りのベッド・ルームの対話が、耳を蔽《おお》いたいほど鮮《あざや》かに、きこえてくた。

そこに聴くことのできた話の内容は、一向に二人の関係について予備知識をもたなかった僕を、驚愕《きょうがく》の淵《ふち》につきおとすに十分だった。読者は、次のくだりを読んで、僕の唖然たりし顔を想像していただきたい。

「貴女《あなた》はどうしても、僕の希望に応じて呉れないのですか」
「いやなことですわ、ひどい方」
「こんなに僕が、へいつくばってお願いをするのに、それに応じてはくださらないのですか」
「あたしは、どうあってもいやなんです」
「ほんの僅かな時間でよいのですから、この上に寝て下さい」
「いくらなんでも、貴方《あなた》の前に、そんなあられもない恰好をするのは、いやですわ」
「お医者さまの前へ行ったのだと思って我慢して下さい」
「お医者さまと、貴方とでは、たいへん違いますわ」
「なんの恥かしいものですか、僕が――」

なにやら、せり合うような気配。

「腕力に訴えなさるのですか（とキリリとした雪子夫人の声音、だが語尾は次第に柔かにかわる）まア男らしくもない」

「でも今を置いては、機会は容易に来ないのですから」

「あたしは、貴方の御希望に添う気持は、一生ありません。貴方も神に仕える身でありながら、まだ生れないにしても、一つの生霊《せいれい》を自ら手を下して暗闇《やみ》から暗闇《やみ》にやってしまうなんて、残酷な方！　ああ、人殺し……」

「大きい声をしないで下さい。どうしてこれだけ僕が説明をするのに判ってくれないんです。奥様が僕の胤《たね》を宿したということが判ったなら、僕は一体どうなると思うのです。社会的地位も名声も、灰のように飛んでしまいます。そうなると僕達だって、今までのように贅沢《ぜいたく》な逢《お》う瀬《せ》を楽しむことが出来なくなるじゃありませんか。僕の病気が再発しても、最早《もはや》博士は救って下さいません。それを考えて、僕を愛していて下さるのだったら、僕の言うことを聞きいれて、この簡単な堕胎手術をうけて下さい」

「何度おっしゃっても無駄よ。あたしはもう決心しているのよ。あたしがお胎《なか》にもっている可愛い坊やを、大事に育てるんです」

「ああ、それでは、博士を偽って、博士の子として育てようというのですか」

「まア、どうしてそんなことが……。右策とあたしの間に子供が無かったのは、右策自身が子種をもちあわさないからおこったことなんです。右策は、それを学者ですからよく知っているのです。だから、あたしが今、妊娠したとしたら、その場であたしの素行を悟ってしまいます」

「だが、僕の子だかどうか判らないとも云える……」

「莫迦《ばか》なことをおっしゃいますな。生れてきた嬰児《ややこ》の血液型を検査すれば、それが誰の胤《たね》であるか位は何の苦もなく判ってよ、それに貴方は右策とは切っても切れない患者と主治医じゃありませんこと。あなたの血液型なんかその喀痰《かくたん》からして、もう夙《とつ》くの昔に判っていることでしょうよ」

「ああ、それでは貴女はこれからどうしようというのです。この僕をどんな目に遭わせようとするのです」

「あたしは、貴方との間にできた坊やを、大事に育てたいんです。あたしは、もうすっかり決心しているのよ。右策がこのことに気付いたときは、出て行けというなら出て行くし、刑務所へ送りこんでやろうというのなら送りこまれもしましょう。しかしいつか、あたしは自由の身となって、坊やと二人で貴方があたしのところへ帰ってくるのを待つんです」

「ウン判った。さては生れる子供を証拠にして、僕の財産をすっかり捲きあげようというのだな。金ならやらぬこともない。だが、交換条件だ、その胎児を下ろして下さい」

「ほほほ、そううまくは行きませんことよ。お金よりも欲しいのは貴方です。この子供が生きている間は、貴方はあたしの懐《ふところ》から脱けだすことができないんですわ。あたしは、あなたの地位を傷《きず》つけなくてすむもっとよい方法も知っていますのよ。だけど、どうあっても貴方を離しませんわ。貴方はあたしの思うままに、なっていなければならないんですわ。背《そむ》けば、貴方の地位も名声もたちまち地に墜《お》ちてしまいますよ、あたしがしようと思えば、ね。だがそれまでは、貴方は無事に生きてゆかれるのよ。貴方の生命は一から十まで、みんなあたしの掌《て》の中《うち》に握られてしまってるのよ、今になってそれに気のついた貴方はどうかしてやしない」

「…………」

「アッ、貴方は短銃《ピストル》を握っているわね。あたしを殺そうというのでしょう。ええ判っているわ。でもお気の毒さまですわね。あたしを殺したら、その翌日と言わず、貴方は刑務所ゆきよ。貴方はあたしが殺されたときのことを準備していないようなぼんやり者だと思っているの？　あたしが死ぬと同時に、一切が曝露するという書類と証拠が、或る所に保管されているのを知らないのねえ」

「ああ、僕は大莫迦者《おおばかもの》だった」

嗚咽《おえつ》する柿丘の声と、淫《みだ》らがましい愛撫の言葉をもって慰めはじめた雪子夫人の艶語《えんご》とを其《そ》の儘《まま》、あとに残して、僕はその場をソッと滑るように逃げだすと、跣足《はだし》で往来へ飛びだしたのだった。

## 3

その後、柿丘秋郎と、白石博士夫人雪子とは、すくなくとも外見的には、大変平和そうに見えた。室内にレコードを掛けて、柿丘と雪子とが相抱いて踊りはじめると、赭顔《あからがお》の博士は、柿丘夫人呉子さんを援《たす》けおこして、鮮《あざや》かなステップを踏むのだった。

秋という声が、どこからともなく聞えてくると、急に誰もが緊張した顔付をするのだった。柿丘秋郎は、かつての日の雪子夫人の脅迫に慄《ふる》えあがったのを忘れたかのように、事業や講演に熱中した。だが、その度毎《たびごと》に、雪子女史の姿が影のようにつきまとっていたのは、寧《むし》ろ悲惨であると云いたかった。

柿丘秋郎が、自邸の空地の一隅《いちぐう》に、妙な形の掘立小屋を建てはじめたのは、例の密会事件があってから、三十日あまり過ぎたのちのことだった。その掘立小屋は、窓がたいへん少《すくな》くて、しかもそれが二メートルも上の方の監房の空気ぬきよろしくの形に、申しわけばかりに明いていた。小屋が大体、形をととのえると、こんどは電燈会社の工夫が入ってきて、大きい電柱を立てて、太い電線をひっぱったり、いかめしい碍子《がいし》をねじこんだりしたすえに、真黒で四角の変圧器までを取付けていった。それがすむと、厚ぼったいフェルトや石綿《いしわた》や、コルクの板が搬《はこ》び入れられ、それはこの小屋の内部の壁といわず、天井といわず、床といわず、入口の扉《ドア》といわず、六つの平面をすっかり三重張りにしてしまった。室内へ入ると、まるで紡績工場の倉庫の中に入ったような妙に黴《かび》くさい咽《む》せるような臭気がするのだった。だがその割合に呼吸《いき》ぐるしくないのは、電気装置が働いて、室内の空気が、外気と巧みに置換せられているせいだったかも知れない。三重壁体《へきたい》も完成すると、機械台がいく台も担ぎこまれ、そのそとから、一台のトラックが、丁寧な保護枠をかけた器械類を満載して到着した。若い技師らしい一人が、職工を指揮して三日ばかりで、それ等の器械類をとりつけると、折から、講演先から帰ってきた柿丘秋郎に、委細の説明をしたあとで、挨拶をして引上げて行った。

一体これから此の部屋で、何が始まろうというのだ。

柿丘が呉子さんに説明したところによると、今回協会の奨励金を貰って、旅順《りよじゆん》大学の東京派遣研究班が、主として音響学について研究をするということに決定《きま》ったそうで、それには実験室を建てねばならないが、適当な地所が見付からないために、これは社会奉仕の一助として、柿丘は自分の邸内の一部を貸しあたえることにしたそうである。かたがた、柿丘自身も、かねてから、科学というものに大きい憧れを持っていたこととて、これを機会に、初等科的な実験から習いはじめるという話だった。

呉子さんは、柿丘の言葉に、これッばかりの疑惑もさしはさまなかった。一日のほとんど大部分の時間を、家庭の外で暮す主人を、自邸の一隅の実験室の中にとどめることの出来るのは何となく気強いことだったし、食事についても、何くれとなく情の籠《こも》った手料理などをすすめることが出来ることを考えて、大変嬉しく思ったほどだった。

しかし、ありようを言えば、これは柿丘秋郎の奇怪きわまる陰謀にもとづく実験が、やがて開始されようとするのに外ならなかった。さて其の実験というのは、――

さきに、雪子夫人から威嚇《いかく》されて、堕胎手術をはねつけられた柿丘秋郎は、その後、このことを思いとどまったかのように見せていたが、内心は全く反対で、あの時、夫人の心情と執拗《しつよう》な計画とを知ったときにこれはどんな犠牲を払っても、堕胎を実行しなければならないと思った。その方法も、夫人の生命をおびやかすものであってはならないし、しかも夫人が全く気のつかぬ方法でないと駄目である。それは、たいへんに困難な方法だ。いや一体、そのような方法があるものか無いものか、それが案ぜられもした。しかし自らの智慧ぶくろの大きいことに信念をもつ柿丘は、なにかしら屹度《きっと》、素晴らしい手段がみつかるだろうと考えた。

彼は、或る時は図書館に立て籠って、沢山《たくさん》の書籍の中をあさり、また或る時はそれとなく医学者の講演会や、座談の席上に聞き耳をたてて、その方法を模索したのだった。夫人を美酒《うまざけ》に酔わせるか、鴉片《あへん》をつめた水管の味に正体を失わせるか、それとも夫人の安心をかちえたエクスタシーの直後の陶酔境《とうすいきょう》に乗じて、堕胎手術を加えようか、などと考えたけれど夫人はいつも神経過敏で、容易に前後不覚に陥らなかったので、手術を加えても、その途中の疼痛《とうつう》は、それと忽《たちま》ち気がつくことだろうと予測された。一度夫人に、手術を加えたことを嗅ぎつけられたが最後、全ては地獄へ急行するにきまっていることだった。なんとかして、雪子夫人が、全く気のつかないうちに、それは手術であるとも、彼の盛った毒物であるとも感付かないように、極めて自然にことをはこばなければならないのだった。それは、いかに叡智《えいち》にたけた彼にとっても、容易なことで解決できる宿題ではなかった。

だが幸運なる彼は、とうとう非常にうまい方法を知ることができた。

それは、物体の振動を利用する方法だった。いまドロップスの入っていた空缶の蓋《ふた》を払いのけて、底に小さな孔《あな》をあけそこに糸をさし入れて缶を逆さに釣り、鉛筆の軸かなにかでコーンと一つ叩いてみるがいい。そうするとこの缶は形の割合には大きい音をたてて、グワーンと、やや暫《しばら》くは鳴り響いているだろう。強く叩けば更に大きい音響を発する。しかしその音色《おんしょく》は、いつも同じことである。それというのが、こうした箱や壺めいたものには、その寸法からきまるところの振動数というのがタッタ一つきりあるので、一体振動数というのは音色そのものに外ならないものだから、それで同じ器を叩けば、音の大小はあっても、音色はいつも同じなのである。

そこで、もう一つのドロップスの空缶をとりあげて、前と同じように、糸でとめて、ぶら下げて置く、その上で、最初の缶を思いきり強く叩くのである。するとたちまち大きい音がするであろうが、音がした上で、手でもってその缶を握って振動を止めるのである。そのとき耳を澄まして聴くならば、今叩いた缶は手でおさえて振動をとどめたのにも拘《かかわ》らず、それと同じような音色の音が、かなり強くきこえるではないか。はて、その音は、何処《どこ》で鳴っているのだろうか。

よく気をつけてみるなれば、あとから糸をつけて釣るした叩きもしないドロップの缶が、自然にグワーンと鳴っているのである。これを共鳴現象というが、二つある振動体が同じ振動数をもっているときには、一方を叩くと振動が空中を伝わって他のものを刺戟するこことなる。その刺戟がもともと同じ性質の刺戟だもんで、棒で叩かれたと同じ効果《ききめ》をうけ、それも鳴り出すのだ。ちょっと考えると、それは一方が鳴ると、それについて自然に応えるかのように鳴り始めるようにみえるのだ。若し、別にそっと釣るして置いた振動体が寸法のちがうものであっては効果《ききめ》がない。例えば大きい缶詰の空《あ》いたものなんかでは駄目である。

あとで釣るした缶に、飯粒《めしつぶ》かなんかを、ちょっと附着させた上で、もう一度始めに釣るした缶をグワーンとひっぱたいてみると、あとから釣るした缶がたちまち振動して鳴りだすのは勿論のことであるが、見て居ると、缶壁があまりに強く振動するものだから、其のうちにとうとう、密着していた飯粒が剥がれてポロリと下に落ちてくるのである。

――こいつを使って堕胎をやらせようというのが、柿丘秋郎の魂胆《こんたん》だった。

子宮は茄子《なす》の形をした中空の器である。そう考えると、子宮にもその寸法に応じた或る振動数がある筈だ。受胎後二《フ》タ月や三月や四月の胎児は、ドロップの缶に附着した飯粒も同然で、ほんの僅かの力でもって子宮壁に附着しているのだった。注射器を使って子宮の中に剥離剤を注入すれば、その薬品が皮膚を蝕《おか》すため、胎児と子宮壁とをつないでいる部分の軟《やわらか》い皮が腐蝕して脱落し、堕胎の目的を達するのだった。それを機械的にやるのが、柿丘秋郎のとろうという方法であって、雪子夫人の外部から、強烈な特定振動をもった音を送ってやると子宮はたちまち烈《はげ》しい振動をおこし、揚句《あげく》の果《はて》に彼と夫人との間にできた胎児が、ポロッと子宮壁から剥《はが》れおちて外部へ流れ出し、完全に堕胎の目的を達しようというのだった。

この世にも奇抜な惨忍きわまる方法を見つけだした柿丘秋郎は室内を跳ねまわって狂喜したことだった。彼は二万円近くの金を犠牲にし、旅順大学の研究班をダシにつかって、その邸内の一隅に、実験室外には音響の洩れないという防音室を建て、多くの備付《そなえつけ》器械《きかい》のうちには、予《あらかじ》め子宮の寸法から振動数をきめて、そのような都合のよい音を出す器械を混ぜて購入したのだった。その機械の据付も終った。器械は、彼が操るのに便利なように、一切の複雑な仕掛けを排し、押釦《おしボタン》一つをグッと押せば、それで例の恐ろしい振動が出るように作らせることを忘れなかった。もっともこの器械を作った人は、魔人のような彼の使用目的をすこしも知らなかったのだった。

さてこの上は、何とか言葉をかけて、雪子夫人をこの実験室に引き入れることができればよいのだった。それはなんの造作もないことだった。彼が唯一言《ただいちごん》、夫人にむかって、「奥さん、例の旅順大学に使わせる実験室がすっかり出来上って、今日の夕方までには、机も器械も全部とりつけが出来るんですよ」とさえ云えばよかった。あとは夫人の方で心得て、

「あら、そう。それじゃ、あたし夜分に、ちょっと、お寄りするわ。ね、いいでしょう、あなた」

と云うに違いないのだった。そして事実はすべてその筋どおりに、とりはこばれたのだった。時計が七時をうつと実験室の扉《ドア》がコトコトと打ち鳴らされた。室内にひとりで待ちかまえていた柿丘は、その音を聞くとニヤリと薄気味のわるい笑いをうかべて、や

おら椅子の上から立ちあがった。

内部から柿丘が扉《ドア》を開くと、とびつくようにしてよろめきながら、雪子夫人が入ってきた。

「あなたお独り？」

と、柿丘はきいた、念のために……。

「ええ独りなのよ。どうしてさ、ああ、奥さんのことなの。奥さんなら、いまちょいとお仕事が、おあんなさるのですって」

雪子夫人は、お饒舌《しゃべり》をしたあとで、娼婦のように、いやらしいウインクを見せたのだった。

「奥さん、今夜はどうかなすったんですか、お顔の色が、すこし良くないようですね」

「あら、そう。そんなに悪い？」

「なんともないんですか」

「そう云われると、今朝起きたときから、頭がピリピリ痛いようでしたわ。きっと、心《しん》が疲れきっているのねえ」

「用心しないといけませんよ。今夜はなる可《べ》く早くおかえりになっておやすみなさい」

「ええ、ありがとう、秋郎さん」

そう云って、夫人はそっと額に手をやった。夫人は、巧みにも柿丘の陰謀から出た暗示に罹ってしまったのだった。

それから柿丘は、室内を一《ひ》と巡《めぐ》り夫人を案内して廻った。最後に二人が並んで立ったのは、例の奇怪なる振動を出すという音響器の前だった。柿丘は出鱈目《でたらめ》の実験目的を説明したうえで、右手を押釦《おしボタン》の前に、左手を、振動を僅かの範囲に変えることの出来る装置の把手《ハンドル》に懸けた。これは、万一計算が多少の間違いをもっていたときにも、この把手をまわすことによって振動数をかえ、例の恐ろしい目的を果そうという仕組みだった。

「じゃ、ちょっと、その音響を出してみますよ。たいへん奇妙な調子の音ですが、よく耳を澄ましてきいていると、なにかこう、牧歌的な素朴な音色があるのです」

柿丘秋郎は、捉えた鼠を嬲《なぶ》ってよろこぶ猫のような快味を覚えながら、着々とその奇怪なる実験の順序を追っていったことだった。

「まアいいのねえ、早くやって頂戴な」

と恐ろしい呪いの爪がおのれの身の上に降るとも知らない様子で、雪子夫人は実験を待ち侘《わ》ぶるのだった。

「では、始めますよ。ほーら、こんな具合なんです――」

柿丘は右手の指尖《ゆびさき》でもって、押釦をグッとおしこんだ。忽《たちま》ち鈍いウウーンという幅の広い響きが室内に起ったが、その音は大変力の無い音のようで居て、その癖に、永く聴いているとなにかこう腹の中に爬虫類《はちゆうるい》の動物が居て、そいつがムクムクと動き出し内蔵を鋭い牙でもって内側からチクチクと喰いつくような感じがして、流石に柿丘も不愉快になった。だが手軽くこの音響をやめては、折角の剝離作用も十分な効目を奏さないことだろうと思って、我慢に我慢をして押釦から指尖を離さなかった。

「なんだか、やけに地味な音なのね」

「え、どうです、この牧歌的な音色は……」

「牧歌的なもんですか、地面の下でもぐらが蠢《うごめ》いているような音じゃありませんか」

そう云うと、夫人はこの実験台の前から、スッと向うへ歩みはじめた。柿丘はホッとして押釦から指尖を離した。

夫人は真直《まっすぐ》に歩いて片隅へまで行ったが、やがてそのまま柿丘の方へ帰ってきた。

「ねえ、このお部屋に、御不浄はないのですか?」

夫人は顔をすこしばかり顰《しか》め、片手を曲げて下ッ腹をグッと抑えるようにしていた。

その言葉を聞いた柿丘は、頭がグラグラとするのを覚えて、思わず、手尖《てさき》にあたった実験台の角をギュッと握りしめたのだった。そして、言葉も頓《とみ》に発し得ないで、反対の側の片隅を、無言の裡《うち》に指《ゆびさ》した。そこには黒い横長の木札の上に、トイレットという文字がエナメルで書きしるされてあった。

雪子夫人は、吸いつけられるように、その便所の扉《ドア》の方に歩みよった。

柿丘は、化物のような大口《おおぐち》を開いて、五本の手の指をグッと歯と歯の間にさし入れると、笑いとも泣いているとも分つことの出来ないような複雑な表情をして、ワナワナとその場にうち慄えていた。

バタンと、荒っぽく便所の扉《ドア》のしまる音がして、雪子夫人がヨロヨロと立ち現われた。

るのだった。その顔色は蒼白で、唇は紫色だった。ひょいと見ると夫人は右手に何かをぶら下げてい

「秋郎さん」夫人の空虚《うつろ》な声が呼びかけた。

「…………」

「あなたの祈りは、とうとう聞きいれられたのよ。あたしたちの可愛い坊やは――ホラあなたにも会わせてあげるわ」

ピシャリと、柿丘の頰に、生《なま》ぬるいものが当ると、耳のうしろを掠《かす》めて、手帛《ハンカチ》らしい一摑《つか》みほどのものがパッと飜《ひるがえ》って落ちた。

「呀《あ》ッ――」と声をあげて、柿丘は頰っぺたを平手で拭ったが、反射的に、その生まぬるいものの附着した掌《て》を、グッと顔の前にさしだした。うわッ、血だ、血、血、ぬらぬらした真紅《まつか》な血塊だった。

柿丘はその場に崩れるように膝を折って倒れると、意識を失ってしまった。どの位、時間が経ったのか。彼が再び気がついたときには室内に白石夫人の姿は最早見えなかった。

(兎《と》に角《かく》、うまく行った。真逆《まさか》、なにがなんでも、音響振動で夫人に堕胎をさせたのだとは、気がつくまい。胎児さえ流れてしまえばもうこちらのものだ。おい柿丘、お前の勝利だぞ。一つ大きい声で愉快に笑え!)

そう自分の心を激励したものの、声を出そうとしても、胸が抑えつけられるようで、

思うようにはならなかった。気がつくと、咽喉《のど》の下あたりと思われるあたりに、何か南瓜《かぼちゃ》のようなものが閊《つか》えるようで、気持がわるかった。そいつを吐こうと思って、頤《あご》をグッと前に伸べた途端に、咽喉の奥が急にむずがゆくなってエヘンと咳《せ》いたらば、ドッと温《あたたか》いものが膝頭の前にとび出してきた。

「こいつは、失敗《しま》った!」

柿丘秋郎には、普通の眼には見えない胸の奥底がハッキリ見えた。そのうちにも、あとからあとへと激しい咳に襲われそのたびにドッドッと、鮮血を吐き散らした。柿丘の前の血溜りは、見る見るうちに二倍になり三倍になりして拡《ひろま》って行った。それとともに、なんとも云えない忌《い》やな、だるい気持に襲われてきた。すると全身がガタガタと震えだして、いくら腕を抑えつけても、已《や》むということなく、終《つい》には、実験室全体が大地震になったかのように、グラグラ振動をはじめたと錯覚をおこした。灼《や》けつくような高熱が、全身から噴きだした。

「奔馬性結核《ほんばせいけっかく》!」

彼は床の上に転倒しながら、ハッキリ彼自身の急変を云いあてたのだった。

4

吾が柿丘秋郎は、なんという不運な男であったことだろう!

折角苦心に苦心を重ねた牝豚夫人の堕胎術には成功したのだったが、その夜彼は突如として大喀血《だいかっけつ》に襲われ、急に四十度を越える高熱にとりつかれて床についてしまった。彼の意識は、もうかなり朦朧《もうろう》としてしまったが、吸入の酸素瓦斯《ガス》を、もっと強く出してくれるようにということと、どんなことがあっても主治医である白石博士を呼んではならないということを、家人に要求したのだった。何故に名医白石博士を謝絶したのであるか。生命をかけてまで、排撃したのであるか。

それについて、柿丘は遂に言葉をつぎたすことなく、二日後に長逝《ちょうせい》してしまった。ここに涙なくしては眺めることの出来ないものがある。それは、二十年の春を、つい此間迎えたばかりの呉子さんが、早や墨染《すみぞめ》の未亡人という形式に葬《ほうむ》られて、来《きた》る日来《きた》る夜を、寂滅《じゃくめつ》と長恨《ちょうこん》とに、止め度もない涙を絞らねばならなかったことだった。

身寄りのすくない呉子さんに、何くれとなく力添えをすることの出来るのは、僕一人だった。白石博士も、雪子夫人も急によそよそしくなって、極《ご》く稀《まれ》にしか、呉子さんの許を訪ねて来はしなかった。僕は、亡き友人柿丘になり代って、いや柿丘のなし得たその幾層倍の忠実さをもって、呉子さんを慰めたのだった。呉子さんも、僕を亡き良人《おっと》の兄弟同様の人物として、何事につけ僕を頼り、たとえば遺産相続のことまでも、すこしも秘密にすることなく、僕に相談をかけるという有様だった。呉子さんと僕との心が、いつとは無しに相倚《あいよ》って行ったのは、誰にも肯《うなず》いて貰えることだろうと思う。

柿丘の死後二ヶ月経った晩秋の或る朝、僕はその日を限って、呉子さんの口から、或る喜ばしい誓約をうけることになっているのを思い浮かべながら、新調の三つ揃いの背広を縁側にもち出し、早くこれに手をとおして、午後といわず、直ちに唯今から、呉子さんを麻布《あざぶ》の自邸に訪問しようと考えた。

僕は、帯をほどいて衣服をうしろにかなぐり捨てると、猿股《さるまた》一枚になって、うららかな太陽の光のあたる縁側にとび出し、ほの温《あたたか》い輻射熱《ふくしやねつ》を背中一杯にうけて、ウーンと深い呼吸をして、眼をとじた。

「町田《まちだ》狂太《きようた》さん」

不意に、庭の方から人の近づく気配がした。眼を眩《まぶ》しく開くと、三十あまりの若い青年紳士が、こちらを向いてニコヤカに笑いながら、吾が名を呼びかけた。

「僕は町田ですけれど、貴方は、どなたでしたかね」

僕も、ついつい笑いに誘われて、朗《ほが》らかに云ってのけた。

「ちょいとお話を伺いたいことがあるんですが……。僕は、こういう者なんでして」

そう云って青年紳士は、一葉の名刺をさしだした。とりあげて読んでみると、

「警視庁巡査田部《たべ》八郎《はちろう》」

こんな名刺なんか、破いて捨てちまえだと思った。しかしそんなことを色にも出さず僕は云った。

「どんな御用か存じませんが、まアお掛けなさい。一寸着物を着ますから……」

そう云って僕は、着物のある奥座敷の方へとび込もうとすると、

「いや、動くと、一発。横ッ腹へ、お見舞い申しますぞ」青年は、おちついて云った。ふりかえってみると、青年紳士の右手にはキラリと、ブローニングが光っているのだった。

僕は、裸のままで、新調の洋服をソッと傍へのけると、縁側に腰を下ろした。

「もう、お覚悟はついたことでしょうが、柿丘秋郎殺害犯人として、貴方を捕縛します。令状は、ここにちゃんとあります」

私服の田部巡査は、白い紙ぎれを、僕の方に押しやった。

「莫迦なことを云っちゃいかん」

と、僕は云った。

「柿丘は僕の親友でもあり、兄弟同様の仲なんだ。怪しい人物は、彼をめぐる女性たちそれから藪《やぶ》医者なんか、沢山あるじゃないか」

「そんなことは、貴方のお指図をうけません。知りたければ云ってあげますが、僕は柿丘夫人から依頼をうけて、もう一と月あまり、あらゆる捜査をやってきたんです。この期《ご》に及んで、そうじたばたすることは、貴方の虚名《きよめい》を汚《けが》すばっかりですよ。神妙になさい。

貴方は、音響振動によって、婦人の堕胎をはかったり、結核患者の病竈にある空洞を、音響振動を使って、見事に破壊し、結核病を再発させるばかりか、その一命を断とうという恐ろしい企《くわだ》てをした人なんです。しかも、柿丘氏には、すこしもそんな話をせずに、夫人を堕胎させることばかりに注意力を向け、おのれの空洞が激しい振動をおこして、結締織《けっていしき》を破損させ、自分の生命を断ってしまうなどということを一向に注意してやらなかったのです。無論、すべては、物理教師だった貴方の悪知慧だったのです。貴方はそのことを、巧みに隠していましたね。

貴方は、柿丘氏死亡の責任を、主治医の白石博士に向けるように故意にさまざまの策動をしたり、博士夫人が痴情関係から殺害でもしたかのように仕むけました。

だが、すべては私達商売人にとって、あまりに幼稚なお膳立てでした。

それに貴方は、一つの重要な失策をしている。貴方は細心の注意を払ったにも係《かかわ》らず柿丘氏の日記帳を処分することを忘れていた。或いは、貴方はこの日記帳を読んだことはあるのだが、柿丘氏が、あのことについては、ほんのちょっぴりも日記帳に記述をさけているのを見て、すっかり安心されたのかも知れませんね。

だが、この私は、重大な一行を見遁《みのが》しはしなかった。それは、柿丘氏が今年の秋の始めに、日東《にっとう》生命の保険医の宅で、正面からと側面からとの、二枚のレントゲン写真を撮ったという記事だったのです。

レントゲン写真は、正面又は背面から撮影するものであって、けっして側面からうつすようなものじゃない。そこを私は、不審に思ったのです。それから私は、日東生命の保険医を訪ねて、いろいろと絞った揚句、貴方が保険会社の外交員と、保険医とをうまく買収して、あの奇抜なレントゲン写真をとらせ、その種板を持ってゆかれたことを知りましてねえ。町田狂太さん、貴方は、正面と横とから柿丘氏の右胸部にある大きい空洞の容積を、精《くわ》しく計算なすったのでしたね。その結果、なんと皮肉なことにも、柿丘氏の結核空洞は、白石博士夫人の子宮腔の大きさと、ほぼ等しい大きさをなして居ることを発見したのです。

一石にして二鳥、なんにも知らぬ柿丘氏の手を借りてその人を自滅させると同時に、その美しい呉子夫人を己《おの》が手に収めようとした貴方だったのです。敏感なる夫人は、健《けな》気《げ》にも、みずから進んで貴方の懐中《ふところ》に飛びこみ、或る程度の確信を得られると、早速私に真相を探求してもらいたいという御依頼があったのです。

さて、貴方の買収された保険外交員と保険医とは、私と一緒について、この垣の向うに控えて居ります。もし久闊《きゅうかつ》を叙《じょ》したいお思召《ぼしめ》しがあるなら、早速御ひき合わせしようと思いますが、如何《いかが》でしょうか。その間に私は家宅捜査をさせて頂いて、振動魔の貴方が、計算せられた紙きれや、また柿丘氏には不合格になったと思わせた生命保険に、貴方は莫大な保険金を契約して、柿丘氏を殺したあとで巨額の死亡支払金を詐取《さしゅ》したその証拠書類やらを発見させて頂きたいんです。なにか、私に仰有《おっしゃ》ることはありませんか」

警視庁からの使者は、痛快に僕の正体を発《あば》いてしまったのだった。

それから、満二ヶ年の歳月が流れて、公判のあとに公判が追いかけ、遂に先頃、大審院の判決もすんで、ここに一切の訴訟手続が閉鎖されることになった。それから僕は、この拙《つたな》い懺悔録《ざんげろく》を書き綴りはじめたのだったが、不思議なことに、どうやらやっと書き終えた今夜は、僕が味わうことの出来る最後の夜らしい。そのことは前日から感付いていたので、別に気《き》臆《おく》れもしない。

僕はこの思い出深い夜が静かに明け放れると共に、この監房を立ちいでて、高い絞首台にのぼらねばならないのである。

# 編者解説　ホムラの髄から海野を覗く

新保博久

金田一耕助は『本陣殺人事件』一つを解決したら、どこへともなく飄然と去ってゆく予定だったと横溝正史は言う。初登場時けっこう丹念に造形されているので、これを額面通りには少し受け取りにくいのだが、江戸川乱歩が「D坂の殺人事件」で明智小五郎を「一ぺんきりでよすつもりだった」というのは、もうはっきり信用ならない。もちろん、受けなかったら一作限りで葬っただろうが、明智の描写はそれまで一作ごと使い捨ててきた橘梧郎、左右田五郎といった記号的な木偶《でく》の坊《ぼう》探偵とは気合の入れ方からして違う。実際「D坂の殺人事件」の続篇「心理試験」の掲載前の原稿を、兄事していた小酒井不木に読んでもらい、日本にまだ前例のなかった専業探偵小説家になれるかどうか判定を求めているのだから（不木は太鼓判を捺《お》した）、そのためにも自身のシャーロック・ホームズを持つ必要を感じていたはずだ。

　フランチャイズ誌だった『新青年』の編集長森下雨村から、半年間毎月読み切りを書くという連続短篇を課された乱歩は、これに「心理試験」「黒手組」「赤い部屋」「幽霊」、ひと月休載して「小品二篇（白昼夢／指環）」「屋根裏の散歩者」で応えた（「D坂」を

第一回としている資料もあるが誤り）が、過半に明智小五郎を活躍させている。これは乱歩が余技作家から職業作家へと転身する契機ともなったが、雑誌側もまた味をしめて、有望株が現れればこの試練を与えて作家の育成に努めたものだ（必ずしも六篇ではない）。乱歩のあと、大下宇陀児・甲賀三郎・海野十三・木々高太郎・大阪圭吉・渡辺啓助といった面々がこの難事の達成に挑んでいる。

　海野十三は乱歩の第一創作集『心理試験』が出たとき何とはなしに買って読み、「日本には、こんな面白い探偵小説があるのか！」（一九三五年、黒白書房版『俘囚』作者の言葉）と目覚めただけに、みずから連続短篇を試みるに際し、明智小五郎を創造した先輩の故智に思い至ったのは想像に難くない。自身の探偵役を誂えるに当たって、海野十三はデビューから一年半後に発表した「**赤耀館事件の真相**」（『新青年』一九二九年十月号）に登場させた帆村唱六《ほむらしょうろく》なる〝探偵〟を思い出したにちがいない。唱六の探偵法はその後の帆村荘六《そうろく》と大して変わらない。シャーロック・ホームズをもじって軽い気持で命名したに違いないが、けっこう気に入ってしまい、しかし帆村唱六がその後も継続的に事件を解決することはあり得ないから、少し変えて荘六にしたのではないか。小五郎の後塵を拝して五に続く六の意味も込めたのかもしれない。本篇が『電気風呂の怪死事件』（三二年、日本小説文庫）に収録された際、帆村唱六は赤星五郎という名前に改められた。帆村唱六では九十五年ぶりの書籍初収録になる（**太字**は本書収録作品。なお同篇で、赤耀館の現当主・亮二郎と結婚する前から梅田百合子が叔母夫妻を兄さん姉さん

ずにおいた)。

帆村荘六の名前の初登場は「麻雀殺人事件」(『新青年』一九三一年九月号)だが、帆村の紹介を兼ねる導入部を除く本題の書き出しが、「それは蒸し暑い真夏の夜のことだった」。乱歩が「D坂の殺人事件」(『新青年』一九二五年一月増刊)の筆を起こした一文、「それは九月初旬のある蒸し暑い晩のことであった」がいやでも連想されるが、たとえ無意識的にでも明智を手本にしたことは疑いない。その割に、明智の描写が精細だったのに比べて、帆村は冒頭では「目下売出しの青年探偵」とそっけなく、ほどなく「帝都暗黒界の鍵《キー》を握る名探偵」とエスカレートするが、それ以外は麻雀に「三年こっち病みつき」であるのと、自前の研究室を持っているぐらいしか分からない。

連続短篇の第二作「省線電車の射撃手」(『新青年』三一年十月号)ではやや詳しく、「僕は或る本職を持っている傍《かたわら》、お恥かしい次第ですが、『素人探偵』をやっています。無論、その筋の公認を得て居りまして、唯今の捜査課長の大江山も、僕を御存知です」と自己紹介している。或る本職とは何だったのだろう。『新青年』に雁行して同年の『アサヒグラフ』十月二十一日号と二十八日号に分載された「ネオン横町殺人事件」でも活躍するが、「省線電車の射撃手」のころ「モダーンな科学探偵術をチョコチョコふりまわし、事件を不思議な手で解決するので、少し評判が出てきた」帆村にライバル意識をもっていた大江山捜査課長(ネーミングは鬼警部から来たものか)に、はじめから素人探偵の推理力を当てにされている。ボクシングの心得があることも明らかにされ、ホームズ直系と示されたようでもある。

続く「**振動魔**」（『新青年』一九三一年十一月号）はそれまでの三人称でなく事件関係者の一人称だが、終盤で訪問してくるのは初出では「帆村と名乗る私立探偵」だった。これら連続短篇は初めから四作と予告されており、「勿論各作に連絡があるわけでない」と第一回掲載号の編集後記に断られていたが、三話まで書いたところで帆村物に統一する欲が出てきたのかも知れないが、最終回の「恐ろしき通夜」（同年十二月号）で完全に帆村を離れた。「振動魔」でも民間探偵の帆村がブローニングをちらつかせたり、令状を持ってきたりするのは不自然で、戦後まもない一九四六年、筑波書林から〈LOCK探偵叢書〉の一冊として刊行された短篇集『振動魔』で警視庁巡査田部八郎に置き換えられているほうが妥当だろう（「柿丘夫人から依頼をうけ」るのが今度は変だが）。

この変更に伴い、以後「振動魔」は帆村ヴァージョンと田部ヴァージョンとが共存するようになった。三一書房版〈海野十三全集〉（十三巻、別巻二。一九八八〜九三年。以下、単に〈全集〉と表記する）や創元推理文庫版『獏鸚　名探偵帆村荘六の事件簿』（日下三蔵編、二〇一五年）など、近年の再録では帆村ヴァージョンのほうが優勢なので、本文庫版ではあえて田部ヴァージョンを採り、参考作品として巻末に配した。読者の判断はいかがだろうか。ちなみに私が初めて読んだ「振動魔」は田部ヴァージョンであり、初出誌において帆村荘六だったとは夢にも思わず、そのつもりで『別冊文芸読本日本の名探偵』（横溝正史編、一九八〇年）で担当したコラム「帆村荘六紹介」では「振動魔」に帆村は登場しないと書いて、帆村ヴァージョンで読んでいる読者を混乱させたものだ。四十数年ぶりにお詫びしておきたい。

　帆村はむしろ他誌に出張して活躍することが多く、「人造人間失踪事件」（『モダン日本』同年十一月号）、「七蟇団《ひきだん》のバトン」（『週刊朝日』三二年一月一日号）、「ラジオ殺人事件」（『改造』同年三月号）、初の長篇「空襲葬送曲」（『朝日』同年五～九月号、カメオ出演）、「**盗まれた脳髄**」（『雄弁』三三年四～五月号）と、作者自身が急激に人気作家として引っ張り凧になってゆく。と同時に、帆村の露出を増やして『新青年』の読者以外にも認知させようとした様子が窺われる。

『新青年』にはなるべく会心の作品を寄せたいと考えていたかのようでもある。「西湖の屍人」（一九三二年四月号）、「**爬虫館事件**」（同年十月号）、「赤外線男」（三三年五月号）、「ゴールデン・バット事件」（同年十月号）、「柿色の紙風船」（三四年二月号、カメオ出演）、「**俘囚**」（同年六月号）、「**人間灰**」（同年十二月号）といった帆村登場作品のほか、「夜泣き鉄骨」（三二年八月号）、「キド効果」（三三年一月号）、「三人の双生児」（三五年九～十月号）などを発表したものだ。凡作もあるが、中篇「赤外線男」「三人の双生児」はじめ、初期代表作が多く含まれているのは偶然ではないだろう。

　なお「盗まれた脳髄」は、たとえば114ページ7行目が初出では「阿弗利加《アフリカ》の土人なんて、日本人に比べて頭脳は頗《すこぶ》る劣等なんだらうが、人種にもよりけりで、何故阿弗利加土人なんか使つてゐるのだらうね」などと、帆村が誤った偏見に基づく発言をしているが、当時の平均的日本人の認識なのか、物語の効果上、作者は誤謬と承知で帆村に言わせているのかともかく、作者が特に過激な人種差別主義者だと誤解されかねないのを防ぐため、この一篇は全体に表現の和らげられた春陽文庫版に従った。オリジナルの表現を読みたい読者には、国会図書館デジタルコレクションで日本小説文庫版『赤外線男』（一九三三年）をご覧いただきたい。

問題表現ではないが「七蟇団のバトン」には気にかかる叙述もあって、「素人探偵、帆村荘六――といえば、まだ乳くさい若者で、理学士という変った肩書の持ち主だが『赤耀館事件』だの『麻雀倶楽部殺人事件』だの『省線電車射撃事件』だのという、近頃での難事件を、一風変ったやり方で、見事に解決したところから急に前途を云々されだした。いわば未知数の名探偵だった」と、「赤耀館事件の真相」を見抜いたのも帆村荘六と言わんばかりだ。作者の意識では同一化していたのだろうか。

帆村は『新青年』以外の一般誌どころか少年誌にも進出して、この点では『怪人二十面相』（一九三六年）の明智小五郎に先がけた。「地中魔」（『少年倶楽部』三三年七〜十二月号）では、「未知数の名探偵だった」帆村が東京丸の内に事務所を構える「有名な私立探偵」に出世しているが、フランスへ出張して留守の帆村に代わって少年探偵三浦三吉が怪盗と対決し、最後にようやく帆村が帰国してくるのは『怪人二十面相』の前半部の展開を連想させずにはおかない。

「爬虫館事件」、「盗まれた脳髄」、「牛罐工場事件」（『冨士』一九三三年七月号）と帆村を扶けてきた須永に代わって、「地中魔」での帆村の助手は、三吉少年の足を引っ張ってばかりいる大辻又右衛門（すごいファーストネームだが、苗字を大辻にしたので、鍵屋の辻から荒木又右衛門を連想したものか）。須永は『流線間諜《スパイ》』（三六年、日本小説文庫）の表題作で、帆村の指令で敵国スパイとおぼしい怪人を追跡していたはずが、哀れにも発狂させられて物語世界から姿を消すので、「流線魔人」の題で陸軍省の雑誌『つはもの』に連載されたのは「牛罐工場事件」と「地中魔」の間ごろからと推測される。

生真面目な須永と違ってコミックリリーフに使いやすく造型された大辻だが、「点眼器殺人事件」（『講談倶楽部』一九三四年三月号、河出文庫『横溝正史が選ぶ日本の名探偵　戦前編』所収）を経て、帆村の登場しない「恐怖の口笛」（『冨士』三五年八〜十一月号）ではなぜか覆面探偵青竜王の助手になっており、「暗号数字」（『現代』三八年三月号）では帆村の留守事務所を預かっていて悲劇の退場を遂げる。帆村の助手にはろくでもない運命しか待ち構えていないようだ。

「地中魔」と同じく一九三三年七〜十二月号の『科学の日本』に並行連載された「崩れる鬼影《おにかげ》」では、たぶんこの一作以外には登場しない（存在も示されない）荘六の弟の一人称で、〝大学は出たけれど〟状態にいる帆村荘六の姿が描かれる。「兄は理学士なのですが、学校の先生にも成らず、毎日洋書を読んだり、切抜きをしたり、さもないときは、籐椅子に凭《もた》れ頭の後《うしろ》に腕を組んでは、ぼんやり考えごとをしていました。なんでも末は地球上に一度も現れたことの無い名探偵になるのだということです」と語るその弟の名前は「民夫」「民彌」と一作内で一定せず、戦後の単行本（一九四八年、青葉書房。外題は『月光の怪人』だが、本文での表題は「月世界から来た怪人」）でも統一されていないのは海野十三らしい鷹揚さだ（この鷹揚さのため、本格探偵小説を書くのに向かなかったとも言える）。それはともかく、帆村シリーズというだけでなく著者の全作品で初めて地球外生命体の侵略が描かれ、作家としての大きな転機を告げる作品となった。少年小説の人気作家となり、さらに宇宙冒険ＳＦを開拓して、年少読者から絶大な支持を受けるのだから。

いっぽう、一九三七年七月の盧溝橋事件に始まる日中戦争が近づいており、軍靴の響きが高まってくる世相を背景に、帆村荘六の身分や扱う事件にも変化がもたらされてゆく。「盗まれた脳髄」のような例外はあっても、基本的にトリッキーな本格探偵小説の枠組で活躍していたのが、「流線間諜」では長篇時代の明智小五郎ばりのアクション探偵に変貌、×国間諜団に潜入して軍部にも積極的に協力する。この活劇路線では、時局性を排して娯楽に徹した長篇『蝿男』（『講談雑誌』一九三七年一～十月号）が代表作といえるだろう。題名は江戸川乱歩の『蜘蛛男』（三〇年）に倣ったようだが、乱歩の蜘蛛男が別にクモ怪人ではないのに対して、帆村が死闘を演じる蝿男のほうは……。そして、これまた明智小五郎が『魔術師』（三一年）で恋人を得て結婚に至ったごとく、帆村も事件を通じて知り合った玉屋糸子を伴侶に迎えている（『蝿男』が児童向きにリライトされた『美しき鬼』では結婚しない)。

しかし、明智夫人が後続作品でけっこう活躍するのに、帆村の家庭生活は爾後まったく描かれず、大辻がなぜか健在で住み込んでいる「謎の要塞写真」(『冨士』一九三八年十月増刊)に出てくる大森区の帆村家や、ジュヴナイル短篇「やどかりの秘密」(初出不詳。一九四一年博文館刊『空襲警報』所収)で甥の道夫少年が訪ねて来る自宅にも夫人の気配はなく、下男の仲蔵と二人暮らしのようだが、帆村の留守中その仲蔵が殺される。背景にスパイ事件があったと明かされるのが、戦後の版では密輸事件に書き換えられていた。敗戦前のたぶん最後の事件「仁王門怪記号事件」(『新青年』四四年三月号)によると、その自宅は麻布にあって小学校時代から住んでいるらしいが、来客を迎えに出てくる「若き妻君」が糸子なのかどうかも定かでない。

それに先立つ「**匂いの交叉点**」(『新青年』一九三九年三月号)は、同誌には「獏鸚」(三五年五月号)以来四年ぶりの帆村登場で、久々にスパイの絡まない事件である。『蠅男』以後、「東京要塞」(『サンデー毎日』三八年一月一日臨時増刊)では「某大国」の施設らしい都内の現場の工事に、左官に化けて潜入していたが、「器用な彼は、平常《へいぜい》暇のあるごとに、色々な仕事を習い覚えていて、今度のような万一の場合には、すぐどんな職人にでも化けられるように訓練を積んであった」というように、スーパーマン化が甚だしい。「秘密伝令百十九号」(『日の出』同年二月号)では中国に駐留していて「(日支)事変の前は、丸の内に私立探偵事務所を持っていた青年探偵」と紹介されており、

「仁王門怪記号事件」で「事務所は、もう数年前に畳んでしまった」と語ったのと合致するが、のんびり愛の巣を営んでいる余裕はなかっただろう（「秘密伝令百十九号」に続く「暗号数字」では探偵事務所の存在が必須なので、八、九年前の回想談に仕立てたのかもしれないが、それでは「麻雀殺人事件」の発表より古くなって、いろいろ辻褄が合わず、勇み足というしかない）。

　それにしても、このキャラクターへの海野の愛着は強いらしく、小栗虫太郎が途中まで書いて六人の探偵作家と一人の漫画家に解決を委ねた大喜利企画「**探偵作家コンクール**」（『オール讀物』一九三九年四月号）でも「**名探偵帆村**」として、必要もないのに帆村荘六を引っ張り出している。久生十蘭の顎十郎は捕物帳だから出馬は無理としても、金田一耕助をまだ創造していなかった横溝正史には由利先生がいたし、甲賀三郎にも手塚龍太弁護士や獅子内俊次記者がいたのだが、自身のシリーズ・キャラクターを担ぎ出したのは他に木々高太郎のみ（ただし大心池《おおころち》先生ではなく、『人生の阿呆』『折芦』などに登場した志賀博士）。海野・小栗・木々は前年まで同人誌的探偵小説専門誌『シュピオ』を運営してきた仲間だったから、小栗が企画を盛り上げるため個人的に名探偵出馬を慫慂したのかもしれない。これといった名探偵を持たなかった大下宇陀児を加え、顔触れこそ豪華な大喜利だが、その割に楽しい読み物にならなかったのは、挑戦された側が解答篇を書くのに小説形式で真面目に書きすぎたせいもあるだろう。横井福治郎が漫画を添えてメタ解答で応じたほかは海野の健闘が目立つ（全員分のを読みたいという読者は、〈全集〉別巻2、あるいは春陽堂書店刊・日下三蔵編〈合作探偵小説コレクション〉6『諏訪未亡人／猪狩殺人事件』をご覧ありたい）。海野解答は内容以上に、のち戦争末期に海野戦死の誤報に小栗が狼狽し、敗戦直後、小栗が実際に急逝すると海野が身も世もあらず慟哭したエピソードからも窺われる両者の友情を、憎まれ口のあわいに読み取りたいところだ。

『謎の要塞写真』（二〇二四年、大陸書館）で五篇が読めるが、軍事探偵になりきってしまったかに見える帆村だが、珍事件に挑む素人探偵としても健在だと、「匂いの交叉点」は主張しているかのようでもある。そこで語り手の住まいは杉並区高円寺と明記されているのに、帆村の事務所は所在が曖昧にされているのは、すでに私立探偵は廃業していたはずだからだろう。「人造人間エフ氏」（『ラジオ子供のテキスト』一九三九年一〜十二月号）ではまだ丸の内に事務所があり、大辻も生きていて助手を務めているから、「暗号数字」以前の物語なのかというより、設定上の細かい矛盾は気にしないと開きなおったらしい。「什器破壊業事件《ものをこわすのがしょうばい》」（『大洋』三九年九月号）でも、女性探偵の風間光枝が帆村から助力を請われて、丸の内の事務所を訪ねているように、長篇『爆薬の花籠』（『少女倶楽部』四〇年六月〜四一年六月号）や短篇「成層圏の魔菌」（『国民六年生』四一年一月号）でもそういう設定だ。

風間光枝は、木々高太郎、海野十三、大下宇陀児が毎月交替で執筆する同一キャラクター競作で、以後も「盗聴犬」（『大洋』二九年十二月号）、「痣のある女」（四〇年三月号）と海野担当回ではいつも帆村と共演させられ、結局「彼の引立役を演じては、ばかを見」る役回り。風間光枝の競作が全九回で終了してからも、海野のお気に入りになったのか、海野のソロ連作「科学捕物帳」（『講談雑誌』一九四一年六〜九月号）のヒロイン風間三千子は光枝の性格の完璧なコピーであり、〝盗まれた脳髄〟ならぬ〝盗まれた心臓《ハート》〟なのだ。光枝との大きな違いとして、三千子のほうから帆村に助力を求めるのに、いつも素気《すげ》なくされ、しかしこっそり彼女を護衛していた帆村に最後の急場を救われるのがパターンである。最終話「探偵西へ飛ぶ！」（中公文庫『海野十三戦争小説傑作集』所収、連作全体は論創社刊『風間光枝探偵日記』に集成）だけは趣を異にし、三千子と帆村はともども中国戦線に潜入し、二人して戦死は不可避という運命に陥る。さすがの帆村ももはや三千子を救えなかったのだろうか。

　それでも帆村自身は戦死することもなく、『宇宙戦隊』（『海軍』一九四四年五月〜四五年三月号）ではついに成層圏外へと飛び出す。冒頭で、「この小説に出てくる物語は、今からだいぶん先のことだと思ってください。つまり未来小説であります。今から何年後のことであるか、それは皆さんの御想像にまかせます」（「作者より読者の皆さんへ」）と言いながら、早々に、今は皇紀二千六百十年——すなわち昭和二十五年（一九五〇年）のことだと明かしてしまっている。作中では、まだアメリカと交戦中だ。

　海野十三の戦後の小説は、〈全集〉第12巻の池田憲章氏の「解題」によれば、「確認されているだけで、連載の中編・長編41編（うち、少年物30編）、短編92編——三年十ヵ月の間にこれだけの作品を書きあげているのだ」というが、その後も発掘が続いて作品数は増えている。だが帆村荘六の登場は激減して、一九四七年に「鞄らしくない鞄の話」（『宝石』一月号）、長篇「地獄の使者」（『自警』一月〜四八年一月号）、水谷準企画・土岐雄三構成の「三つの運命」（『ロック』五月号）に寄せた「帆村荘六探偵の手紙」、「千早館の迷路」（『ロック』八月増刊）、「断層顔」（『探偵よみもの』十月号）、および長篇『怪星ガン』（『冒険少年』四八年一月〜四九年三月号）と、帆村が登場したたん中絶した「原子力少年」（『子供の時間』四八年八月〜四九年三月号）、『蠅男』のリライトで四九年五月に海野死去のあと島田一男が海野名義のまま継続した『美しき鬼』（『少女世界』四九年二月〜五〇年三月号）しかない。

権田萬治氏が海野の全作品を五つに分類したのを参考にして、瀬名堯彦氏は「科学の夢追い人——海野十三研究展望」（『幻想文学』三十号、一九九〇年九月）で⑴探偵小説、⑵スリラー小説、⑶ミステリー（権田分類ではSFミステリー）、⑷SF、⑸軍事小説、⑹スパイ小説、⑺冒険小説（最後の三つは権田分類の第五「軍事スパイ小説ないし、軍事小説」を細分化）に七大別している。それらの作品例は、帆村シリーズに限って見ると、⑴「麻雀殺人事件」「省線電車の射撃手」「爬虫館事件」「地獄の使者」、⑵『蠅男』「千早館の迷路」、⑶「振動魔」「俘囚」「盗まれた脳髄」「赤外線男」、⑸「空襲葬送曲」、⑹「流線間諜」「東京要塞」「暗号数字」「血染の暗号図」（『冨士』一九三七年十月増刊〜十一月号）『爆薬の花籠』「人造人間エフ氏」、⑺『怪塔王』『怪星ガン』が掲出されている。(4)には該当作が挙がってないのだが、(3)かもしれない「断層顔」や、(7)でもある『宇宙戦隊』などを含めてもいいのではないか。作者のどんな傾向の作品にも出演してしまえるのが帆村のすごいところだ。

「断層顔」の設定は、SF映画・怪奇映画ファンならおなじみになる「蠅男の恐怖」（一九五八年）に先がけたものだが、物質転送機の事故によって怪物が生まれてしまうというアイデアはさらに早く、海野自身「宇宙女囚第一号」（『科学主義工業』三八年七月号、丘丘十郎名義）で試みている。「断層顔」は発表から三十年後の一九七七年の近未来小説で、人工肺臓に頼り人工心臓も検討している老探偵帆村の、年代記上は最後の事件として構想されたようだ。助手は「地獄の使者」「帆村荘六探偵の手紙」時代の八雲千鳥（彼女は悲惨な最期を迎えていませんように！）に代わって人造人間カユミと、帆村の甥（いったい何人いるんだ）のムサシ君こと蜂葉十六。蜂葉は丘丘十郎《おかおかじゆうろう》（または丘　丘十郎《きゆうじゆうろう》）名義の作品で活躍する蜂谷十六《むさし》の分身のようでもあるが、ニックネームは江戸時代からあるボードゲーム十六六指にちなむ。作中の未来予測のうち「実現したのはテレビ電話と、十六六指なるゲームが完全に若者に忘れられたこと」だけだと全集第13巻の「解題」で瀬名氏は指摘しているが、昭和がそんなに続くこと、帆村の依頼人が谷間《たにま》シズカで夫が碇曳治《いかりひきはる》と夫婦別姓の確立を示唆していることに嘆賞しよう。

筒井康隆氏の「**科学探偵帆村**」（『群像』二〇一三年十二月号）は、いわゆる純文学作家を中心に十三人を糾合して、名探偵をキーワードに自由に創作してもらうというコンセプトの特集に応じた作品で、寄せられた短篇は翌年にアンソロジー『名探偵登場！』（現・講談社文庫）にもまとめられた。半七、鬼平、明智、金田一、三毛猫ホームズ、エルキュール・ポアロやミス・マープル、刑事コロンボら有名どころがモチーフに選ばれるなか、二〇一五年と翌年に日下三蔵編の名探偵帆村荘六の事件簿『獏鸚』『蠅男』（創元推理文庫）が刊行される以前にはミステリ・ファンでさえ、時々アンソロジーなどでお目にかかるといった存在でしかなかった帆村を拉してくるだけでも、さすがは筒井氏というべきだ。パロディ類は元ネタを知らなければ楽しめないという通念を覆し、筒井パワー全開で、海野作品を読んだことがない読者（特に『群像』の読者はおおかた）も魅せられるにちがいない。筒井ファンなら往年の名作「郵性省」（一九七一年、現・角川文庫『陰悩録　リビドー短篇集』、ハヤカワ文庫JA『日本SF傑作選1　筒井康隆』に収録）を連想するだろう。「郵性省」に登場する心理学教授大心地《おころち》伝三郎博士の名前から、たいていの人は大河内伝次郎しか想起しないが、むしろ木々高太郎の名探偵大心池《おおころち》章次先生を踏まえていることを思えば、「科学探偵帆村」との血縁はますますけざやかになる。パロディ、パスティーシュは原典に通じているほど興趣が深いものだから、「断層顔」の続篇という体裁で初めて同時収録が叶った本書で続けて読めば、さらに楽しめることを請け合おう。

　先に触れた権田氏の分類は「秘められた科学恐怖の夢――海野十三論」（『幻影城』一九七五年九月号、『日本探偵作家論』所収）に発表されたものだが、三一書房版全集全巻の解題・月報のなかで唯一、帆村荘六に詳しく言及した氏の「名探偵・帆村荘六の登場――海野十三とミステリー」（第10巻月報「海野十三研究12」）は、「……（「ネオン横丁殺人事件」の）ような一部の例外を除いて、氏のトリックは総じて現実性に欠けている。（中略）着想を十分に発酵させて、質の高い完成されたものを書くというよりは、天性の才能で、思い付きで書いたと思われるものが目立つのだ。それだけに、論理的な首尾一貫性が重要な本格的な謎解き小説、いわゆる本格ものよりも、海野十三のミステリーの中で、光輝くものは、むしろ意表を突く、奇想天外な着想のSFミステリーなのである」と、基本的に旧稿を踏襲しているが、「什器破壊業事件」に見られる「この帆村荘六のテクノオフィスは、現代においては、門田泰明の〈黒豹〉シリーズに登場する特命武装検事黒木豹介の事務所などに受け継がれているように思える」といった新たな指摘もある。海野のいま一人の主人公に白木豹介がいたことを思えば、この連想は当たっていそうだ。

海野十三を偏愛する現代作家はほかにもいて、辻真先氏の長篇『暗殺列車』（一九九六年、カッパ・ノベルス）では、日米開戦が回避されたパラレルワールドで、東京と満州を結ぶ弾丸列車を舞台に山本五十六を凄腕テロリストたちから護ろうと帆村荘六と、山中峯太郎の本郷義昭が奮闘する痛快で意外性も充分な冒険活劇だが、それら往年のヒーローたちが若い読者に知られていないせいか文庫化もされていないのが口惜しい。芦辺拓氏は『帝都探偵大戦』（二〇一八年。現・創元推理文庫）で共闘する総勢五十人の架空名探偵の一人に帆村荘六を選んだほか、パスティーシュ短篇「ルーフォック・オルメス対帆村荘六」（『ミステリーズ！』七十七号、一六年六月）も物している。芦辺氏が正しく見抜いているように、帆村はシャーロック・ホームズよりも、カミのルーフォック・オルメスに近しい。海野は「私の好きな作家」（『ぷろふいる』一九四七年八月号）で、「カミは、私が心から頭を下げる作家の一人である」と述べている。

探偵小説家としても、SFの先駆者としても二流作家という評価を下されがちな海野十三だが、カミがそうであるように、資質的には一流のナンセンス小説家にほかならない。それを詳しく論証する余裕がもうないが、本書一冊を通読した読者にはきっと同意していただけるだろう。（文中、物故作家は敬称を略しました）

■主要参考文献
・小林宏至《こばやしひろし》企画『海野十三研究／帆村荘六読本』（二〇〇七年、浅草紅堂本舗）
・瀬名堯彦編「著書目録」（一九九三年、〈海野十三全集〉別巻2、三一書房）
・會津信吾編「作品目録」（同右）

## 出典一覧

赤耀館事件の真相　『海野十三全集　第1巻　遺言状放送』三一書房　一九九〇年
（『新青年』一九二九年十月号を参照して修正）

爬虫館事件　『獏鸚　名探偵帆村荘六の事件簿』創元推理文庫　二〇一五年
（『海野十三全集　第2巻　俘囚』三一書房　一九九一年を参照して修正）

盗まれた脳髄　『赤外線男』春陽文庫　一九九六年

俘囚　『獏鸚　名探偵帆村荘六の事件簿』創元推理文庫　二〇一五年

人間灰　『獏鸚　名探偵帆村荘六の事件簿』創元推理文庫　二〇一五年

匂いの交叉点　『新青年』一九三九年三月号

「探偵作家コンクール」より
問題提起（小栗虫太郎）
名探偵帆村（海野十三）　『海野十三全集　別巻2　日記・書簡・雑纂』三一書房　一九九三年

断層顔　『蠅男　名探偵帆村荘六の事件簿2』創元推理文庫　二〇一六年

科学探偵帆村（筒井康隆）　『繁栄の昭和』文春文庫　二〇一七年

振動魔　『獏鸚　名探偵帆村荘六の事件簿』創元推理文庫　二〇一五年
（『深夜の市長』桃源社　一九六九年を参照して修正）

本書は河出文庫オリジナルです。

旧字・旧仮名で書かれた作品については、原則的に新字・現代仮名遣いに表記を改めました。

本文中、今日では差別的と目されかねない表現がありますが、執筆当時の時代背景と作品の価値を鑑み、原文のままとしました。

盗《ぬす》まれた脳髄《のうずい》
帆《ほ》村荘六《むらそうろく》のトンデモ大推理《だいすいり》

二〇二四年一二月一〇日　初版印刷
二〇二四年一二月二〇日　初版発行

著　者　海野《うんの》十三《じゅうざ》
編　者　新保《しんぼ》博久《ひろひさ》
発行者　小野寺優
発行所　株式会社河出書房新社
〒一六二‐八五四四
東京都新宿区東五軒町二‐一三
電話〇三‐三四〇四‐八六一一（編集）
〇三‐三四〇四‐一二〇一（営業）
https://www.kawade.co.jp/

ロゴ・表紙デザイン　粟津潔
本文フォーマット　佐々木暁
本文組版　株式会社創都
印刷・製本　中央精版印刷株式会社


Printed in Japan　ISBN978-4-309-42156-8

## 等々力座殺人事件

戸板康二　新保博久〔編〕　42070-7

歌舞伎界の名優・中村雅楽が殺人事件の謎に挑む。江戸川乱歩に見いだされた著者によるミステリ史に名を残す名推理の数々。精選の８編に加えデビュー作「車引殺人事件」原型版を書籍初収録。

## 楽屋の蟹

戸板康二　新保博久〔編〕　42077-6

歌舞伎界の名優にして名探偵、中村雅楽が日常の謎に挑む。江戸川乱歩に見いだされた著者による味わい深い名推理の数々。直木賞受賞作「團十郎切腹事件」はじめ精選の11編を収録。

## サンタクロースの贈物

新保博久〔編〕　46748-1

クリスマスを舞台にした国内外のミステリー13篇を収めた傑作アンソロジー。ドイル、クリスティ、シムノン、Ｅ・クイーン……世界の名探偵を１冊で楽しめる最高のクリスマスプレゼント。

## 横溝正史が選ぶ日本の名探偵　戦前ミステリー篇

横溝正史〔編〕　41895-7

ミステリー界の大家・横溝正史が選んだ、日本の名探偵が活躍する短篇９篇を収めたミステリー入門にも最適のアンソロジー【戦前篇】。探偵イラスト＆人物紹介つき。

## 横溝正史が選ぶ日本の名探偵　戦後ミステリー篇

横溝正史〔編〕　41896-4

ミステリー界の大家・横溝正史が選んだ、日本の名探偵が活躍する短篇10篇を収めたミステリー入門にも最適のアンソロジー【戦後篇】。探偵イラスト＆人物紹介つき。

## 文豪たちの妙な話

山前譲〔編〕　41872-8

夏目漱石、森鷗外、芥川龍之介など日本文学史に名を残す10人の文豪が書いた「妙な話」を集めたアンソロジー。犯罪心理など「人間の心の不思議」にフォーカスした異色のミステリー10篇。